Diogenes Taschenbuch 21184

Edgar Allan Poe
Die Maske des roten Todes

Und andere phantastische Fahrten

Diogenes

Die vorliegende deutsche Übersetzung
erschien erstmals als Band V der
Gesamtausgabe der Werke Edgar Allan Poes,
herausgegeben von Theodor Etzel
im Propyläen Verlag Berlin, 1922
Umschlagillustration: Aubrey Beardsley,
Die Maske des roten Todes, 1895
Eine der 4 Illustrationen Beardsley's
zu ›Tales of Edgar Allan Poe‹

Veröffentlicht als Diogenes Taschenbuch, 1984
Alle Rechte vorbehalten
Copyright © 1984 by
Diogenes Verlag AG Zürich
100/84/36/1
ISBN 3 257 21184 8

Inhalt

Das Manuskript in der Flasche 7
Das unvergleichliche Abenteuer eines gewissen Hans Pfaall 20
König Pest 76
Hinab in den Maelström 91
Drei Sonntage in einer Woche 113
Die Maske des Roten Todes 122
Der Lügenballon 130
Lebendig begraben 147
Die längliche Kiste 164
Der Engel des Sonderbaren 179
Die Tausendundzweite Nacht der Scheherazade 192
Das System des Dr. Teer und Prof. Feder 220
Mellonta Tauta 242
Die Sphinx 261

Das Manuskript in der Flasche

> Qui n'a plus qu'un moment à vivre,
> N'a plus rien à dissimuler.
>
> *Quinault – Atys*

Von meiner Heimat und meiner Familie läßt sich wenig sagen. Schlechte Behandlung hat mich von dieser vertrieben, und Jahre der Trennung haben mich jener entfremdet. Ererbter Reichtum verpflichtete mich zu einem außergewöhnlich sorgfältigen Bildungsgang, und mein grüblerischer Geist ermöglichte es mir, die Schätze frühen Studiums gründlich zu verarbeiten. Von allen Dingen erfreuten mich am meisten die Werke der deutschen Moralisten, nicht etwa, weil ich so unbedacht war, ihre geschwätzige Narrheit zu bewundern, sondern weil meine streng logische Denkweise es mir leicht machte, ihre Fehler aufzudecken. Man hat mir sogar oft ein allzu nüchternes Denken vorgeworfen und meinen Mangel an Phantasie als Verbrechen hingestellt; ja, ich war berüchtigt wegen meiner Skepsis. Und in der Tat befürchte ich, daß meine Vorliebe für Physik auch *meinen* Geist in einen Fehler unserer Zeit verfallen ließ – ich meine: in die Gewohnheit, alle Dinge auf die Prinzipien eben jener Wissenschaft zurückzuführen – selbst wenn sie noch so sehr außerhalb ihres Bereiches lagen.

Nach vielen auf weiten Reisen im Ausland verbrachten Jahren trat ich im Jahre 18.. von Batavia, der Hafenstadt der wohlhabenden und volkreichen Insel Java, eine Segelreise nach dem Archipel der Sundainseln an. Der Anlaß zu dieser Reise war kein geschäftlicher, sondern lediglich eine nervöse Ratlosigkeit, die mich mit teuflischer Ausdauer plagte.

Unser Fahrzeug war ein schönes, kupferbeschlagenes Schiff von etwa vierhundert Tonnen, das in Bombay aus malabarischem Teakholz gebaut worden war. Seine Fracht bestand aus Baumwolle und Öl von den Lachadive-Inseln. Ferner hatten wir Kokosbast, Zucker, konservierte Butter, Kokosnüsse und einige Behälter mit Opium an Bord. Das Schiff war mit dieser leichten Last fest gefüllt und hatte infolgedessen entsprechenden Tiefgang.

Wir stachen bei schwachem Wind in See und segelten tagelang an der Ostküste von Java dahin, und der einzige Zwischenfall auf unserer eintönigen Fahrt war das gelegentliche Zusammentreffen mit einem Schiffchen der malabarischen Inselgruppe.

Eines Abends, als ich an Backbord lehnte, gewahrte ich im Nordosten eine seltsame einzelnstehende Wolke. Sie fiel mir auf – eimal ihrer Farbe wegen, und dann, weil es die erste Wolke war, die sich seit unserer Ausfahrt aus Batavia sehen ließ. Ich beobachtete sie aufmerksam bis Sonnenuntergang, als sie sich ganz plötzlich nach Osten und Westen ausbreitete und den Horizont mit einem schmalen Nebelstreif umgürtete, der aussah wie ein langer flacher Küstenstrich. Bald darauf überraschte mich die dunkelrote Farbe des Mondes und das sonderbare Aussehen des Meeres, das sich ungemein schnell veränderte; das Wasser schien durchsichtiger als gewöhnlich. Obgleich ich deutlich auf den Grund sehen konnte, bewies mir das Senkblei, daß unser Schiff fünfzehn Faden lief. Die Luft war jetzt unerträglich heiß und mit Dunstspiralen geladen, wie sie etwa erhitztem Eisen entsteigen. Je näher die Nacht herankam, desto mehr erstarb der schwache Windhauch, und eine Ruhe herrschte, wie sie vollkommener gar nicht gedacht werden kann. Eine auf Hinterdeck brennende Kerzenflamme machte nicht die leiseste Bewegung, und ein langes, zwischen Daumen und Zeigefinger gehaltenes Haar hing ohne die geringste wahrnehmbare Vibration. Da aber der Kapitän sagte, er sehe keine Anzeichen einer drohenden Gefahr, und da wir quer zum Ufer standen, so ließ er die Segel auftuchen und den Anker fallen. Es wurde keine Wache aufgestellt, und die Schiffsmannschaft, die hauptsächlich aus Malaien bestand, lagerte sich ungezwungen auf Deck. Ich ging hinunter – mit der bestimmten Vorahnung eines Unheils. Alle Anzeichen schienen mir auf einen Samum hinzudeuten. Ich sprach dem Kapitän von meinen Befürchtungen; aber er schenkte meinen Worten keine Beachtung und würdigte mich nicht einmal einer Antwort. Meine Unruhe ließ mich jedoch nicht schlafen, und gegen Mitternacht ging ich an Deck. Als ich den Fuß auf die oberste Stufe der Kajütentreppe setzte, überraschte mich ein lautes, summendes Geräusch, das dem Sausen eines kreisenden Mühlrades glich, und ehe ich seine Ursache feststellen konnte, erbebte das Schiff in seinem ganzen Bau. Im nächsten Augenblick stürzte ein heulender Schaumregen auf uns nieder, raste über uns hin und fegte das Schiff vom Steven bis zum Heck leer.

Die jähe Wucht des Windstoßes war für die Rettung des Schiffes in gewissem Grade von Vorteil. Trotzdem es vom Wasser überschwemmt worden war, hob es sich doch, als seine Masten über Bord gegangen waren, nach einer Minute schwerfällig wieder aus der Tiefe, schwankte eine Weile unter dem ungeheuren Druck des Sturmes und richtete sich schließlich auf.

Durch welches Wunder ich der Vernichtung entging, ist unmöglich festzustellen. Zuerst durch den Wasserguß betäubt, fand ich mich, als ich wieder zur Besinnung kam, zwischen dem Hintersteven und dem Steuer eingeklemmt. Mit großer Mühe richtete ich mich auf, und als ich verwirrt um mich blickte, kam mir zunächst der Gedanke, wir seien in die Brandung geraten; so über alles Denken schrecklich war der Wirbel sich türmender, schäumender Wasser, die uns umtosten. Nach einiger Zeit vernahm ich die Stimme eines alten Schweden, der sich, kurz bevor wir den Hafen verließen, als Matrose bei uns verdingt hatte. Mit aller Kraft rief ich ihn an, und sogleich taumelte er zu mir. Wir entdeckten bald, daß wir die einzigen Überlebenden des Unfalls waren. Alle an Deck mit Ausnahme von uns beiden waren über Bord gefegt worden; der Kapitän und die Maate mußten im Schlaf umgekommen sein, denn die Kajüten waren ganz unter Wasser gesetzt worden. Ohne Beistand konnten wir nur wenig zur Sicherheit des Fahrzeugs tun, und unsere ersten Bemühungen wurden durch die Erwartung sofortigen Untergangs lahmgelegt. Unser Ankertau war natürlich beim ersten Sturmstoß zerrissen wie ein Bindfaden, andernfalls wären wir im Nu vernichtet gewesen. Wir trieben mit furchtbarer Schnelligkeit dahin, und die Wasser machten alles um uns her zu Splittern. Das Fachwerk unseres Hecks war gräßlich zerschmettert, und wir waren in jeder Hinsicht furchtbar zugerichtet. Zu unserer unaussprechlichen Freude aber fanden wir die Pumpen unversehrt und sahen, daß wir nur wenig Ballast verloren hatten. Die erste Wut des Sturmes war schon gebrochen, und wir befürchteten von der Heftigkeit des Windes wenig Gefahr; mit Verzweiflung aber sahen wir der Zeit entgegen, wo er sich legen würde, denn wir wußten, daß wir mit unserem lecken Fahrzeug in der nachfolgenden Hochflut rettungslos zugrunde gehen mußten.

Diese sichere Vorahnung schien sich jedoch nicht so bald erfüllen zu wollen. Fünf volle Tage und Nächte – während deren unser einziger Unterhalt aus einer geringen Menge Zucker bestand, die wir mit großer Mühe aus dem Vorderschiff holten – raste der Schiffsrumpf mit unfaßbarer Geschwindigkeit dahin, von kurzen, sprunghaften Windstößen getrieben, die, ohne der ersten Heftigkeit des Samums gleichzukommen, noch immer schrecklicher waren als irgendein Sturm, den ich vordem erlebte. Unser Kurs blieb in den ersten vier Tagen bis auf geringe Abweichungen südsüdöstlich, und wir mußten an der Küste von Neu-Holland entlang getrieben sein. Am fünften Tage wurde die Kälte unerträglich, trotzdem der Wind ein wenig mehr aus Norden kam. Die aufgehende Sonne hatte einen grünlichgelben Schein und stieg nur wenige Grade über den Horizont empor; sie gab nur ein unbestimmtes Licht. Es waren keine

Wolken sichtbar, aber der Wind nahm zu und blies in unregelmäßigen, wuchtigen Stößen. Gegen Mittag – so gut wir das feststellen konnten – wurde unsere Aufmerksamkeit von neuem durch den Anblick der Sonne gefesselt. Sie gab kein eigentliches Licht, aber einen matten, düsteren Glanz ohne Widerschein, als liefen alle ihre Strahlen in einen Punkt zusammen. Gerade bevor sie ins wogende Meer sank, erlosch ihr zentrales Feuer, als habe eine unerklärliche Macht es ausgelöscht. Sie war nur noch ein schwacher silberner Reif, als sie hinabglitt in den unermeßlichen Ozean.

Von nun ab umhüllte uns tiefste Dunkelheit, so daß wir auf zwanzig Schritte Entfernung vom Schiff keinen Gegenstand zu erkennen vermochten. Unausgesetzt umgab uns ewige Nacht, die nicht einmal von dem phosphoreszierenden Meeresleuchten erhellt wurde, an das wir in den Tropen gewöhnt gewesen waren. Der Sturm raste mit unverminderter Heftigkeit, aber die breite Schaumfläche, die uns bisher begleitet hatte, schwamm nicht mehr auf den Wogen. Rundum war Schrecken und tiefste Finsternis und ungeheure, ebenholzschwarze drohende Wüste. Mehr und mehr wurde der Verstand des alten Schweden von abergläubischem Grauen umnachtet, und meine eigene Seele hüllte sich in stummes Entsetzen. Wir gaben den Versuch, die Herrschaft über das Schiff wieder zu erlangen, als völlig nutzlos auf, banden uns, so gut es eben ging, am stehengebliebenen Stumpf des Besanmastes fest und spähten angstvoll in den weiten Ozean hinaus. Jede Möglichkeit einer Zeitberechnung fehlte uns, und ebensowenig wußten wir, wo wir uns befanden. Wir waren uns aber völlig klar, weiter nach Süden vorgedrungen zu sein, als je vorher ein Seefahrer gekommen war, und wunderten uns um so mehr, nicht den üblichen Eisbergen zu begegnen. Inzwischen drohte jeder Augenblick unser letzter zu sein – jede berghohe Woge uns zu verschlingen. Das Stürmen übertraf alles, was ich für möglich gehalten hätte, und daß wir nicht sofort begraben wurden, ist ein

Wunder. Mein Gefährte erwähnte, wie leicht unsere Ladung sei, und erinnerte mich an die hervorragende Leistungsfähigkeit unseres Schiffes. Ich konnte aber nicht umhin, die völlige Sinnlosigkeit jeglicher Hoffnung zu fühlen, und erwartete schweren Herzens den Tod; ich gab uns höchstens noch eine Stunde Frist, denn mit jedem Knoten, den das Schiff machte, wurden die ungeheuren schwarzen Wolken noch ungeheurer, noch grauenvoller. Bald warf es uns in atemraubende Höhen empor, die nicht einmal der Albatros erfliegt, bald schwindelte uns bei dem rasenden Sturz in irgendeine Wasserhölle, wo die Luft erstickend war und kein Laut den Schlummer des Kraken störte.

Wieder einmal befanden wir uns auf dem Grunde eines solchen Höllenschlundes, als plötzlich ein Schrei meines Gefährten die Nacht durchgellte.

»Sieh! Sieh!« schrie er mir in die Ohren. »Allmächtiger Gott! Sieh! Sieh!«

Während er sprach, gewahrte ich einen matten Schimmer roten Lichtes, der an den Seiten des ungeheuren Abgrundes, in dem wir lagen, herunterfloß und unser Deck mit eigentümlichem Glanz überstrahlte. Ich wandte den Blick nach oben und sah ein Schauspiel, das mir das Blut in den Adern erstarren machte. In grauenvoller Höhe über uns und genau am Rande des gewaltigen Trichters schwebte ein riesiges Schiff von etwa viertausend Tonnen. Obgleich es auf dem Gipfel einer Woge stand, die seine eigene Höhe mehr als hundertmal übertraf, so schien es mir dennoch größer, als irgendein Linienschiff oder Ostindienfahrer jemals sein konnte. Sein ungeheurer Rumpf war von tiefem Schwarz und wies keine Schnitzerei und keinen Zierat auf, wie er sonst bei Schiffen üblich ist. Aus den offenen Schießscharten lugten in langer Reihe erzene Kanonenrohre und spielten das Licht zahlloser Laternen wider, die in der Takelage hin und her schwangen. Was uns am meisten wunderte und entsetzte, war, daß das Schiff mit vollen Segeln hineinraste in das grauenvolle Meer und den unnatürlichen Orkan. Als wir es zuerst entdeckten, sah man nur den Zug, der langsam aus irgendeinem fürchterlichen Abgrund auftauchte. Einen schaudervollen Augenblick schwebte es auf schwindelndhohem Wogenkamm, wie in stolzem Bewußtsein seiner Erhabenheit, dann bebte es, schwankte und – kam herab. Und seltsam: ich wurde jetzt ganz ruhig und überlegen. Ich stolperte so weit nach rückwärts, wie es anging, und erwartete furchtlos den Untergang. Unser eigenes Schiff hatte mittlerweile den Kampf aufgegeben und versank mit seinem Vorderteil ins Meer. Der niedersausende Koloß traf mit aller Wucht auf diesen unter Wasser befindlichen Teil, und die unausbleibliche Folge war, daß ich mit großer Heftigkeit auf das fremde Schiff hinübergeschleudert wurde.

Als ich niederfiel, stand das Schiff in den Wind und wendete, und der dadurch entstehenden Verwirrung schob ich es zu, daß mein Erscheinen von der Mannschaft nicht bemerkt wurde. Ohne große Schwierigkeit gelangte ich ungesehen zur großen Luke, die zum Teil geöffnet war, und fand bald Gelegenheit, mich im Schiffsraum zu verbergen. Warum ich das tat, vermag ich kaum zu sagen. Ein unbestimmtes Grauen vor der Besatzung des Schiffes hatte mich gleich bei ihrem ersten Anblick erfaßt und war vielleicht die Hauptursache, daß ich mich so versteckte. Ich hatte kein Verlangen, mich einem Haufen Leute anzuvertrauen, die mir beim ersten Blick sonderbar und unheimlich erschienen waren. Ich hielt es daher für ratsam, mir im Schiffsraum ein Versteck herzurichten. Ich tat dies, indem ich einen Haufen Bretter in der Weise zurechtschob, daß ein kleiner freier Raum zwischen den ungeheuren Schiffsrippen für mich entstand.

Ich hatte mein Werk kaum vollendet, als nahende Schritte mich zwangen, in meinen Winkel zu kriechen. Ein Mann ging schwankend unsicheren Schrittes vorbei. Sein Gesicht konnte ich nicht sehen, seine Gesamterscheinung dagegen gut wahrnehmen. Er schien von der Last der Jahre schwach und gebrechlich; seine zitternden Knie vermochten ihn kaum zu tragen. Er murmelte in dumpfen, abgerissenen Worten vor sich hin – in einer Sprache, die ich nicht verstehen konnte – und wühlte in einer Ecke in einem Haufen seltsamer Instrumente und halbzerfallener Schiffskarten. Sein Gebaren war eine sonderbare Mischung von kindischem Greisentum und der feierlichen Würde eines Gottes. Er ging schließlich wieder an Deck, und ich sah ihn nicht mehr.

Ein Gefühl, für das ich keinen Namen habe, hat von meiner Seele Besitz genommen – ein Empfinden, das keine Analyse zuläßt, das durch keinen altüberlieferten Lehrsatz, durch keine Erfahrung geklärt werden und zu dem, wie ich fürchte, selbst die Zukunft keinen Schlüssel bieten kann. Bei einem Geist wie dem meinigen ist alles Nachsinnen von Übel. Ich werde niemals – ja ich weiß es – niemals diese Gedanken und Vorstellungen zu einem Abschluß bringen. Doch ist es durchaus nicht verwunderlich, wenn diese Vorstellungen unbestimmt sind, da sie so neuartigen Quellen entspringen. Ein neuer Begriff, eine neue Wesenheit ist meiner Seele aufgegangen.

Es ist lange her, seit ich das Deck dieses grausigen Schiffes zuerst betrat, und die Fäden meines Geschicks scheinen in einen Punkt zusammenzulaufen. Unbegreifliche Menschen! In einer Versunkenheit, deren Art und Ursache mir unergründlich ist, gehen sie an mir vorbei, ohne mich zu sehen. Mich zu verbergen, ist einfach eine Narrheit, denn das Volk *will* mich nicht sehen! Soeben erst bin ich dicht am Steuermann vorbeigegangen; und es ist noch nicht lange her, daß ich mich in die Privatkabine des Kapitäns hineinwagte und ihr das Material entnahm, um diese Aufzeichnungen niederzuschreiben. Ich werde von Zeit zu Zeit dies Tagebuch fortsetzen. Es ist wahr: ich werde nicht leicht Gelegenheit finden, es der Welt bekannt zu geben, ich will aber den Versuch nicht unterlassen. Ich werde das Manuskript im letzten Augenblick in eine Flasche schließen und sie ins Meer werfen.

Wieder hat sich etwas ereignet, meinen Grübeleien neue Nahrung zu geben. Sind solche Dinge das Werk blinden Zufalls? Ich hatte mich an Deck gewagt und mich, ohne daß man mir die geringste Beachtung schenkte, zwischen einem Stapel Webeleinen und alter Segel auf den Boden der Schaluppe niedergeworfen. Während ich über mein eigenartiges Schicksal nachdachte, strich ich ganz unbewußt mit einem Teerpinsel, der mir irgendwie in die Hand geraten war, über den Knick eines sorgsam gefalteten Leesegels, das neben mir auf einer Tonne lag. Das Leesegel ist jetzt über dem Schiff ausgespannt, und die gedankenlosen Pinselstriche bilden das groß hingeschriebene Wort: *Entdeckung.*

Über die Bauart des Schiffes habe ich in letzter Zeit viele Beobachtungen gemacht. Obgleich gut bewehrt, scheint es mir doch kein Kriegsschiff zu sein. Seine Takelage, seine Form und allgemeine Ausrüstung sprechen dagegen. Was es *nicht* ist, kann ich leicht wahrnehmen; was es *ist,* läßt sich unmöglich sagen. Ich weiß nicht, wie es kommt, aber wenn ich seine seltsame Gestalt, den eigentümlichen Bau seiner Spieren, seine riesenhafte Größe, seine unzähligen Segel, seinen streng einfachen Bug und sein altmodisches Heck betrachte, so sind mir das alles längst vertraute Dinge, und mit diesen unklaren Schatten von Erinnerung vermischt sich eine unbestimmte Vorstellung an alte Bücher und Chroniken und fern vergangene Jahre.

Ich habe die Schiffsrippen untersucht. Sie bestehen aus einem Material, das mir fremd ist. Das Holz hat eine eigenartige Struktur, die es gerade für den Zweck, dem es dient, ungeeignet erscheinen läßt. Ich meine seine ungemeine *Porosität,* die nicht zu verwechseln ist mit dem wurmstichigen

Zustand aller Schiffe in diesen Gewässern und auch nichts mit dem natürlichen Altersverfall zu tun hat. Die Bemerkung mag vorwitzig erscheinen, doch ich behaupte, das Holz hätte von der Sumpfeiche sein können, wenn es möglich wäre, Sumpfeichenholz durch irgendwelche Mittel biegsam zu machen.

Beim Überlesen des letzten Satzes kommt mir auf einmal ein Kernspruch ins Gedächtnis, den ein alter, wetterharter holländischer Seemann anzuwenden pflegte. »Es ist so gewiß«, sagte er, sobald jemand an seiner Wahrhaftigkeit zweifelte, »so gewiß, als es ein Meer gibt, in welchem das Schiff selbst in seinem Gebälk wächst, wie der lebendige Leib des Seefahrers.«

Vor etwa einer Stunde war ich kühn genug, mich in eine Gruppe der Mannschaft hineinzudrängen. Sie zollten mir nicht die geringste Aufmerksamkeit und schienen, obgleich ich mitten unter ihnen stand, keine Ahnung von meiner Gegenwart zu haben. Sie alle trugen, gleich dem einen, den ich zuerst im Schiffsraum gesehen hatte, untrügliche Zeichen hohen Alters. Ihre Knie wankten vor Schwäche; ihre Schultern waren von Alter und Hinfälligkeit tief gebeugt; ihre zusammengeschrumpfte Haut rasselte im Wind; ihre Stimmen waren leise, zittrig und heiser, ihre Augen glanzlos und triefend, und ihre dünnen, grauen Haare sträubten sich furchtbar im Sturm. Rund um sie her, überall an Deck verstreut, lagen mathematische Instrumente von wunderlicher und ganz veralteter Konstruktion.

Ich erwähnte vor einiger Zeit das Hissen eines Leesegels. Seit jener Zeit hat das Schiff, vom Winde umhergeworfen, seinen schrecklichen Lauf nach Süden fortgesetzt; alle Segel, selbst die armseligsten Fetzen, sind vom Royalsegel bis zur untersten Leesegelspiere gehißt, und jeden Augenblick tauchen seine Bramsegel-Rahenocks in die schaudervollste Wasserhölle, die Menschengeist sich nur vorstellen kann. Ich komme soeben von Deck, wo es mir unmöglich war, Fuß zu fassen, obgleich die Mannschaft wenig Unbehagen zu verspüren scheint. Es ist ein unerhörtes Wunder, daß unser ungeheures Schiff nicht sofort von den Wogen verschlungen wird. Sicherlich sind wir verdammt, für immer am Rande der Ewigkeit dahinzuschweben, ohne den letzten Sprung in den Abgrund tun zu dürfen. Von Wogen, tausendmal höher, als ich sie je gesehen, gleiten wir herab mit der Sicherheit einer Seemöwe, und die gewaltigen Wasser bäumen sich über uns wie Dämonen der Tiefe, doch wie Dämonen, die nur drohen, aber nicht zerstören dürfen. Ich komme dahin, unsere auffallende Rettung aus jeder Gefahr der einzig natürlichen Ursache solcher Wirkung zuzuschieben: ich muß annehmen, das Schiff befinde sich in irgendeiner Strömung von fortreißender Gewalt.

Ich habe dem Kapitän von Angesicht zu Angesicht gegenübergestanden und in seiner eigenen Kabine – aber es kam, wie ich erwartete: er schenkte mir keine Beachtung. Obgleich ein zufälliger Beobachter in seiner Erscheinung nichts Außergewöhnliches sehen wird, so mischte sich doch in die Verwunderung, mit der ich zu ihm aufsah, ein unwiderstehliches Gefühl von Ehrerbietung und Scheu. An Leibesgröße kommt er mir fast gleich; er hat also etwa fünf Fuß acht Zoll. Seine Gestalt ist stark und wohlgebaut, weder besonders robust noch sonstwie bemerkenswert. Es ist der eigenartige Gesichtsausdruck – ist die starke, wundersame, ergreifende Gewißheit so hohen, so ungeheuren Alters, was sich meiner Seele unauslöschlich einprägt. Seine nur wenig gefurchte Stirn scheint wie von Myriaden von Jahren gezeichnet. Seine grauen Haare sind Urkunden der Vergangenheit, und seine Augen, von noch tieferem Grau, Sibyllen der Zukunft.

Auf dem Boden der Kabine lagen allenthalben seltsame Folianten mit Eisenschlössern und verrostete Instrumente und veraltete, längst vergessene Karten. Er stützte den Kopf in die Hand und brütete mit fieberndem, unruhigem Blick über einem Pergamentblatt, das einen Befehl zu enthalten schien, wenigstens trug es die Unterschrift eines Monarchen. Er murmelte vor sich hin – ganz wie der erste Seemann, den ich im Schiffsraum gesehen hatte – und wieder waren es törichte, unverständliche Worte einer fremden Sprache; und obgleich der Mann dicht neben mir war, schien seine Stimme wie aus Meilenferne zu mir herzudringen.

Das Schiff und alles auf ihm ist wie mit Greisenhaftigkeit beladen. Die Mannschaft gleitet hin und her wie Gespenster begrabener Jahrhunderte; ihre Augen haben einen gierigen, rastlosen Ausdruck, und wenn ihre Gestalten im unsichern Schein der Laternen meinen Weg kreuzen, beschleicht mich ein Gefühl, wie ich es nie zuvor empfand, trotzdem ich mich mein Leben lang mit Altertümern befaßt und in Balbek und Tadmor und Persepolis die Schatten zerfallener Säulen in mich aufgesogen habe, bis meine Seele selber zur Ruine wurde.

Ich blicke um mich und schäme mich meiner früheren Besorgnisse. Wenn ich schon vor dem Winde zitterte, der uns bisher begleitete, muß ich nicht vor Entsetzen vergehen in diesem Chaos von Sturm und Meer, demgegenüber Bezeichnungen wie Wirbelwind und Samum bedeutungslos sind? In nächster Nähe des Schiffes ist alles Nacht und unergründlich schwarzes Wasser; in der Entfernung von etwa einer Meile aber, zu beiden Seiten des Schiffes, sieht man undeutlich und in Abständen ungeheure Eiswälle in den trostlosen Himmel ragen, wie Mauern, die das Weltall umschließen.

Es ist, wie ich annahm: das Schiff befindet sich in einer Strömung – wenn man diesen Namen anwenden kann auf eine Flut, die heulend und kreischend zwischen den Eiswällen gen Süden donnert, mit der Geschwindigkeit eines sich überstürzenden Wasserfalls.

Das Grauen meiner Empfindungen zu begreifen, ist, wie ich annehme, ganz unmöglich; dennoch wird selbst meine Verzweiflung von der Neugier beherrscht, in die Geheimnisse dieser schaudervollen Gegend einzudringen, von einer Neugier, die mir die entsetzlichste Todesart erträglicher macht. Es ist Tatsache, daß wir irgendeiner unerhörten Erkenntnis entgegeneilen – irgendeinem unenthüllbaren Geheimnis, dessen Enträtselung Untergang bedeutet. Vielleicht führt dieser Strom uns bis zum Südpol selbst. Ich muß bekennen, daß diese augenscheinlich so absurde Vorstellung alle Wahrscheinlichkeit für sich hat.

Die Mannschaft wandert mit rastlosen, zitternden Schritten an Deck auf und ab; ihre Gesichter aber tragen eher den Ausdruck leidenschaftlicher Hoffnung als den mutloser Verzweiflung.

Wir treiben noch immer vor dem Wind, und da wir mit Segeln ganz bepackt sind, so wird das Schiff zuweilen geradezu in die Luft gehoben! O Grauen über Grauen! – Die Eismauern rechts und links hören plötzlich auf, und wir wirbeln in ungeheuren konzentrischen Kreisen dahin – rund um den Rand eines riesigen Amphitheaters, dessen gegenüberliegende Seite sich in Dunkel und Ferne verliert. Doch wenig Zeit bleibt mir, über mein Schicksal nachzudenken! Die Spiralen werden enger und enger – wir stürzen mit rasender Eile in den Strudel – und mitten im Donnergeheul von Meer und Sturm erbebt das Schiff, wankt und – o Gott! – versinkt!

Anmerkung: Die Arbeit »Das Manuskript in der Flasche« wurde zum ersten Male im Jahre 1831 veröffentlicht; und erst einige Jahre später wurden mir die Mercatorschen Seekarten bekannt, nach deren Darstellung der Ozean sich in vier Mündungen in den (nördlichen) Polargolf ergießt, um dort von den Eingeweiden der Erde verschlungen zu werden. Der Pol selbst ist dargestellt als ein schwarzer, zu gewaltiger Höhe aufragender Fels.

Das unvergleichliche Abenteuer eines gewissen Hans Pfaall

> Als Herrscher über das wilde Heer
> Ungezügelter Phantasten,
> Auf Windroß und mit Feuerspeer
> Will fort in die Wildnis ich ziehen.
> *Tom O'Bedlams Sang*

Den neuesten Berichten aus Rotterdam zufolge scheinen die Gelehrten dieser Stadt sich in höchster Aufregung zu befinden. In der Tat haben sich dort so völlig unerwartete Phänomene gezeigt – so unerhört neue, allen bisherigen Anschauungen aufs äußerste zuwiderlaufende Dinge –, daß zweifelsohne binnen kurzem ganz Europa in hellem Aufruhr lodern, die Physik einer Umwälzung verfallen und der gesunde Menschenverstand und die Astronomie sich in die Haare geraten werden.

Es begab sich, daß am ..... (ich weiß das Datum nicht genau) sich eine ungeheure Menschenmenge aus nicht ersichtlichen Gründen auf dem großen Börsenplatz in der wohlhabenden Stadt Rotterdam versammelt hatte. Es war ein für die Jahreszeit ungewöhnlich warmer Tag – kaum ein Lüftchen rührte sich, und die Menge empfand es nicht unangenehm, ab und zu von kurzen Regenschauern besprüht zu werden, die aus gewaltigen, über den blauen Himmelsbogen verteilten weißen Wolkenballen niederstürzten. Gegen Mittag machte sich eine schwache, aber unverkennbare Unruhe unter den Versammelten bemerkbar; es folgte ein Geplapper von zehntausend Mäulern, und einen Augenblick später waren zehntausend Köpfe zum Himmel gereckt, zehntausend Pfeifen fielen gleichzeitig aus zehntausend Mundwinkeln, und ein Geschrei, das nur mit dem Getöse des Niagara verglichen werden kann, erscholl lang, laut und ungestüm durch die Stadt und die ganze Umgebung von Rotterdam.

Die Ursache des Tumults wurde bald offenbar. Hinter der riesigen Masse eines der bereits erwähnten scharf umrissenen Wolkenberge schob sich langsam in den blauen Raum heraus ein rätselhafter, untrüglich aber massiver Gegenstand von so sonderbarer Form, so wunderlich zusammengesetzt, daß der Haufe behäbiger Bürger, die offenen Mundes drunter standen, nicht das geringste davon begriff und das Ding nicht genug bestaunen konnte. Was mochte das sein? Bei allen Teufeln Rotterdams, was mochte das sein und bedeuten? Keiner wußte es, keiner konnte es sich denken; keiner – nicht einmal der Bürgermeister Mynheer Superbus van Underduk – wußte den Schlüssel zu diesem Geheimnis zu finden. Da man also nichts Vernünftigeres tun konnte, schoben alle wie ein Mann die Pfeife in den Mundwinkel zurück, und – immer das Wunder im Auge behaltend – paffte man, hielt inne, watschelte umher und grunzte bedeutsam – watschelte zurück, grunzte, machte eine Pause und – paffte schließlich weiter.

Inzwischen aber näherte sich der Gegenstand so unermeßlicher Neugier und die Ursache so zahlloser Pfeifenwölkchen langsam der guten Stadt und kam schließlich nahe genug, um deutlich erkannt zu werden. Es schien – ja, es *war* zweifellos eine Art Ballon; sicher aber hatte man solch einen Ballon nie vorher in Rotterdam gesehen. Denn wer, frage ich, hätte je von einem Ballon gehört, der vollständig aus schmutzigem Zeitungspapier hergestellt war? Niemand in ganz Holland, sicherlich! Hier aber schwebte solch ein unglaubliches Ding den Leuten vor der Nase – oder richtiger, in einiger Entfernung über ihrer Nase – hier *sah* man so etwas, und es war, wie ich aus sicherster Quelle weiß, wahrhaftig aus dem genannten Material hergestellt, von dessen Verwendung zu einem solchen Zweck vordem noch kein Mensch etwas gehört hatte. – Es war eine unerhörte Herausforderung für den Verstand des Burghers von Rotterdam.

Was die Gestalt der Erscheinung anlangt, so schien sie

noch unverantwortlicher, denn es war nicht mehr und nicht weniger als eine ungeheure, umgestülpte Narrenkappe. Und diese Ähnlichkeit wurde um nichts vermindert, als die Menge bei näherem Zusehen gewahrte, daß von der Spitze eine lange Troddel herunterhing und rund um den oberen Rand, die Kegelbasis, kleine Instrumente hingen, die an Schafglöckchen erinnerten und beständig nach der Melodie von »Betty Martin« klingelten.

Doch schlimmer noch! – Mit blauen Bändern am unteren Ende des phantastischen Apparats befestigt, hing als Gondel ein mächtiger, hellgrauer Biberhut mit einem unerhört breiten Rand und halbkugelförmigem Kopfnapf, den ein schwarzes Band mit silberner Schnalle zierte. Es ist jedoch immerhin erwähnenswert, daß viele Einwohner von Rotterdam schwuren, den Hut schon wiederholt gesehen zu haben; allen kam er wohlbekannt vor, und Vrow Grettel Pfaall stieß bei seinem Anblick einen Laut freudiger Überraschung aus und erklärte, es sei todsicher der Hut ihres guten Mannes. Das blieb nun ein um so bemerkenswerterer Umstand, als Pfaall vor etwa fünf Jahren zusammen mit drei andern ganz plötzlich auf eine ganz unerklärliche Weise aus Rotterdam verschwunden und trotz aller erdenklicher Nachforschungen bis zum heutigen Tag nicht aufzufinden gewesen war. Allerdings – man hatte unlängst an einer abgelegenen Stelle im Osten der Stadt Knochen gefunden, die man für Menschengebeine hielt; es lag noch allerlei seltsamer Schutt dabei – und einige Leute vermuteten nun, an jenem Ort sei ein scheußlicher Mord verübt worden und die Opfer seien aller Wahrscheinlichkeit nach Hans Pfaall und seine Gefährten gewesen. – Doch fahren wir fort.

Der Ballon (denn zweifelsohne war es einer) hatte sich jetzt bis auf etwa hundert Fuß zur Erde herabgelassen und gestattete der Menge drunten, seinen Insassen näher zu betrachten. Das war wirklich eine sehr eigenartige Person. Keinesfalls größer als zwei Fuß! Aber selbst diese geringe Größe würde genügt haben, das Gleichgewicht zu gefährden und den Fahrer über den Rand seiner winzigen Gondel zu schleudern, hätte ihn nicht ein Reif festgehalten, der ihm die Brust umspannte und an den Ballonseilen befestigt hing. Die Gestalt des kleinen Mannes war verhältnismäßig breit, von höchst absonderlicher Rundlichkeit. Seine Füße konnte man natürlich nicht sehen. Die Hände waren ungeheuer groß. Das Haar war grau und rückwärts in ein Schwänzchen zusammengerafft. Seine Nase bog sich unendlich lang vor und glänzte entzündet; die Augen erschienen voll, strahlend und scharf. Kinn und Wangen, vom Alter runzlig, waren breit und aufgedunsen; von Ohren irgendwelcher Art jedoch war an seinem ganzen Kopf nichts zu entdecken. Dieses wunderliche Männchen hatte sich in einen lockeren Überrock von himmelblauem Satin und in enge Kniehosen von gleichem Stoff gekleidet, die mit Silberschnallen geschlossen waren. Seine Weste bestand aus strahlend gelbem Stoff; eine weiße Taffetmütze saß munter seitwärts auf dem Kopf, und zur Vervollständigung der Ausstattung umhüllte ein blutrotes seidenes Tuch den Hals und fiel zierlich in einer phantastischen Schleife von übertriebenem Umfang auf die Brust herab.

Als der kleine alte Herr, wie ich schon sagte, bis auf etwa hundert Fuß zur Erdoberfläche herabgekommen war, wurde er plötzlich von Angst befallen und schien nicht geneigt, sich der »terra firma« noch mehr zu nähern. Er warf also aus einem Leinensack, den er mit vieler Mühe aufhob, eine Menge Sand aus, und augenblicklich hielt sein Fahrzeug. Eilig und aufgeregt holte er nun aus einer Seitentasche des Überrocks eine große Brieftasche aus Saffianleder hervor. Diese wog er argwöhnisch in der Hand, betrachtete sie dann höchst verwundert und war offenbar über ihre Schwere erstaunt. Endlich öffnete er sie, entnahm ihr einen riesigen, mit rotem Lack versiegelten und mit rotem Zwirn verschnürten Brief und ließ ihn genau zu den Füßen des Bürgermeisters Superbus van Underduk niederfallen.

Seine Exzellenz bückte sich, um den Brief aufzuheben. Der Luftschiffer aber, der sich noch immer höchst unbehaglich fühlte und offenbar weiter nichts in Rotterdam zu verrichten hatte, begann im gleichen Augenblick Vorbereitungen zu seiner Abreise zu treffen; und da er, um den Aufstieg zu ermöglichen, genötigt war, Ballast auszuwerfen, fiel jeder einzelne von dem halben Dutzend Säcke, die er, ohne ihren Inhalt zu entleeren, einen nach dem andern herunterwarf, unglücklicherweise auf den Rücken des Herrn Bürgermeisters, der infolgedessen nicht weniger als ein halbes dutzendmal angesichts sämtlicher Leute von Rotterdam Purzelbaum schlug. Es ist jedoch nicht anzunehmen, daß der große Underduk diese Unverschämtheit von seiten des alten Männchens ungestraft hinzunehmen gesonnen war. Es heißt im Gegenteil, daß er bei jeder der sechs Umdrehungen einen betonten und wütenden Zug aus der Pfeife tat, die er die ganze Zeit krampfhaft festhielt und (so Gott will) bis zum Tag seines Hinscheidens festzuhalten beabsichtigt.

Inzwischen stieg der Ballon wie eine Lerche in die Lüfte, segelte hoch über der Stadt dahin und verschwand endlich still hinter einer ebensolchen Wolke wie jener, aus der er so seltsam hervorgetreten war – und wurde so für immer den Blicken der braven Einwohner von Rotterdam entzogen. Die ganze Aufmerksamkeit wandte sich nun dem Briefe zu, der durch seine Niederkunft und deren Folgen so unheilvoll umstürzlerisch für die Person wie auch für das persönliche Ansehen Seiner Exzellenz von Underduk geworden war. Der Beamte jedoch hatte nicht verfehlt, während seiner kreisenden Bewegung daran zu denken, die Epistel in Sicherheit zu bringen, die, wie sich bei näherem Zusehen herausstellte, in die richtigen Hände fiel, da sie tatsächlich an ihn selbst und den Professor Rubadub in ihrer amtlichen Eigenschaft als Präsident und Vizepräsident der Rotterdamer Astronomischen Hochschule gerichtet war. Der Brief wurde also von den beiden Würdenträgern auf der Stelle geöffnet und enthielt folgende erstaunlichen und äußerst wichtigen Mitteilungen:

An Ihre Exzellenzen von Underduk und Rubadub – Präsident und Vizepräsident der Staatshochschule für Astronomie in der Stadt Rotterdam!

Eure Exzellenzen werden sich vielleicht eines bescheidenen Handwerksmannes namens Hans Pfaall, seines Zeichens Blasebalgflicker, zu erinnern vermögen, der vor ungefähr fünf Jahren mit drei andern Männern auf unerklärliche Weise aus Rotterdam verschwand. Wenn es indessen Euren Exzellenzen so gefällt, bin ich, der Schreiber dieser Zeilen, der bewußte Hans Pfaall selber. Es ist den meisten meiner Mitbürger wohl bekannt, daß ich vierzig Jahre lang das kleine Ziegelhaus am Eingang der Sauerkrautgasse bewohnte, und zwar bis zum Zeitpunkt meines Verschwindens. Auch meine Vorfahren haben, länger als man denken kann, da gelebt und haben, ebenso wie ich, ständig das ehrenwerte und einkömmliche Gewerbe eines Blasebalgflickers getrieben, denn – der Wahrheit die Ehre – bis auf die letzten Jahre, wo die Leute anfingen, politisch überklug zu werden, konnte ein ehrlicher Bürger Rotterdams sich kein besseres Gewerbe als mein eignes wünschen. Kredit hatte man genug, an Arbeit fehlte es nie, und weder an Geld noch gutem Willen war je Mangel. Wie ich aber sagte: wir begannen bald die Folgen der Freiheit zu spüren, und lange Reden folgten und Radikalismus und dergleichen. Leute, die früher die denkbar besten Kunden waren, nahmen sich nun nicht einen Augenblick Zeit, überhaupt an uns zu denken. Sie hatten immerfort revolutionäres Zeug zu lesen und mußten mit der vorwärtsschreitenden Aufklärung Schritt halten, um hinter dem Geist der Zeit nur ja nicht zurückzubleiben. War ein Feuer anzublasen, so benutzte man eine Zeitung dazu, und je schwächer die Regierung wurde, um so stärker wurden Leder und Eisen – denn binnen kurzem gab es in ganz Rotterdam nicht einen Blasebalg mehr, der auch nur einen Nadelstich oder einen Hammerschlag nötig gehabt hätte.

Das war ein unerträglicher Zustand. Ich wurde bald so arm wie eine Kirchenmaus, und da ich für Weib und Kinder zu sorgen hatte, wuchs mir meine Last schließlich über den Kopf, und ich verbrachte Stunde um Stunde im Nachsinnen, wie ich meinem Leben auf die angenehmste Art ein Ende machen könne.

Die Gläubiger indessen ließen mir zur Selbstbetrachtung wenig Muße. Mein Haus blieb von morgens bis abends buchstäblich belagert. Da waren vor allem drei Burschen, die mich unerträglich plagten, beständig meine Tür belauerten und mir mit dem Gesetz drohten. Diesen dreien schwur ich bitterste Rache, wenn es mir je gelingen sollte, sie in meine Klauen zu bekommen, und ich glaube, nichts als das Vorgefühl dieses Vergnügens hat mich abgehalten, meine Selbstmordabsichten sogleich durch Ausblasen des Lebenslichts mit einer Donnerbüchse ins Werk zu setzen. Ich hielt es indessen für das beste, meine Wut zu verbergen und die Leute mit Versprechungen und schönen Worten hinzuhalten, bis eine gütige Schicksalswendung mir Gelegenheit zur Rache bieten würde.

Eines Tages, als ich ihnen entwischt war und mich niedergeschlagener fühlte als je, wanderte ich lange ziellos durch die abgelegensten Straßen, bis ich zufällig an den Verkaufsstand eines Buchhändlers anrannte. Da ich hier zur Bequemlichkeit einen Stuhl stehen sah, sank ich verbittert darauf nieder und schlug ganz gedankenlos das erste Buch auf, das mir unter die Hände kam. Es war eine kleine Broschüre, eine Abhandlung über spekulative Astronomie, verfaßt von Professor Encke in Berlin oder von einem Franzosen mit ähnlich klingendem Namen. Ich hatte ein ganz klein wenig Kenntnisse auf diesem Gebiet und vertiefte mich bald so sehr in den Inhalt des Buches, daß ich es allen Ernstes zweimal durchlas, ehe ich wieder zum Bewußtsein dessen kam, was um mich vorging.

Da es dunkel zu werden begann, lenkte ich meine Schritte

heimwärts. Doch die Abhandlung (in Verbindung mit einer Entdeckung über die Luftströmungen, die mir unlängst als wichtiges Geheimnis von einem Vetter in Nantes mitgeteilt worden war) hatte unauslöschlichen Eindruck auf mich gemacht, und während ich durch die dämmerigen Straßen schlenderte, überdachte ich sorgfältig die abenteuerlichen und zuweilen unverständlichen Darlegungen des Verfassers. Da waren besonders einige Stellen, die äußerst anregend auf meine Phantasie wirkten. Je mehr ich über diese Dinge nachdachte, desto stärker wurde das Interesse, das sie in mir geweckt hatten. Die Begrenztheit meiner allgemeinen Bildung und vor allem meine Unkenntnis auf den Gebieten der Naturwissenschaft ließen weder in mir Bedenken aufkommen, ob ich das Gelesene auch begreifen könne, noch machten sie mich gegen alle die unklaren Vorstellungen, die infolgedessen in mir erstanden waren, irgendwie mißtrauisch, führten vielmehr der Phantasie nur noch neue Nahrung zu. Und ich war kindisch genug, oder vielleicht vernünftig genug, mich zu fragen, ob solche unreifen Ideen, wie sie in ungebildeten Köpfen auftauchen, nicht auch den Wahrheitsgehalt und die andern dem Instinkt und der Intuition verliehenen Eigenschaften in der Tat besitzen möchten.

Es war spät, als ich zu Hause ankam, und ich ging sogleich zu Bett. Mein Geist aber blieb zu beschäftigt, um mich schlafen zu lassen, und ich lag die ganze Nacht in Grübelei versunken. Ich stand früh am Morgen auf und begab mich eilig zu dem Buchhändler, um das wenige Bargeld, das ich besaß, für den Einkauf einiger Bände über Mechanik und praktische Astronomie anzulegen. Als ich mit ihnen glücklich zu Hause angelangt war, widmete ich jede freie Minute ihrem Studium und machte bald in Kenntnissen dieser Art genügende Fortschritte, um an die Ausführung eines bestimmten Planes zu gehen, den mir entweder der Teufel oder mein guter Engel eingab. Inzwischen machte ich alle möglichen Versuche, die drei Gläubiger, die mir soviel Unannehmlichkeit bereitet hatten, zu beruhigen. Das gelang mir endlich, teils, indem ich soviel von meiner Wohnungseinrichtung verkaufte, um einen Teil ihrer Ansprüche befriedigen zu können, teils durch das Versprechen, den Rest nach Vollendung eines kleines Projektes zu begleichen, das ich, wie ich ihnen sagte, auszuführen gedächte und für das ich mir ihren Beistand erbat. Auf diese Art (denn es waren unwissende Leute) erreichte ich es unschwer, sie für meine Absichten zu gewinnen.

Als die Dinge soweit geordnet waren, gelang es mir mit Hilfe meiner Frau und mit aller meiner Vorsicht und Heimlichkeit, meinen übrigen Besitz zu verkaufen und in kleinen Summen, unter verschiedenen Vorspiegelungen und (wie ich beschämt gestehe) unbekümmert darum, wie ich es später zurückgeben solle, einen ansehnlichen Betrag Bargeld zusammenzuborgen. Mit Hilfe dieser hinreichenden Geldsumme beschaffte ich mir nach und nach ganz feinen Kambrikmusselin, immer in Stücken von je zwölf Metern, Zwirn, ein großes Quantum Kautschuklack, einen großen und tiefen, nach Bestellung angefertigten Weidenkorb und einige andere zur Herstellung und Ausstattung eines Ballons von außergewöhnlichen Dimensionen nötigen Gegenstände. Den Ballon ließ ich von meiner Frau so schnell wie möglich anfertigen und gab ihr alle nötige Belehrung, wie sie dabei zu verfahren habe. Inzwischen drehte ich aus dem Zwirn ein Netzwerk von entsprechendem Umfang, das ich mit einem Reif und den nötigen Seilen ausstaffierte. Dann kaufte ich zahlreiche Instrumente ein und Material für Experimente in den oberen Regionen der Atmosphäre. Ich benutzte eine günstige Nacht, an einer entlegenen Stelle östlich von Rotterdam fünf mit Eisenreifen gebundene Fässer unterzubringen, deren jedes etwa fünfzig Gallonen faßte, und eines von größerem Umfang; dazu sechs Zinnröhren von drei Zoll Durchmesser und zehn Fuß Länge, eine Quantität einer bestimmten metallischen Substanz oder ein Halbmetall, das ich nicht nennen werde, und ein Dutzend großer Korbflaschen mit einer sehr bekannten Flüssigkeit. Das Gas, das aus diesen letztgenannten Stoffen hergestellt werden sollte, ist von niemand außer mir je hergestellt oder wenigstens nicht zu irgendwie ähnlichen Zwecken verwertet worden. Ich darf hier nur verraten, daß es ein bisher als unlöslich geltender Bestandteil des Stickstoffs ist und daß seine Dichtigkeit etwa 37,4 mal geringer ist als die des Wasserstoffgases. Es ist geschmacklos, aber nicht geruchlos, brennt, unvermischt, mit einer grünlichen Flamme und wirkt auf alles tierische Leben augenblicklich tödlich. Ich würde ohne weiteres das ganze Geheimnis preisgeben, wenn es nicht von Rechts wegen (wie ich vorher andeutete) einem Einwohner von Nantes in Frankreich gehörte, der es mir bedingungsweise vermittelt hat. Dieselbe Person machte mich, ohne eine Ahnung von meinen Absichten zu haben, auch mit einem Verfahren bekannt, aus der Membran eines gewissen Tieres Ballons anzufertigen, bei denen ein Entweichen von Gas fast ausgeschlossen bleibt. Ich fand es jedoch alles zu kostspielig und war ziemlich überzeugt, daß Kambrikmusselin mit einer Kautschukverkleidung ebensogut sei. Ich erwähne hier diesen Umstand, weil ich es für wahrscheinlich halte, daß nun die genannte Person einen Ballonaufstieg mit dem neuen Gas und dem beschriebenen Material versuchen wird und ich dem Betreffenden die Ehre, eine sehr merkwürdige Erfindung gemacht zu haben, nicht wegnehmen möchte.

An der Stelle, die jedes der kleineren Fässer während der Füllung des Ballons einnehmen sollte, grub ich je ein Loch; die Löcher ergaben einen Kreis von fünfundzwanzig Fuß im Durchmesser. In der Mitte dieses Kreises, wo das größere Faß untergebracht werden sollte, grub ich ein tieferes Loch. In jedes der fünf kleineren Löcher versenkte ich einen Behälter, der je fünfzig Pfund Kanonenpulver enthielt, und in das größere ein Fäßchen, das hundertundfünfzig Pfund faßte. Das Faß und die kleinen Behälter verband ich in geeigneter

Weise mit verdeckten Schnüren, und nachdem ich in einen der Behälter das Ende einer ungefähr vier Fuß langen Zündschnur eingeführt hatte, füllte ich das Loch auf und stellte das Faß darauf, indem ich das andere Ende der Zündschnur einen Zoll hervorlugen ließ, was aber bei dem Faß kaum zu sehen war. Dann schloß ich die übrigen Löcher und stellte die kleineren Fässer darüber.

Außer den hier aufgezählten Gegenständen verbarg ich in dem Depot insgeheim auch einen verbesserten Grimmschen Apparat zur Verdichtung der atmosphärischen Luft. Ich fand jedoch, daß diese Maschine beträchtliche Abänderungen benötigte, ehe sie zu den von mir beabsichtigten Zwekken Verwendung finden konnte. Doch bei ernster Arbeit und unermüdlicher Ausdauer brachte ich schließlich alle meine Vorbereitungen zu einem guten Ende. Mein Ballon war bald fertig. Er sollte mehr als vierzigtausend Kubikfuß Gas fassen und sollte mich, nach meiner Berechnung, mit allen meinen Gerätschaften bequem emportragen – und, wenn ich es richtig anfing, mit hundertfünfundsiebzig Pfund Ballast obendrein. Er hatte drei Lacküberzüge erhalten, und ich fand den Kambrikmusselin in jeder Hinsicht der Seide gleichwertig, da er, wenngleich viel billiger, ebenso kräftig schien.

Als nun alles fertig war, forderte ich von meiner Frau ein Verschwiegenheitsgelübde hinsichtlich aller meiner Maßnahmen seit dem Tage meines ersten Besuches in der Buchhändlerbude. Und indem ich meinerseits versprach, sobald es die Umstände erlauben würden, zurückzukehren, gab ich ihr das bißchen Geld, das ich noch übrig hatte, und sagte ihr Lebewohl. In der Tat, ich machte mir keine Sorge um sie. Sie war, was man so nennt, ein tüchtiges Weib und konnte ohne mich in der Welt vorankommen. Die Wahrheit zu sagen, glaube ich, daß sie mich immer als einen Tunichtgut betrachtete, als überflüssige Last – nur geeignet, Luftschlösser zu bauen, und daß sie im Grunde sich freute, mich loszuwerden. Es war eine finstere Nacht, als ich ihr Lebewohl sagte. Die drei Gläubiger, die mir soviel Schererei gemacht hatten, benutzte ich als Adjutanten und schleppte mit ihnen den Ballon nebst der Gondel und den Ausrüstungsgegenständen auf einem Umweg zu der Stelle, wo die andern Dinge lagerten. Wir fanden dort alles unversehrt, und ich machte mich sogleich an die Arbeit.

Es war der erste April. Die Nacht war, wie ich schon sagte, stockfinster; nicht ein Stern ließ sich sehen, und ein feiner Regen, der in Unterbrechungen niederkam, machte es uns recht unbehaglich. Meine Hauptsorge aber blieb der Ballon, der trotz des schützenden Lacküberzugs durch die Feuchtigkeit immer schwerer wurde; auch das Pulver konnte leicht Schaden nehmen. Darum trieb ich meine drei Plagegeister zu größtem Fleiß an, ließ sie Eis um das mittlere Faß türmen und die Säure in den andern Fässern umrühren. Die drei ließen jedoch nicht nach, mich mit Fragen zu bestürmen, was ich mit diesem ganzen Apparat vorhabe, und äußerten große Unzufriedenheit ob der fürchterlichen Arbeit, die ich von ihnen verlangte. Sie könnten nicht einsehen (so sagten sie), warum sie sich bis auf die Haut durchnässen lassen müßten, solchen schauerlichen Hokuspokus mitzutun, bei dem ganz gewiß nichts Gutes herauskommen könne. Ich wurde unruhig und schaffte mit aller Macht voran; denn ich glaubte wirklich, die Dummköpfe nahmen an, ich hätte einen Pakt mit dem Teufel geschlossen. Ich war daher in großer Angst, sie könnten mich ganz und gar im Stich lassen. Es gelang mir jedoch, sie zu beruhigen, indem ich ihnen volle Begleichung sämtlicher Rechnungen in Aussicht stellte, sobald mein Geschäft hier glücklich beendet sei. Diesen Reden gaben sie natürlich ihre eigene Deutung; zweifellos aber glaubten sie daran, daß ich auf dem Wege sei, in den Besitz gewaltiger Schätze zu kommen. Und vorausgesetzt, daß ich ihnen alles zahlte, was ich schuldete, und in Anbetracht ihrer Hilfeleistung noch ein wenig mehr, war es ihnen im übrigen wohl sehr gleichgültig, was aus meiner Seele oder meinem Leichnam würde.

Nach ungefähr vierundeinerhalben Stunde schien mir der Ballon genügend gefüllt. Ich befestigte daher an ihm die Gondel und lud alle meine Geräte hinein: ein Teleskop, ein Barometer mit einigen besonderen Vorrichtungen, ein Thermometer, ein Elektrometer, einen Kompaß, eine Magnetnadel, einen Sekundenzeiger, ein Sprachrohr und so weiter – auch eine luftleere und sorgsam mit einem Korken verschlossene Glaskugel; nicht zu vergessen den Kondensationsapparat, etwas ungelöschten Kalk, eine Stange Siegellack, einen reichlichen Wasservorrat und eine große Menge Proviant, wie zum Beispiel Preßfleisch, von dem schon eine verhältnismäßig geringe und wenig Raum beanspruchende Menge einen bedeutenden Nährwert darstellt. Auch brachte ich ein Taubenpärchen und eine Katze in der Gondel unter.

Es war nun fast Tagesanbruch und daher hohe Zeit zur Abfahrt. Ich ließ wie zufällig eine brennende Zigarre zu Boden fallen, und während ich mich danach bückte, benutzte ich die Gelegenheit, heimlich die Zündschnur in Brand zu setzen, deren Ende, wie ich vorhin erwähnte, ein wenig unter dem unteren Rand eines der kleinen Fässer hervorsah. Dieser Vorgang blieb von meinen drei Bedrängern völlig unbemerkt; ich sprang in die Gondel, zerschnitt rasch das einzige Seil, das mich am Boden hielt, und sah erfreut, daß ich mit unerhörter Schnelligkeit aufwärts sauste und mit Leichtigkeit den hundertfünfzigpfündigen Ballast mitführte; ich hätte das doppelte Gewicht emportragen können. Als ich die Erde verließ, zeigte das Barometer dreißig Zoll und das hundertgradige Thermometer neunzehn Grad.

Kaum hatte ich jedoch eine Höhe von fünfzig Ellen erreicht, als krachend und heulend ein fürchterlicher, wirbelnder Orkan von Feuer, Kies, brennendem Holz, glühendem Metall und zerstückelten Gliedmaßen hinter mir herjagte, daß mir das Herz im Leibe zitterte und ich in schauderndem Entsetzen auf den Boden der Gondel niederfiel. Ja, ich merkte nun, daß ich die Sache völlig übertrieben hatte und daß die Hauptfolgen der Explosion erst noch kommen würden. Es war auch noch keine Sekunde vergangen, als ich alles Blut zu den Schläfen strömen fühlte, und gleich darauf wurde die Nacht von einer Erschütterung zerrissen, als solle das Firmament auseinanderbersten.

Als ich später Zeit zur Überlegung fand, verfehlte ich nicht, die außerordentliche Heftigkeit der Explosion, soweit ich selbst darunter zu leiden hatte, dem wahren Grund, nämlich dem Umstand zuzuschreiben, daß ich mich genau senkrecht über der Sprengstelle befand, also in der Linie der stärksten Wirkung. Damals aber dachte ich an nichts anderes als an die Rettung meines Lebens. Der Ballon klappte zuerst zusammen, dehnte sich dann gewaltig aus, wirbelte mit sinnverwirrender Schnelligkeit im Kreise herum und schwankte und taumelte derart, daß ich über den Rand der Gondel geschleudert wurde, wobei ich an einem Seilende von etwa drei Fuß Länge, das zufällig durch ein Loch im Weidenkorb heraushing und in dessen Schlinge mein rechter Fuß sich beim Sturz glücklicherweise verwickelte, in erschreckender Höhe mit dem Kopf nach unten hängen blieb. Es ist unmöglich – vollständig unmöglich –, eine auch nur annähernde Vorstellung von meiner grauenvollen Lage zu geben. Ich rang krampfhaft nach Atem – ein Schauer wie von Fieberfrost durchrann jeden Nerv und Muskel – ich fühlte, wie mir die Augen aus den Höhlen traten – fürchterliche Übelkeit erfaßte mich – und schließlich verlor ich in einer Ohnmacht alle Besinnung.

Wie lange ich in diesem Zustand blieb, ist unmöglich zu sagen. Es muß jedoch beträchtlich lange gewesen sein, denn als ich allmählich wieder etwas zur Besinnung kam, war es bereits hell, der Ballon schwebte in gewaltiger Höhe über einer Meereswüste, und weit und breit bis an den fernen

Horizont ließ sich nicht eine Spur von Land sehen. Ich empfand aber bei dieser Entdeckung durchaus nicht das Entsetzen, das man erwarten sollte. Ja, die ruhigen Betrachtungen, die ich über meine Lage anzustellen begann, hatten etwas von Irrsinn. Ich hob meine Hände, eine nach der andern, nahe an die Augen und fragte mich verwundert, woher das kommen könne, daß die Adern so geschwollen und die Fingernägel so schwarz waren. Ich untersuchte gründlich meinen Kopf, indem ich ihn wiederholt schüttelte und eingehend abtastete, und ich kam zu der befriedigenden Überzeugung, daß er nicht, wie ich beinahe angenommen hatte, größer als mein Ballon war. Dann griff ich nach alter Gewohnheit in meine Hosentaschen, und als ich darin mein kleines Notizbuch und das Zahnstocherdöschen vermißte, versuchte ich, eine Erklärung für ihr Verschwinden zu finden, und fühlte mich unsäglich bekümmert, als mir das nicht gelingen wollte. Jetzt geschah es, daß ich in meinem rechten Fußgelenk ein großes Unbehagen spürte, und ein schwaches Bewußtsein meiner Lage dämmerte in mir auf. Doch, sonderbar! Ich war weder erstaunt noch entsetzt. Wenn ich überhaupt eine Gemütsregung empfand, war es nur eine kichernde Befriedigung über die Geschicklichkeit, die ich nunmehr entfalten würde, um mich aus der Schwierigkeit zu befreien, und nicht einen Augenblick zog ich in Zweifel, daß ich mich schließlich in Sicherheit bringen könne.

Einige Minuten verharrte ich in tiefem Sinnen. Ich erinnere mich deutlich, daß ich verschiedentlich die Lippen aufeinanderpreßte, den Zeigefinger an die Nase legte und sonstige Gebärden und Grimassen machte, wie das Leute tun, die, behaglich im Armstuhl liegend, über verwickelte oder wichtige Dinge nachdenken. Als ich, wie ich vermeinte, meine Gedanken genügend gesammelt hatte, brachte ich mit großer Vorsicht und Bedachtsamkeit die Hände auf den Rücken und machte die große Stahlschnalle los, die zu dem Gurtband meiner Hosen gehörte. Diese Schnalle hatte drei Zähne, die sich, da sie etwas rostig waren, nur schwer im Scharnier bewegen ließen. Mit einiger Mühe brachte ich sie in einen rechten Winkel zur Schnalle und war froh, daß sie in dieser Stellung verblieben. Das so erhaltene Instrument mit den Zähnen haltend, begann ich nun meine Halsschleife aufzubinden. Ich mußte öfters ausruhen, ehe ich damit fertig werden konnte; endlich aber war es gelungen. Am einen Ende der Halsbinde befestigte ich nun die Schnalle, und das andere Ende band ich, der größeren Sicherheit wegen, um mein Handgelenk. Indem ich nun mit ungeheurer Muskelkraft meinen Körper nach oben schnellte, gelang es mir beim allerersten Versuch, die Schnalle gegen die Gondel zu schleudern, wo sie sich, wie ich erwartet hatte, in den Rand des Weidenkorbgeflechts einhakte.

Mein Körper neigte sich nun seitwärts zur Gondel in einem Winkel von fünfundvierzig Grad; man darf aber nicht annehmen, daß ich mich darum nur fünfundvierzig Grad unter der Senkrechten befunden hätte. Weit entfernt davon, lag ich noch immer fast wagerecht, in gleicher Linie mit der Ebene des Horizonts; denn meine eigene veränderte Lage hatte den Boden der Gondel beträchtlich von mir fortgestemmt, was naturgemäß eine außerordentliche Gefahr bildete. Man muß jedoch bedenken, daß – wäre ich beim Herausstürzen so gefallen, daß mein Gesicht nach innen geblickt hätte statt nach außen, wie es der Fall war, oder hätte zweitens das Seil, an dem ich hing, über dem oberen Rand gelegen, statt aus einer Lücke am Boden herauszukommen – ich meine, man kann leicht begreifen, daß es mir in jedem dieser angenommenen Fälle nicht einmal möglich gewesen wäre, so viel zu erreichen, als mir bis jetzt gelungen war, und die hier gegebenen Enthüllungen würden für die Nachwelt verloren gewesen sein. Ich hatte daher allen Grund, dankbar zu sein, war aber tatsächlich zu benommen, um überhaupt etwas zu empfinden. Vielleicht eine Viertelstunde verbrachte ich in der neuen, ungewöhnlichen Lage, und ohne die geringste weitere Anstrengung zu machen, gab ich mich einer geradezu idiotischen Zufriedenheit hin. Dieses Gefühl wich dann aber dem einer grauenhaften Bestürzung und dem Bewußtsein meiner völligen Hilflosigkeit. Ja, das Blut, das sich bislang in den Gefäßen von Kopf und Hals gestaut und meine Lebensgeister in Benommenheit versenkt hatte, begann nun wieder in seine natürlichen Kanäle zurückzufluten, und die Deutlichkeit, mit der ich mir nun meiner Gefahr bewußt wurde, führte nur dazu, mir die Selbstbeherrschung und den jetzt dringend erforderlichen Mut gänzlich zu rauben. Diese Schwäche dauerte aber zu meinem Glück nicht lange. Zur rechten Zeit kam mir die Verzweiflung zu Hilfe, und mit wildem Schreien und Zappeln brachte ich mich ruckweise in die Höhe, bis ich mit verzweifeltem Griff den Korbrand erfassen und mich hinüberwinden konnte, um kopfüber und an allen Gliedern bebend in die Gondel zu stürzen.

Erst geraume Zeit später erholte ich mich so weit, um dem Ballon die gebotene Sorgfalt zuwenden zu können. Ich prüfte ihn dann aber aufmerksam und fand ihn zu meiner großen Beruhigung unbeschädigt. Meine Instrumente waren alle in bester Ordnung, und glücklicherweise hatte ich weder Ballast noch Proviant verloren. Es war ja auch alles so sorgsam von mir befestigt gewesen, daß Verluste kaum möglich werden konnten. Ich sah nach der Uhr und stellte fest, daß es sechs Uhr war. Ich stieg noch immer mit großer Schnelligkeit, und das Barometer verzeichnete nun eine Höhe von drei und dreiviertel Meilen. Genau unter mir auf dem Ozean lag ein kleiner, dunkler Gegenstand von ziemlich länglicher Form und von der Größe eines Dominosteines und einem solchen überhaupt sehr ähnlich. Ich richtete das Teleskop darauf und erkannte nun deutlich, daß es ein britisches, sorgsam aufgeholtes Kriegsschiff war, das in westsüdwestlicher Richtung mächtig die Wogen stampfte. Außer diesem Schiff sah ich nichts als Meer und Himmel und die Sonne, die schon lange aufgegangen war.

Es ist nun hohe Zeit, daß ich Euren Exzellenzen den Zweck meiner Reise auseinandersetze. Eure Exzellenzen werden sich erinnern, daß meine verzweifelte Lage in Rotterdam mich schließlich zu dem Entschluß getrieben hatte, Selbstmord zu begehen. Es war jedoch nicht das Leben selbst, das mich anekelte, sondern die zufällige Misere, unter der ich persönlich so sehr leiden mußte. In dieser Seelenstimmung, leben wollend und doch vom Leben zermürbt, eröffnete die Abhandlung aus der Bücherbude, unterstützt von der so gelegen kommenden Entdeckung meines Vetters in Nantes, meiner Einbildungskraft ein Ziel. Ich faßte also einen endgültigen Entschluß. Ich beschloß, zu verschwinden, doch am Leben zu bleiben – die Welt zu verlassen, aber nicht das Dasein – kurz, um nicht in Rätseln zu sprechen, ich beschloß, komme was wolle, wenn möglich einen Weg zum Mond zu erzwingen. Damit man mich nun nicht für verrückter hält, als ich tatsächlich bin, will ich, so gut ich kann, die Gedanken darlegen, die mich zu der Überzeugung führten, daß ein derartiges Unternehmen, wenn es zweifellos auch schwierig und gefahrvoll war, für einen kühnen Geist dennoch nicht außer dem Bereich des Möglichen lag.

Zunächst war die genaue Entfernung des Mondes von der Erde in Betracht zu ziehen. Nun beträgt der mittlere oder durchschnittliche Abstand zwischen den Mittelpunkten der beiden Planeten 59,9643 äquatoriale Erdradien oder nur ungefähr 237000 englische Meilen. Ich sage, die mittlere, durchschnittliche Entfernung – man muß aber beachten, daß sie, da die Mondbahn eine Ellipse ist, deren Exzentrizität nicht weniger als 0,05484 der großen Halbachse der Ellipse selbst beträgt, und da das Erdzentrum in ihrem Brennpunkt liegt, wesentlich vermindert werden mußte, wenn es mir irgendwie gelingen sollte, den Mond während seiner Erdnähe zu erreichen. Ganz abgesehen aber von dieser Möglichkeit war es auf alle Fälle gewiß, daß ich von den 237000 Meilen den Radius der Erde, nämlich 4000, und den Radius des

Mondes, nämlich 1080, zusammen 5080 Meilen, abziehen durfte, so daß die zurückzulegende Strecke nur noch durchschnittlich 231920 Meilen betrug. Nun war das, wie ich meinte, keine unüberwindliche Entfernung. Landreisen sind wiederholt mit einer Geschwindigkeit von sechzig Meilen in der Stunde ausgeführt worden, und gewiß kann man eine noch viel größre Schnelligkeit entfalten. Doch selbst bei dieser Berechnung würde ich nicht mehr als einhunderteinundsechzig Tage brauchen, um die Mondoberfläche zu erreichen. Mancherlei Umstände aber ließen mich glauben, daß meine Durchschnittsleistung voraussichtlich sechzig Meilen in der Stunde bei weitem übersteigen würde, und da diese Betrachtungen nicht verfehlten, tiefen Eindruck auf mich zu machen, so will ich später ausführlicher darauf zurückkommen.

Ein anderer Punkt war von weit größrer Bedeutung. Aus den Angaben des Barometers ersehen wir, daß man in einer Höhe von tausend Fuß über der Erde ungefähr ein Dreißigstel der gesamten atmosphärischen Luft unter sich hat, bei zehntausendsechshundert Fuß nahezu ein Drittel, und bei achtzehntausend, was etwa die Höhe des Cotopaxi entspricht, schwebt man über der Hälfte aller Luft oder jedenfalls über der Hälfte des wägbaren Luftkörpers, der die Erdkugel umspannt. Man hat ferner berechnet, daß in einer Höhe, die den hundertsten Teil des Erddurchmessers, also 80 Meilen, nicht übersteigt, die Verdünnung der Luft so beträchtlich ist, daß animalisches Leben darin nicht mehr bestehen könnte und daß hier selbst unsre feinsten Apparate das Vorhandensein atmosphärischer Luft überhaupt nicht mehr nachzuweisen vermöchten. Es war mir aber klar, daß diese Berechnungen nur auf unsern Experimentalkenntnissen der Lufteigenschaften beruhen und auf den mechanischen Gesetzen, welche die Ausdehnung und Verdichtung der Luft in unmittelbarer Nähe der Erde selbst betreffen; und gleichzeitig wird als selbstverständlich angenommen, daß das animalische Leben in einer gewissen, tatsächlich unerreichbaren Ferne vom Erdboden einer Anpassung unfähig sei. Nun müssen natürlich alle derartigen Schlußfolgerungen, die sich auf denselben Grundlagen aufbauen, analog verlaufen. Die größte Höhe, die Menschen je erreicht haben, betrug fünfundzwanzigtausend Fuß, ein Erfolg der aeronautischen Expedition der Herren Gay-Lussac und Biot. Das ist nur eine mäßige Höhe, selbst verglichen mit den in Betracht kommenden achtzig Meilen, und ich konnte den Gedanken nicht abweisen, daß hier dem Zweifel und der Spekulation ein weiter Spielraum gelassen war.

Tatsächlich aber steht, wenn bei einem Aufstieg irgendeine gegebene Höhe erreicht ist, die überwundene Menge wägbarer Luft bei jedem weitren Steigen nicht im gleichen Verhältnis zu der vermehrten Höhenüberwindung (was aus dem vorher Gesagten leicht ersichtlich ist), sondern in einem beständig abnehmenden Verhältnis. Es ergibt sich also, daß wir, so hoch wir auch steigen mögen, wörtlich genommen zu keiner Grenzlinie kommen können, hinter der es keine Atmosphäre mehr gäbe. Sie muß vorhanden sein, schloß ich, wenn auch schließlich nur in unendlicher Verdünnung.

Andrerseits war mir bewußt, daß es an Beweisen für das Vorhandensein einer wirklichen und endgültigen Grenze der Atmosphäre, hinter der es überhaupt keine Luft mehr gab, keineswegs fehlte. Ein Umstand aber, den alle, die für eine solche Grenze eintreten, außer acht gelassen haben, schien mir, wenn er auch keine positive Widerlegung ihrer Annahme ermöglicht, so doch eine Unterlage für eine Nachprüfung zu sein. Bei einem Vergleich der Zeitunterschiede in dem sukzessiven Erscheinen des Enckeschen Kometen in seiner jeweiligen Sonnennähe – selbst bei genauer Erwägung aller Störungen, die aus der Anziehungskraft der Planeten erwachsen können – ergibt sich doch, daß die Umlaufzeit und mit ihr also auch die Hauptachse der Ellipse des Kometen allmählich, aber durchaus regelmäßig kürzer wird. Genau das müßte sich nun ergeben, wenn wir annehmen, daß der Komet den Widerstand einer äußerst dünnen ätherischen Substanz, die seine Bahn durchdringt, zu überwinden hat. Denn es ist klar, daß ein solcher Stoff, der die Schnelligkeit des Kometen verringert, seine zentripetale Kraft vermehren, die zentrifugale aber vermindern muß. Mit andern Worten, die Anziehungskraft der Sonne würde beständig größre Macht gewinnen und der Komet bei jeder Umdrehung stärker von ihr angezogen werden. Ja, es läßt sich für die fraglichen Veränderungen überhaupt keine andere Erklärung finden.

Also noch einmal: Der wirkliche Durchmesser der Nebelhülle des Kometen verkürzt sich bei Annäherung an die Sonne mit äußerster Schnelligkeit und dehnt sich bei der Wiederentfernung des Kometen mit entsprechender Schnelligkeit wieder aus. War ich nicht, mit Mr. Balz, zu der Annahme berechtigt, daß diese offenbare Verdichtung des Volumens in der Zusammendrängung der vorgenannten ätherischen Substanz ihre Ursache hat, deren Dichtigkeit im Verhältnis zu ihrer Sonnennähe zunimmt? Durch das linsenförmige Phänomen, das man Zodiakallicht nennt, verdient Beachtung. Dieser in den Tropen besonders deutliche Lichtschein, der nicht mit einer meteorischen Strahlung verwechselt werden kann, verbreitet sich vom Horizont schräg nach oben und folgt in der Regel der Richtung des Sonnenäquators. Mir schien es ganz offenbar eine Art verdünnter Atmosphäre zu sein, die sich rings um die Sonne ausbreitet, mindestens bis über die Bahn der Venus hinaus und, nach meiner Annahme, noch unendlich viel weiter.* Ja, ich konnte nicht der Auffassung sein, daß dieses Medium sich auf die Bahn der Ellipse des Kometen oder nur auf den nächsten Umkreis der Sonne beschränke. Es ist im Gegenteil leicht

---

* Das Zodiakallicht ist vermutlich die von den Alten »Trabes« genannte Erscheinung. »EMICANT TRABES, QUOS DOCOS VOCANT« Plinius, LIB. 2, P. 26.

anzunehmen, daß es die ganze Region unsres Planetensystems durchdringt und sich um die Planeten selbst zu der sogenannten Atmosphäre verdichtet – bei einigen derselben vielleicht durch rein geologische Bedingungen modifiziert; das heißt, in seinen Verhältnissen (oder seiner absoluten Beschaffenheit) modifiziert durch die verflüchtigten Materien der betreffenden Gestirne.

Unter diesem Gesichtspunkt gab es kaum mehr ein Zögern für mich. Überzeugt, daß ich auf meiner Fahrt in eine der unsern wesentlich gleichende Atmosphäre kommen würde, stellte ich fest, daß ich mit Hilfe des sehr geeigneten Apparates des Herrn Grimm gut in der Lage sein würde, diese Atmosphäre zu Atmungszwecken genügend zu verdichten. Das mußte das Haupthindernis einer Mondreise beheben. Ich hatte es mich ein schönes Stück Geld und viel Arbeit kosten lassen, den Apparat dem bewußten Zweck anzupassen, und sah vertrauensvoll seiner erfolgreichen Anwendung entgegen, sofern es mir nur gelänge, die Reise innerhalb einer entsprechend kurzen Zeit zu beenden. – Das bringt mich wieder auf die Frage der Geschwindigkeit zurück, mit der die Reise sich möglicherweise ausführen lassen konnte.

Es ist bekannt, daß Ballons im ersten Stadium ihres Aufsteigens nur eine mäßige Geschwindigkeit haben. Nun beruht die Auftriebskraft ganz allein auf der größeren Schwere der atmosphärischen Luft gegenüber dem Gas im Ballon, und auf den ersten Blick scheint es nicht annehmbar, daß die ursprüngliche Geschwindigkeit des Ballons sich beim Steigen durch atmosphärische Schichten von immer schneller abnehmender Dichtigkeit überhaupt noch zu vergrößern vermöchte. Andrerseits hatte ich jedoch nie gehört, daß sich jemals bei einer von Luftschiffern erzielten Höhe eine Verminderung in der absoluten Aufstiegsgeschwindigkeit ergeben hätte, obschon das eigentlich der Fall sein müßte, zumindest wegen der Gasausströmung bei schlechtgebauten und nur in üblicher Weise gefirnisten Ballons. Es schien demnach, daß dieses Ausströmen nur gerade die Wirkung hatte, für die zunehmende Schnelligkeit des Ballons bei seinem immer geringer werdenden Abstand vom Gravitationszentrum ein Gegengewicht zu bilden. Ich kam also zu der Schlußfolgerung: angenommen, ich fand auf meiner Fahrt das vermutete Medium, und angenommen, daß es sich im wesentlichen als das erwies, was wir atmosphärische Luft nennen, so konnte es verhältnismäßig wenig bedeuten, in was für einer außerordentlichen Verdünnung ich es antraf – das heißt hinsichtlich meiner Aufsteigsgeschwindigkeit –, denn nicht nur würde auch das Gas im Ballon einer ähnlichen Verdünnung unterworfen sein (bei welcher Gelegenheit ich so viel entweichen lassen konnte, als zur Verhütung einer Explosion notwendig war), sondern, was es auch sei, es würde sich auf alle Fälle darin gleich bleiben, spezifisch leichter zu sein als jede wie immer geartete Verbindung von Stickstoff und Sauerstoff. Es gab also die Möglichkeit – in der Tat die große Wahrscheinlichkeit –, daß ich bei meinem Aufstieg nirgends zu einem Punkte gelangen würde, wo das Gesamtgewicht meines ungeheuren Ballons, seine unendlich verdünnte Gasfüllung, die Gondel und ihr Inhalt, dem Gewicht der verdrängten Masse der Atmosphäre gleichkäme, wodurch allein, wie man begreifen wird, mein Aufstieg eine Hemmung hätte erleiden können. Sollte aber dennoch solch ein unwahrscheinlicher Punkt erreicht werden, so konnte ich an Ballast und andrem Gewicht bis beinahe dreihundert Pfund abwerfen. Inzwischen würde die Graviationskraft sich beständig verringern, im Verhältnis zum Entfernungswinkel, und so könnte ich schließlich mit einer gewaltig zunehmenden Geschwindigkeit in jene fernen Regionen gelangen, wo die Anziehungskraft der Erde von der des Mondes übertroffen werden mußte.

Es gab jedoch noch eine andre Schwierigkeit, die mir einige Unruhe verursachte. Man hat beobachtet, daß bei Ballonaufstiegen in beträchtliche Höhe sich – abgesehen von Atemnot – Schmerzen im Kopf und im ganzen Leibe einstellen, oft von Nasenbluten und sonstigen beängstigenden Symptomen begleitet, die immer heftiger werden, je höher man steigt. Diese Gedanken waren geeignet, mir angst zu machen. War nicht anzunehmen, daß jene Erscheinungen sich steigern mußten, bis der Tod selber ihnen ein Ende machte? Ich kam indes zu einem verneinenden Schluß. Ihre Ursache war in der fortschreitenden Abnahme des gewohnten atmosphärischen Drucks auf die Körperoberfläche zu suchen, folglich in einer Ausdehnung der äußern Blutgefäße – nicht in einer positiven Zerstörung des animalischen Aufbaus, wie das bei Atmungsbeschwerden der Fall ist, wo die atmosphärische Dichtigkeit für die nötige Erneuerung des Blutes in einer Herzkammer chemisch ungenügend ist. Solange aber diese Erneuerung nicht unmöglich gemacht wurde, sah ich daher keinen Grund, warum das Leben nicht auch in einem Vakuum fortbestehen sollte; denn das Ausdehnen und Zusammenziehen des Brustkastens, gewöhnlich Atmen genannt, ist eine reine Muskeltätigkeit und die Ursache, nicht die Folge der Atmung. Kurz, ich erkannte, daß jene Schmerzen, da der Körper sich wohl an den Mangel des atmosphärischen Drucks gewöhnen mußte, nachlassen würden; und daß ich sie aushalten könnte, solange sie andauerten, darauf verließ ich mich im Hinblick auf meine eiserne Konstitution.

So habe ich nun, wie Eure Exzellenzen zu sehen geruhen wollen, einige, wenngleich durchaus nicht alle Betrachtungen dargelegt, die mich veranlaßten, eine Mondreise zu unternehmen. Ich fahre nun fort, Ihnen das Resultat meines gewiß äußerst verwegenen und in den Annalen der Menschheit jedenfalls einzig dastehenden Versuches darzulegen.

Als ich die zuvor erwähnte Höhe erreicht hatte – nämlich drei und dreiviertel Meilen –, ließ ich eine Handvoll Federn auffliegen und fand, daß ich noch immer mit genügender

Schnelligkeit emporstieg; es bestand also keine Notwendigkeit, Ballast abzuwerfen. Ich war froh darüber, denn ich wollte ein möglichst großes Gewicht bei mir behalten, aus dem erklärlichen Grunde, daß ich ja weder über die Anziehungskraft noch über die atmosphärische Dichtigkeit des Mondes Gewißheit hatte. Vorläufig empfand ich nicht das geringste körperliche Unbehagen, konnte tief Atem holen und verspürte keinerlei Kopfweh. Die Katze lag ganz unbesorgt auf meinem Rock, den ich abgelegt hatte, und betrachtete mit Nonchalance die Tauben, die an den Füßen angebunden waren, damit sie nicht entweichen konnten. Sie waren eifrig beschäftigt, die Reiskörner zu picken, die ich für sie auf dem Boden der Gondel ausgestreut hatte.

Zwanzig Minuten nach sechs Uhr zeigte das Barometer eine Höhe von 26400 Fuß oder nahezu fünf Meilen. Das Panorama schien unbegrenzt. Übrigens ist es ganz leicht, mit Hilfe der sphärischen Geometrie zu berechnen, welchen Umfang der Erdoberfläche man überschaut. Die konvexe Oberfläche eines Kugelschnitts verhält sich zur Gesamtoberfläche der Kugel selbst wie der SINUS VERSUS des Segmentes zum Durchmesser der Kugel. Nun kam in meinem Fall der SINUS VERSUS – das heißt die Dicke des unter mir liegenden Schnitts – etwa meiner Höhe oder der Höhe des Sehpunktes über der Oberfläche gleich. So würde also der Teil der Erdoberfläche, den ich erblickte, einem Verhältnis von fünf zu achttausend Meilen entsprechen. Anders ausgedrückt, ich erblickte den sechzehnhundertsten Teil der gesamten Erdkugel-Oberfläche. Das Meer glich einem glatten Spiegel, obwohl ich mit Hilfe des Teleskops erkennen konnte, daß es in heftiger Bewegung war. Das Schiff war nicht länger sichtbar und offenbar nach Osten davongezogen. Ich empfand jetzt mit Unterbrechungen starke Schmerzen im Kopf, besonders in den Ohren – konnte jedoch noch immer ziemlich frei Atem holen. Katze und Tauben schienen keinerlei Unbehagen zu verspüren.

Zwanzig Minuten vor sieben geriet der Ballon in dichte Wolkenwände; das empfand ich sehr unangenehm, denn es schadete meinem Kondensator, und ich wurde bis auf die Haut durchnäßt. Gewiß war es ein eigenartiges Renkontre; ich hätte es nicht für möglich gehalten, daß in so großer Höhe eine solche Wolke anzutreffen sei. Es schien mir jedenfalls nötig, zwei Fünfpfundstücke Ballast abzuwerfen, wonach mir noch immer ein Gewicht von hundertfünfundsechzig Pfund verblieb. Dadurch kam ich schnell aus der Schwierigkeit heraus und gewahrte sofort, daß ich meine Geschwindigkeit sehr beschleunigt hatte. Wenige Sekunden, nachdem ich aus der Wolke heraus war, durchzuckte sie ein greller Blitz von einem zum andern Ende und ließ sie in ihrer ungeheuren Ausdehnung aufflammen wie ein Stück erglühter Holzkohle. Man muß bedenken, daß dies am hellen Tage geschah. Keine Phantasie kann den erhabenen Eindruck malen, den das gleiche Ereignis im Dunkel der Nacht hervorgerufen haben müßte. Solches Bild ließe sich nur mit der Hölle selbst vergleichen. Selbst in dieser Stunde standen mir die Haare zu Berge, als ich tief hinunter in den gähnenden Abgrund blickte und meine Einbildungskraft in den seltsam gebuchteten Hallen, den glühenden Schluchten und roten gespenstischen Klüften des grauenvollen, unbegrenzten Feuers einherschritt. Ich war wirklich knapp der Gefahr entronnen. Wäre der Ballon nur ein ganz klein wenig länger in der Wolke geblieben – hätte mich also das unbehagliche Gefühl, das mir die Nässe verursachte, nicht veranlaßt, den Ballast abzuwerfen –, so wäre meine Vernichtung die sehr wahrscheinliche Folge gewesen. Solche Gefahren, die man allerdings kaum in Betracht zieht, sind vielleicht die größten, die ein Ballon zu bestehen hat. Inzwischen hatte ich jedoch eine solche Höhe erreicht, daß ich in dieser Hinsicht nicht mehr besorgt zu sein brauchte.

Ich stieg jetzt sehr schnell, und gegen sieben Uhr zeigte das Barometer eine Höhe von nicht weniger als neun und einer halben Meile. Das Atemholen begann mir schwer zu werden. Auch der Kopf tat ungemein weh, und nachdem ich schon eine Zeitlang an den Wangen eine Feuchtigkeit verspürt hatte, entdeckte ich schließlich, daß es Blut war, das ziemlich stark aus meinen Ohren sickerte. Auch spürte ich großes Unbehagen in den Augen. Als ich mit der Hand darüber hinstrich, hatte ich das Gefühl, sie seien nicht unbeträchtlich aus den Höhlen getreten; und alle Dinge in der Gondel, sogar der Ballon selbst, boten einen verzerrten Anblick. Die Symptome waren schlimmer, als ich erwarten konnte, und verursachten mir einige Bestürzung. In dieser bedenklichen Lage warf ich sehr unkluger- und unüberlegterweise drei Fünfpfundgewichte Ballast aus. Die hierdurch erreichte zunehmende Geschwindigkeit trug mich allzu schnell und ohne jeden Übergang in eine ungemein verdünnte Atmosphärenschicht, und dies Ergebnis wäre für mein Unternehmen und für mich selbst fast verhängnisvoll geworden. Ich wurde plötzlich von einem Krampf befallen, der über fünf Minuten währte, und selbst als er allmählich nachließ, konnte ich nur in langen Pausen und keuchend Atem holen – während ich die ganze Zeit über aus Nase und Ohren stark blutete und sogar etwas aus den Augen. Die Tauben gebärdeten sich geradezu verzweifelt und bemühten sich, zu entkommen; die Katze miaute kläglich und schritt mit hängender Zunge in der Gondel hin und her, als habe sie Gift im Leibe. Ich sah jetzt zu spät ein, daß ich den Ballast voreilig abgeworfen hatte, und war in nicht geringer Aufregung. Ich erwartete nichts anderes als den Tod, und das in wenigen Minuten. Die körperlichen Schmerzen, die ich aushalten mußte, machten es mir auch fast unmöglich, zur Erhaltung meines Lebens irgend etwas zu tun. Es war mir auch nicht viel Kraft zur Überlegung geblieben, und die Schmerzen im Kopf nahmen immer mehr an Heftigkeit zu.

Schon meinte ich, mir würden die Sinne schwinden, und packte bereits eine der Ventilleinen, um den Abstieg zu versuchen, als die Erinnerung an den Streich, den ich den drei Gläubigern gespielt hatte, und an die daraus für mich möglicherweise entstehenden Folgen mich vorläufig zurückhielt. Ich legte mich auf den Boden der Gondel nieder und versuchte, mich zu sammeln. Das gelang mir insoweit, als ich beschloß, einen Aderlaß zu wagen. Da ich keine Lanzette besaß, mußte ich die Operation so schlecht und recht vornehmen, wie ich eben konnte, und es gelang mir endlich, mit meinem Federmesser eine Ader im linken Arm zu öffnen. Kaum begann das Blut zu fließen, als ich eine fühlbare Erleichterung spürte, und als ich ein halbes Schüsselchen voll verloren hatte, waren die schlimmsten Symptome verschwunden. Ich hielt es trotzdem nicht für ratsam, mich sofort zu erheben, verband vielmehr meinen Arm, so gut ich konnte, und blieb eine Viertelstunde ruhig liegen. Dann stand ich auf und fühlte mich von wirklichen Schmerzen irgendwelcher Art freier als in den ganzen letzten fünfviertel Stunden seit der Auffahrt. Die Atembeschwerden hatten aber nur wenig abgenommen, und ich sah, daß es bald unbedingt nötig sein würde, den Kondensator anzuwenden.

Als ich jetzt zur Katze hinsah, die es sich wieder auf meinem Rock bequem machte, entdeckte ich zu meiner unendlichen Überraschung, daß sie die Zeit meiner Indisposition dazu benutzt hatte, drei kleinen Kätzchen das Leben zu geben. Das war eine für mich völlig unerwartete Vermehrung der Passagiere; aber ich war erfreut über das Ereignis. Es würde mir Gelegenheit geben, die Stichhaltigkeit einer Vermutung zu prüfen, die mehr als alles andere mich zu meinem großen Wagnis ermutigt hatte. Ich vertrat ja die Annahme, daß nur die Gewöhnung an den atmosphärischen Druck auf der Erdoberfläche die Ursache oder doch zum größten Teil die Ursache der Schmerzen war, die von den Lebewesen in einiger Entfernung über der Erdoberfläche auszuhalten waren. Sollten nun die Kätzchen in ähnlichem Grade wie ihre Mutter Unbehagen empfinden, so mußte ich meine Theorie als falsch ansehen, war es aber nicht so, so wurde meine Mutmaßung sehr befestigt.

Um acht Uhr hatte ich tatsächlich eine Höhe von siebzehn Meilen über der Erdoberfläche erreicht. Daraus ergab sich für mich, daß meine Aufflugsgeschwindigkeit nicht nur im Zunehmen war, sondern daß die Zunahme auch in geringem Grade erkennbar geworden wäre, selbst wenn ich keinen Ballast abgeworfen hätte. Die Schmerzen im Kopf, in den Ohren kamen in Pausen mit großer Heftigkeit wieder, und ich hatte hin und wieder noch immer Nasenbluten; im ganzen aber mußte ich viel weniger leiden, als man hätte annehmen sollen. Das Atmen aber wurde mir mit jedem Augenblick beschwerlicher, und jedes Einatmen war von einem quälenden Krampf in der Brust begleitet. Ich packte nun den Kondensator aus und machte ihn für den sofortigen Gebrauch fertig.

Der Anblick, den jetzt die Erde von dieser Höhe bot, war wirklich wunderschön. Nach Westen, Norden und Süden lag, soweit ich blicken konnte, die unermeßliche, scheinbar glatte Meeresfläche, deren Blau mit jeder Minute tiefer wurde. Ganz fern im Osten, aber deutlich erkennbar, breiteten sich die Inseln von Großbritannien, die ganze atlantische Küste Frankreichs und Spaniens und ein kleines nördliches Stück vom afrikanischen Festland. Von einzelnen Bauwerken ließ sich keine Spur entdecken, und die stolzesten Städte der Menschen waren vollkommen vom Erdboden verschwunden.

Was mich in der Erscheinung der Dinge drunten hauptsächlich wunderte, war die scheinbare Konkavität der Kugel-Oberfläche. Ich hatte, gedankenlos genug, erwartet, durch das Emporsteigen ihre wirkliche Konvexität sichtbar werden zu sehen; ein klein wenig Nachdenken aber genügte, den Widerspruch zu erklären. Eine Meßschnur, die von meiner Stellung senkrecht zur Erde fiel, würde die Senkrechte eines rechtwinkligen Dreiecks gebildet haben, dessen Basis sich von dem rechten Winkel zum Horizont und dessen Hypothenuse sich vom Horizont zu mir erstreckte. Meine Höhe aber war gering oder gar nichts im Vergleich mit meinem Gesichtskreis. Anders ausgedrückt, die Basis und Hypothenuse des angenommenen Dreiecks würden in meinem Fall im Vergleich mit der Senkrechten so lang gewesen sein, daß man die beiden ersten fast als Parallelen hätte ansehen können. Auf diese Weise erscheint dem Luftschiffer der Horizont immer in gleicher Höhe mit der Gondel. Da aber der Punkt genau unter ihm in großer Entfernung zu sein scheint und ist, so scheint er natürlich auch tief unter dem Horizont zu liegen. Daher der Eindruck der Konkavität; und dieser Eindruck muß so lange bestehen bleiben, bis die Höhe im Verhältnis zum Gesichtskreis so groß ist, daß die anscheinende Parallele der Basis und Hypothenuse verschwindet.

Da die Tauben jetzt viel auszustehen schienen, beschloß ich, ihnen die Freiheit zu geben. Zunächst band ich eine von ihnen, eine schöne graugefleckte, los und setzte sie auf den Rand des Weidenflechtwerks. Sie fühlte sich hier äußerst unbehaglich, blickte sich ängstlich um, schlug mit den Flügeln und gurrte laut, konnte sich aber nicht entschließen, sich von der Gondel fortzuwagen. Da nahm ich sie auf und schleuderte sie etwa sechs Meter vom Ballon fort. Sie machte jedoch nicht, wie ich erwartet hatte, einen Versuch, nach abwärts zu fliegen, sondern mühte sich mit aller Gewalt, zurückzukehren, während sie schrille, durchdringende Schreie ausstieß. Es gelang ihr schließlich, ihren früheren Platz auf dem Gondelrand wieder zu erreichen, aber kaum war das geschehen, als ihr Kopf auf die Brust sank und sie in die Gondel herabstürzte. Die andere Taube war glücklicher. Damit sie nicht dem Beispiel der ersten folgen und zurückkehren könne, warf ich sie mit aller Kraft nach unten und sah erfreut, daß sie mit großer Schnelligkeit abwärts flog, indem sie ihre Schwingen leicht und auf ganz gewohnte Art gebrauchte. In kürzester Zeit war sie außer Sicht, und ich zweifle nicht, daß sie sicher zu Hause eintraf. Miez, die sich von ihrer Krankheit gut erholt hatte, bereitete sich jetzt aus dem toten Vogel ein herzhaftes Mahl und begab sich dann offenbar befriedigt zur Ruhe. Ihre Jungen waren recht lebendig und zeigten bisher nicht die leiseste Spur eines Unbehagens.

Als es achteinviertel war und ich nur noch unter unerträglichen Schmerzen atmen konnte, machte ich mich daran, den zum Kondensator gehörigen Apparat um die Gondel zu ziehen. Dieser Apparat bedarf einiger Erläuterungen. Eure Exzellenzen mögen sich vergegenwärtigen, daß meine Absicht vor allem dahin ging, mich und die Gondel vollständig mit einem Wall gegen die äußerst verdünnte Atmosphäre zu umgeben und ferner mit Hilfe des Kondensators die zur Atmung notwendige Menge eben dieser Atmosphäre genügend verdichtet einzulassen. Zu solchem Zweck hatte ich eine sehr starke, völlig luftdichte, aber dehnbare Kautschukhülle hergestellt. In der sackartigen Hülle, die genügenden Umfang besaß, war für die ganze Gondel Platz. Das heißt, die Hülle wurde über den ganzen Boden der Gondel und an deren Seiten in die Höhe gezogen und so weiter außen an den Seilen entlang bis zum oberen Rand oder Reifen, an dem das Netzwerk befestigt war. Nachdem ich die Hülle, wie angegeben, emporgeholt und am Boden wie an allen Seiten festschließend angezogen hatte, blieb es nur nötig, ihre Öffnung dadurch zu schließen, daß ich den Stoff über den Reifen des Netzwerks bekam, beziehungsweise zwischen Netzwerk und Reifen spannte. Wenn aber das Netzwerk vom Reifen losgemacht wurde, um dies Durchziehen zu ermöglichen, wodurch sollte da inzwischen die Gondel gehalten werden? Nun war das Netzwerk nicht unlöslich am Reifen befestigt, sondern durch eine Anzahl beweglicher Haken und Schlingen. Ich machte daher zunächst nur einige dieser Schlingen gleichzeitig los, so daß die Gondel von den übrigen gehalten wurde. Nachdem ich so einen Teil des oberen Stoffrandes der Hülle eingeschoben hatte, befestigte ich die Schlingen – nicht wieder am Reifen, denn das war unmöglich, da jetzt der Stoff dazwischen lag, sondern an großen Knöpfen, die am Stoff selbst, etwa drei Fuß unter der Sacköffnung, angebracht waren; die Zwischenräume zwischen den Knöpfen entsprechen denen der Schlingen. Nachdem dies geschehen war, wurden wieder einige andere Schlingen vom Reifen gelöst, ein weiterer Teil Stoff eingeschaltet und jede freigewordene Schlinge mit dem dafür vorgesehenen Knopf verknüpft. Auf die Art wurde es möglich, den ganzen oberen Teil der Sackhülle zwischen Netzwerk und Reifen hereinzuziehen.

Es ist klar, daß nun der Reifen in die Gondel herunterfallen mußte, während das ganze Gewicht der Gondel selbst mit all ihrem Inhalt nur durch die Kraft der Knöpfe gehalten wurde. Das scheint auf den ersten Blick eine sehr unzulängliche Befestigung, war es aber keineswegs, denn die Knöpfe waren nicht nur an sich sehr kräftig, sondern saßen auch so dicht beisammen, daß jeder einzelne Knopf nur einen ganz geringen Teil des Gesamtgewichts tragen sollte. Ja, wäre sogar die Gondel mit Inhalt dreimal so schwer gewesen, so hätte mich das nicht beunruhigt.

Ich hob nun den Reifen innerhalb der Kautschukhülle wieder empor und stützte ihn ungefähr in der Höhe seines früheren Platzes durch drei leichte, für diesen Zweck zugerichtete Stangen. Das geschah selbstredend, um die Hülle oben ausgebreitet und den unteren Teil des Netzwerkes in seiner ursprünglichen Lage zu halten. Alles, was jetzt noch zu tun blieb, war, die Öffnung der Hülle zu schließen, und das geschah einfach durch Zusammenraffen der Falten und festes Zusammendrehen nach innen mit Hilfe eines feststehenden Drehkreuzes.

In den Stoff der so rings um die Gondel befestigten Bedeckung waren drei kreisrunde dicke Glasscheiben eingesetzt, durch die ich mühelos in jeder horizontalen Richtung ins Weite sehen konnte. Unten am Boden befand sich in dem

Bezug ein viertes ebensolches Fenster, das mit einer kleinen Öffnung im Boden der Gondel selbst korrespondierte. Das gestattete mir, senkrecht nach abwärts zu blicken; da es mir aber unmöglich gewesen war, auch oben eine ähnliche Vorrichtung anzubringen – wegen der besonderen Art jenes Verschlusses und der Falten im Stoff –, so konnte ich die Dinge in meinem Zenit nicht wahrnehmen. Das blieb aber natürlich ohne Bedeutung; denn hätte ich auch oben ein Fenster anbringen können, so hätte mir doch der Ballon selbst den Ausblick nach oben verdeckt.

Ungefähr einen Fuß unter einem der Seitenfenster befand sich eine runde Öffnung von drei Zoll Durchmesser und mit einem Messingreifen eingefaßt, dessen Innenseite den Windungen einer Schraube angepaßt war. In diesen Ring wurde die große Röhre des Kondensators eingeschraubt, der Kasten des Apparates befand sich selbstredend innerhalb der Kautschukkammer. Durch diese Röhre wurde eine gewisse Menge der dünnen Luft draußen von einem Vakuum in den Kasten des Apparates hereingezogen und in verdichtetem Zustand zum Entweichen gebracht, um sich mit der im Raume vorhandenen dünnen Luft zu mischen. Wenn dieser Vorgang mehrmals wiederholt wurde, so füllte er schließlich das Zimmer mit einer für alle Atmungsansprüche geeigneten Luft. In einem so begrenzten Raum mußte sie aber binnen kurzem verderben und durch das häufige Ein- und Ausatmen unbrauchbar werden. Sie wurde also durch ein kleines Ventil am Boden der Gondel abgelassen, da die dicke Luft ohne weiteres in die leichtere draußen hinabsank. Zur Vermeidung der Unzuträglichkeit, wenn ich etwa für einen Augenblick die ganze Kammer zu einem Vakuum machen würde, durfte diese Erneuerung nicht plötzlich, sondern nur allmählich vorgenommen werden, das Ventil wurde nur einige Sekunden geöffnet und wieder geschlossen, bis ein paar Pumpenzüge des Kondensators die Menge der entwichenen Luft wieder ersetzten.

Um mein Experiment mit der Katze und ihren Jungen fortzusetzen, hatte ich die Tiere in ein Körbchen gesetzt, das ich an einen Knopf unterhalb der Gondel ins Freie hängte, dicht neben dem Ventil, durch das ich ihnen jederzeit Nahrung reichen konnte. Es war eine etwas gefährliche Sache, das Körbchen hinauszuhängen; ich tat es vor dem Schließen der Hülle, mit einer der vorerwähnten Stangen, an welcher ein Haken befestigt war. Sobald sich die Kammer mit verdichteter Luft füllte, wurden der Reifen und die Stützen überflüssig, da die Ausdehnung der eingeschlossenen Luft den Kautschuk gewaltig spannte.

Als ich alle diese Vorbereitungen getroffen und den Raum, wie beschrieben, gefüllt hatte, fehlten nur noch zehn Minuten an neun Uhr. Während der ganzen letzten Zeit meiner Beschäftigung litt ich infolge Atmungsbeschwerden unter dem schecklichsten Unbehagen, und bitterlich bereute ich die Nachlässigkeit oder vielmehr Tollkühnheit, deren ich mich dadurch schuldig gemacht hatte, daß ich eine so wichtige Sache bis zum letzten Augenblick verschob. Da ich aber schließlich mit meinem Werk zu Ende gekommen war, erntete ich auch alsbald die Früchte meiner Erfindung. Noch einmal kam ich dahin, frei und leicht zu atmen – und wie hätte es auch nicht so sein sollen? Ich war ferner angenehm überrascht, mich von den heftigen Schmerzen, die mich bis jetzt geplagt hatten, fast ganz befreit zu fühlen. Ein leises Kopfweh, begleitet von einem Gefühl von Druck und Schwellung in den Hand- und Fußgelenken und im Hals, blieb eigentlich alles, worüber ich noch klagen mußte. Es zeigte sich also, daß ein großer Teil der Unannehmlichkeiten, die das Nachlassen des atmosphärischen Drucks begleitet hatten, tatsächlich verschwunden war, wie ich es erwarten durfte, und daß die Schmerzen der letzten zwei Stunden fast ganz auf Rechnung der erschwerten Atmung zu setzen waren.

Zwanzig Minuten vor neun – also kurz bevor ich die

Kautschukkammer endgültig schloß – erreichte das Quecksilber im Barometer, das, wie früher erwähnt, eine erweiterte Konstruktion besaß, seine Grenze oder sank. Es zeigte nun eine Höhe von 132 000 Fuß oder fünfundzwanzig Meilen, und somit konnte ich jetzt die Erde in einer Ausdehnung von mindestens dem dreihundertundzwanzigsten Teil ihrer Gesamtoberfläche überblicken. Um neun Uhr war im Osten wiederum kein Land mehr zu sehen, vorher hatte ich mich aber noch orientieren können, daß der Ballon eilig nach Nordnordwest trieb. Der Ozean unter mir besaß noch immer seine scheinbare Konkavität, obwohl die Aussicht oft durch hin- und herziehende Wolkenmassen unterbrochen wurde.

Um halb zehn warf ich versuchsweise eine Handvoll Federn durch das Ventil ins Freie. Sie schwebten nicht fort, wie ich erwartet hatte, sondern fielen wie eine Kugel zusammengeballt und mit größter Schnelligkeit senkrecht hinunter, so daß sie in wenigen Sekunden außer Sicht kamen. Zuerst wußte ich nicht, was von dieser sonderbaren Erscheinung zu halten sei, da ich nicht gut annehmen konnte, daß meine Geschwindigkeit der Aufwärtsbewegung so plötzlich und außerordentlich zugenommen haben sollte. Bald aber fiel mir ein, daß die Atmosphäre jetzt viel zu leicht war, um auch nur die Federn zu tragen, daß diese tatsächlich mit äußerster Schnelligkeit fielen und es nicht nur so schien; mich hatte nur die doppelte Geschwindigkeit ihres Fallens und meines Steigens verblüfft.

Um zehn Uhr fand ich, daß es eigentlich momentan nichts gab, meine Aufmerksamkeit zu fesseln. Alles ging nach Wunsch, und ich war überzeugt, daß der Ballon mit stets zunehmender Geschwindigkeit nach oben stieg, wenn ich auch kein Mittel mehr besaß, den Fortschritt festzustellen. Ich fühlte weder Schmerz noch Unbehagen und war zuversichtlicher als je, seitdem ich Rotterdam verlassen hatte; bald prüfte ich den Stand meiner verschiedenen Apparate, bald erneuerte ich die Luft in der Kammer. Letztere Maßnahme beschloß ich in regelmäßigen Zwischenräumen von vierzig Minuten vorzunehmen, mehr um mir mein Wohlbefinden zu erhalten, als weil etwa eine so häufige Erneuerung unbedingt nötig gewesen wäre.

Währenddessen konnte ich es nicht lassen, Zukunftsbetrachtungen anzustellen. Die Phantasie erging sich in den unbekannten und traumhaften Regionen des Mondes; sie fühlte sich ganz und gar ohne Fesseln und durchstreifte nach Gefallen die stets wechselnden Wunder eines schattenhaften und wandelbaren Landes. Bald waren es eisgraue und ehrwürdige Wälder, schroffe Abgründe und Wasserfälle, die lärmend in bodenlose Klüfte stürzten, bald kam ich plötzlich in stille Mittagseinsamkeiten, in die nie ein Himmelswind eindrang und wo weite Mohnfelder und schlanke, liliengleiche Blumen sich in öde Weiten verloren, alle reglos und schweigend für immer. Dann wieder reiste ich weiter hinunter in eine andere Gegend, wo alles ein einziger trüber, dunstiger See mit einem Horizont von Wolken schien. Doch nicht nur diesen Phantasien war meine Seele unterworfen. Grauen und Entsetzen qualvollster Art packten sie zuweilen und erschütterten ihre Tiefen schon allein durch die Annahme ihrer Möglichkeit. Doch ich ließ meine Gedanken nicht lange bei derartigen Betrachtungen verweilen, sondern hielt die wirklichen und greifbaren Gefahren der Reise für groß genug, ihnen meine volle Aufmerksamkeit zu widmen.

Als ich um fünf Uhr nachmittags wieder einmal damit beschäftigt war, die Luft in der Kammer zu erneuern, benutzte ich die Gelegenheit, die Katze und ihre Jungen durch die Ventilöffnung zu beobachten. Die Katzenmutter schien wieder sehr zu leiden, und ich zögerte nicht, ihr Unbehagen hauptsächlich den Atembeschwerden zuzuschreiben. Mein Experiment mit den Kätzchen aber zeigte einen eigenartigen Erfolg. Ich hatte selbstredend erwartet, sie irgendwie leiden zu sehen, wenn auch in geringerem Grade als die Mutter, und das hätte genügt, meine Anschauung über die schnelle Gewöhnung an jeden atmosphärischen Druck zu bestätigen. Ich hatte jedoch nicht erwartet, sie bei bestem Wohlbefinden zu sehen, mit aller Leichtigkeit und völlig regelmäßig atmend, ohne das geringste Zeichen von Unbehagen. Es blieb mir nur übrig, meine Theorie zu erweitern und anzunehmen, die ungemein verdünnte Atmosphäre ringsum sei nicht, wie ich für ausgemacht gehalten hatte, zur Erhaltung des Lebens chemisch unzureichend, vielmehr sei jeder, der darin geboren werde, in seiner Atmung durchaus unbehindert, während er bei der Verpflanzung in die schwerere Luftschicht der Erde ähnlichen Qualen ausgesetzt sein mochte, wie ich sie unlängst in der dünneren Atmosphäre durchmachen mußte.

Ich habe es seitdem tief bedauert, daß ein ungünstiger Zufall damals den Verlust meiner kleinen Katzenfamilie herbeiführte und mich der weiteren Einsicht in diese Sache beraubte, die mir ein fortgeführter Versuch wahrscheinlich gebracht hätte. Als ich die Hand mit einem Wassernapf für die alte Katze durch das Ventil streckte, verfing sich mein Hemdärmel in der Schlinge, die das Körbchen hielt, und löste es im gleichen Augenblick vom Knopf. Wäre das Ganze plötzlich zu nichts geworden, so hätte es nicht schneller meinen Blicken entschwinden können. Im Ernst: nicht der zehnte Teil einer Sekunde konnte zwischen der Loslösung des Korbes und seinem völligen Verschwinden mitsamt allem Inhalt verflossen sein. Meine guten Wünsche begleiteten ihn zur Erde; freilich hatte ich keine Hoffnung, daß die Katze oder ihre Kätzchen am Leben blieben, um ihr Mißgeschick zu erzählen.

Um sechs Uhr sah ich einen großen Teil der sichtbaren Erdfläche nach Osten in dichten Schatten gehüllt, der mit großer Schnelligkeit voranrückte, bis fünf Minuten vor sieben der ganze Erdteil in nächtliches Dunkel versank. Lange nachher erst verließen die Strahlen der untergehenden Sonne den Ballon, und dieser allerdings vorausgesehene Umstand verfehlte nicht, mir unendliche Freude zu bereiten. Es war gewiß, daß ich am Morgen das aufsteigende Licht mindestens viele Stunden früher gewahren würde als die Einwohner Rotterdams, trotz ihrer soviel östlicheren Lage, und so würde ich Tag um Tag, je höher ich stieg, das Sonnenlicht länger und länger genießen. Ich beschloß nun, ein Reisetagebuch anzulegen und dabei die Tage auf fortlaufend vierundzwanzig Stunden zu berechnen, ohne die Dunkelstunden auszunehmen.

Um zehn Uhr fühlte ich mich schläfrig und beschloß, mich für den Rest der Nacht schlafen zu legen. Hier aber ergab sich eine Schwierigkeit, die – so naheliegend sie scheint – meiner Aufmerksamkeit bis diesen Augenblick entgangen war. Wenn ich, wie beabsichtigt, schlafen ging, wie sollte da in der Zwischenzeit die Luft im Raume erneuert werden? Länger als eine Stunde darin zu atmen, würde unmöglich sein, und wenn man diesen Zeitraum auf fünfviertel Stunden ausdehnte, so konnte das die bedenklichsten Folgen haben. Dieses Dilemma beunruhigte mich nicht wenig. Wird man mir glauben, daß nach all den überstandenen Gefahren diese Angelegenheit mir in so trübem Lichte erschien, daß ich die Hoffnung aufgab, mein Vorhaben durchzuführen, und schließlich mich mit dem Gedanken an die Rückkehr zur Erde vertraut zu machen begann?

Die Unschlüssigkeit war aber nur vorübergehend. Ich kam zu dem Schluß, daß der Mensch ein ausgemachter Sklave der Gewohnheit ist und daß viele Dinge in seinem Dasein als wesentlich erachtet werden, die es nur sind, weil er sie zu einer Gewohnheit erhoben hat. Es war sicher, daß ich ohne Schlaf nicht auskommen konnte, unschwer aber würde ich es dahin bringen, keine nachteiligen Folgen zu verspüren, wenn ich immer nach je einer Stunde der Ruhe wach würde. Es könnte höchstens fünf Minuten in Anspruch nehmen, die Luft vollständig zu erneuern, und die einzige Schwierigkeit war, eine Methode zu finden, die mich zur gebotenen Zeit wach werden ließ. Das aber blieb, wie ich gern gestehe, eine Frage, deren Lösung mir viel Kopfzerbrechen machte. Gewiß, ich kannte die Geschichte von dem Gelehrten, der, um nicht über seinen Büchern einzuschlafen, in der Hand eine kupferne Kugel hielt, deren heller Klang, wenn sie in die neben dem Stuhl stehende kupferne Schale fiel, ausreichend war, ihn, sollte er je von Müdigkeit übermannt werden, wieder aufzuschrecken. Mein eigener Fall lag jedoch ganz anders und gestattete nicht die Anwendung einer ähnlichen Idee; denn ich wollte ja nicht wachgehalten, sondern in regelmäßigen Pausen aus dem Schlaf geweckt werden. Ich kam schließlich auf folgenden Ausweg, der, so einfach er auch erscheint, mir im Augenblick seiner Entdeckung als eine Erfindung erschien, die jener des Teleskops, der Dampfmaschine, der Buchdruckerkunst völlig gleichwertig zu erachten sei.

Ich muß vorausschicken, daß der Ballon bei der nun erreichten Höhe seinen Weg nach oben völlig gleichmäßig und ohne jede Abweichung verfolgte; es wäre unmöglich gewesen, auch nur die geringste Schwankung wahrzunehmen. Dieser Umstand begünstigte sehr die Anwendung des Mittels, zu dem ich mich jetzt entschlossen hatte. Mein Wasservorrat war in Fäßchen an Bord genommen, deren jedes fünf Gallonen faßte und die alle sorgfältig rings an der Wand der Gondel verstaut waren. Eines davon band ich los, nahm zwei Taue und spannte sie fest von einer Seite zur andern an das Weidengeflecht, indem ich sie in einem Zwischenraum von einem Fuß nebeneinander anbrachte, so daß sie eine Art Gestell ergaben, auf das ich das Fäßchen auflegen und in horizontaler Lage befestigen konnte. Ungefähr acht Zoll tiefer und vier Fuß über dem Boden der Gondel brachte ich genau unter den Tauen ein zweites Gestell an – dieses aber aus einer dünnen Planke, dem einzigen derartigen Stück Holz, das ich besaß. Auf dieses Brett und genau unter den einen Rand des Fäßchens wurde ein kleiner irdener Krug gestellt. Nun bohrte ich in das Faß über dem Krug ein Loch, in das ich ein Stück konisch geformtes Holz einfügte. Diesen Stöpsel schob ich hinein und zog ihn wieder heraus, so lange, bis er nach einigen Versuchen die Öffnung gerade soweit abschloß, daß das herausdringende und in den darunter stehenden Krug fallende Wasser ihn in einem Zeitraume von sechzig Minuten bis zum Rand füllen mußte. Das ließ sich natürlich schnell und leicht feststellen, indem man berechnete, in welcher Zeit ein gewisser Bruchteil des Gefäßraumes sich füllte. Aus all diesen Vorbereitungen wird man den Rest meines Planes leicht erraten. Ich hatte mein Lager auf dem Boden so eingerichtet, daß mein Kopf beim Schlafen genau unter der Schnauze des Kruges lag. Es war klar, daß der Krug nach Ablauf einer Stunde überlaufen würde, und zwar an dieser Ausflußöffnung überlaufen würde, die etwas tiefer war als der Rand des Kruges. Es war ebenso klar, daß das aus einer Höhe von mehr als vier Fuß herunterfallende Wasser mir unbedingt auf das Gesicht tropfen würde, und die selbstverständliche Folge mußte mein augenblickliches Erwachen aus dem denkbar tiefsten Schlafe sein. Es war gut elf Uhr, als ich diese Vorbereitungen beendet hatte, und ich begab mich sogleich auf mein Lager, in vollem Vertrauen auf die Wirksamkeit meiner Erfindung. Auch wurde ich in dieser Hinsicht nicht enttäuscht. Pünktlich alle sechzig Minuten wurde ich von meinem zuverlässigen Chronometer geweckt, worauf ich den Krug durch das Spundloch ins Faß entleerte, meine Obliegenheit am Kondensator erfüllte und mich wieder niederlegte. Die regelmäßige Unterbrechung meines Schlummers zeigte sich nicht einmal so unangenehm, wie ich geglaubt hatte, und als ich mich endlich für den neuen Tag erhob, war es sieben Uhr, und die Sonne stand bereits um viele Grade über meiner Horizontallinie.

3. April. Ich stellte fest, daß der Ballon eine gewaltige Höhe erreicht hatte, und die Konvexität der Erde zeigte sich nun verblüffend deutlich. Unter mir im Ozean lag ein Haufen schwarzer Punkte, zweifellos Inseln. Über mir war der Himmel tiefschwarz, und die Sterne waren strahlend sichtbar – waren es seit dem Tage meines Aufstiegs geblieben. Weit fort im Norden bemerkte ich einen dünnen, weißen, äußerst leuchtenden Strich oder Streifen am Horizontrand, und ich vermutete ohne weiteres, daß dies die südliche Grenze des Polareismeeres sei. Meine Neugier war aufs äußerste erregt, denn ich hatte Hoffnung, noch viel weiter nach Norden zu gelangen, und würde mich vielleicht zu irgendeiner Zeit direkt über dem Nordpol selber befinden. Ich bedauerte nur, daß meine große Höhe mich in diesem Fall verhindern mußte, einen so genauen Überblick zu gewinnen, wie ich es gewünscht hätte. Immerhin standen mir viele interessante Beobachtungen bevor.

Sonst ereignete sich nichts Bemerkenswertes im Laufe des Tages. Meine Apparate arbeiteten alle tadellos, und der Ballon stieg noch immer ohne jede wahrnehmbare Schwankung. Die Kälte war intensiv und nötigte, mich fest in meinen Überrock zu hüllen. Als die Erde sich im Dunkel verbarg, legte ich mich schlafen, obgleich es noch stundenlang nachher in meiner Nachbarschaft heller Tag blieb. Die Wasseruhr erfüllte pünktlich ihre Pflicht, und ich schlief fest bis zum andern Morgen, mit Ausnahme der periodischen Unterbrechungen.

4. April. Erhob mich bei guter Gesundheit und in guter Stimmung und war verwundert über die seltsame Veränderung, die das Meer bot. Es hatte zum großen Teil das tiefe Blau, in dem es sich bisher zeigte, verloren und strahlte in einem Grauweiß und einem blendenden Glanz. Der Ozean war so deutlich konvex, daß es aussah, als ob die ganze Masse des fernen Wassers kopfüber am Horizont in den Abgrund stürzte, und ich ertappte mich, wie ich auf den Zehen stand und nach dem Echo des gewaltigen Kataraktes lauschte. Die Inseln ließen sich nicht mehr sehen; ob sie nun nach Süd-Osten unter den Horizont gerückt waren oder ob die zunehmende Höhe sie meinem Gesichtskreis entzogen hatte, ist unmöglich zu sagen. Ich neigte jedoch zu letzterer Ansicht. Der Eisring im Norden wurde immer deutlicher. Die Kälte war keineswegs unerträglich. Es ereignete sich nichts von Bedeutung, und ich verbrachte den Tag mit Lesen, da ich mich glücklicherweise mit Büchern versorgt hatte.

5. April. Genoß die eigenartige Erscheinung der aufgehenden Sonne, während fast die ganze sichtbare Erdoberfläche in Dunkel gehüllt blieb. Mit der Zeit aber breitete sich das Licht über alles, und wieder sah ich die Eislinie im Norden. Sie war nun sehr deutlich und hatte eine viel dunklere Färbung als das Wasser des Ozeans. Ich näherte mich ihr offenbar, und zwar mit großer Schnelligkeit. Vermeinte im Osten wieder einen Streifen Land zu erkennen, war aber nicht ganz sicher. Das Wetter ist erträglich. Es ereignete sich nichts Wesentliches. Ging beizeiten schlafen.

6. April. War überrascht, den Eisreifen in ganz geringer Entfernung zu sehen und im Norden ein ungeheures Eisfeld, das sich bis zum Horizont dehnte. Es war sicher, daß der Ballon, wenn er seinen Kurs beibehielt, bald über dem Eismeer sein mußte, und ich zweifelte nun kaum mehr, den Pol zu Gesicht zu bekommen. Während des ganzen Tages näherte ich mich immer mehr dem Eis. Gegen Nacht erweiterten sich die Grenzen meines Horizonts plötzlich und wesentlich, zweifellos, weil die Erde eine abgeplattete Kugel ist und ich über den flachen Regionen in der Gegend des Polarkreises schwebte. Als schließlich die Dunkelheit mich umfing, begab ich mich in großer Unruhe zu Bett, in Sorge, den Gegenstand so vieler Neugier zu einer Zeit zu überfliegen, wo es mir unmöglich sein würde, ihn zu betrachten.

7. April. Erhob mich beizeiten und erblickte zu meiner großen Freude ein Gebiet, das ich unbedingt für den Nordpol halten mußte. Unzweifelhaft – da lag er, und genau zu meinen Füßen; aber ach! ich hatte jetzt eine solche Höhe erreicht, daß nichts deutlich zu erkennen war. Ja, wenn man nach der zunehmenden Zahlenreihe schließen wollte, die sich bei verschiedenen Höhenprüfungen am 2. April morgens zwischen sechs Uhr und zwanzig Minuten vor neun (zu welcher Zeit das Barometer sank) ergab, so kann man getrost annehmen, daß der Ballon jetzt, am 7. April um vier Uhr morgens, eine Höhe von gewiß nicht weniger als 7254 Meilen über dem Meeresspiegel erreicht hatte. Diese Höhe mag ungeheuer erscheinen, die Schätzung aber, die dieses Resultat ergab, blieb aller Wahrscheinlichkeit nach hinter der Wahrheit noch weit zurück. Jedenfalls überblickte ich nunmehr die ganze nördliche Hemisphäre; wie eine Karte lag sie senkrecht unter mir, und der große Kreis des Äquators selbst bildete die Grenzlinie meines Horizontes. Eure Exzellenzen mögen sich jedoch selbst denken, daß die bis dahin unerforschten Gebiete im nördlichen Polarkreis, obgleich sie sich direkt unter meinen Augen befanden und daher unverkürzt gesehen werden konnten, dennoch verhältnismäßig zu klein erschienen und in zu großer Entfernung lagen, um eine genaue Betrachtung zu gestatten. Immerhin war das, was sich erkennen ließ, höchst eigentümlich und interessant.

Nördlich von dem vorerwähnten, ungeheuren Eisring, der mit einigen Abweichungen als die Grenze menschlichen Vordringens in diesen Gebieten bezeichnet werden kann, breitete sich eine fast ununterbrochene Eisfläche aus. Gleich zu Anfang wird ihre Oberfläche abgeplattet, weiter verflacht sie sich zu einer Ebene, und schließlich endete sie, indem sie nicht unbeträchtlich konkav wurde, am Pol in einem kreisrunden Zentrum, das sich deutlich abhob und dessen scheinbarer Durchmesser mit dem Ballon einen Winkel von etwa fünfundsechzig Sekunden bildete; dieses Zentrum war von einer dunklen Färbung, die sich dauernd veränderte, immer aber dunkler blieb als irgendeine andere Stelle auf der sichtbaren Halbkugel und zuweilen in tiefstes Schwarz überging. Weiteres war kaum festzustellen. Gegen zwölf hatte das kreisrunde Zentrum an Umfang wesentlich abgenommen, und um sieben Uhr abends verlor ich es endlich ganz aus den Augen, da der Ballon zu dieser Zeit über den Westrand der Eisfläche hinweg und mit äußerster Schnelligkeit in der Richtung nach dem Äquator flog.

8. April. Der Durchmesser der Erde erscheint bedeutend kleiner, auch ihre Farbe und ihr sonstiges Aussehen sind stark verändert. Die ganze sichtbare Fläche zeigte heute eine abgestuft blaßgelbe Färbung und besaß stellenweise ein Leuchten, das den Augen weh tat. Meine Aussicht nach abwärts wurde auch sehr dadurch behindert, daß die schwere Luftschicht in der Erdnähe von Wolken erfüllt war, durch deren Massen ich nur hie und da mit einem kurzen Blick die Erde erspähen konnte. Dieser erschwerte Ausblick hatte mich schon in den letzten achtundvierzig Stunden mehr oder weniger gestört; meine gegenwärtige ungeheure Höhe rückte die fließenden Dunstkörper noch enger zusammen, und die Störung nahm natürlich mit meiner wachsenden Entfernung vom Erdkörper immer mehr zu. Dessenungeachtet konnte ich leicht erkennen, daß der Ballon jetzt über der Seengegend des nordamerikanischen Festlands schwebte und einen ziemlich südlichen Kurs hielt, der mich bald nach den Tropen führen würde. Dieser Umstand verfehlte nicht, mich herzlich zu befriedigen, und ich begrüßte ihn als ein gutes Vorzeichen für den endlichen Erfolg. In der Tat, die Richtung, die ich bis jetzt genommen hatte, war besorgniserregend gewesen; denn es schien klar, daß ich, wenn es in ihr weitergegangen wäre, den Mond nie erreicht hätte, da die Mondbahn gegen die Ekliptik nur eine Neigung von $5° \, 8' \, 48''$ hat. Sonderbar genug, daß ich erst jetzt den großen Fehler einsah, den ich dadurch beging, daß ich meine Abreise von der Erde nicht an einer Stelle hatte erfolgen lassen, die in der Ebene der Mondellipse lag.

9. April. Der Erddurchmesser verringerte sich heute abermals sehr, und die Farbe der Oberfläche nahm stündlich ein dunkleres Gelb an. Der Ballon hielt unaufhaltsam seinen südlichen Kurs ein und gelangte um neun Uhr abends über den Nordrand des mexikanischen Golfes.

10. April. Heute morgen wurde ich gegen fünf Uhr plötzlich durch ein lautes, furchtbar krachendes Geräusch aufgeschreckt, das ich mir in keiner Weise zu erklären wußte. Es war von sehr kurzer Dauer, ließ sich aber mit keinem mir von der Erde her bekannten Geräusch vergleichen. Es ist überflüssig, zu sagen, daß ich ungemein in Bestürzung geriet und im ersten Moment glaubte, der Ballon sei zerplatzt. Ich untersuchte alsbald meine sämtlichen Apparate mit großer Aufmerksamkeit, konnte jedoch nichts Ungewöhnliches entdecken. Verbrachte einen großen Teil des Tages in Betrachtungen über das so außerordentliche Ereignis, vermochte aber nicht die geringste Ursache zu finden, der es zuzuschreiben gewesen wäre. Begab mich unbefriedigt und in großer Unruhe und Besorgnis auf mein Ruhelager.

11. April. Fand eine verblüffende Abnahme des Erddurchmessers und nun zum erstenmal eine beträchtliche Zunahme des Durchmessers des Mondes, der in wenigen Tagen seine volle Rundung erreichen mußte. Es bedurfte jetzt recht langer und anstrengender Arbeit, um die zur Erhaltung meines Lebens nötige Atmosphärendichtigkeit in meiner Kautschukzelle zu erzielen.

12. April. Die Richtung des Ballons erfuhr eine eigenartige Veränderung, die zwar von mir vorausgesehen worden war, die mir aber trotzdem unvergleichliches Entzücken bereitete. Nachdem er in seinem bisherigen Lauf etwa den zwanzigsten südlichen Breitengrad erreicht hatte, wandte er sich plötzlich in scharfem Winkel nach Osten und behielt diese Richtung den ganzen Tag bei, indem er sich nun fast, wenn nicht sogar ganz genau, innerhalb der Mondbahn hielt. Bemerkenswert ist, daß als Folge des veränderten Kurses eine sehr auffällige Schwankung in der Gondel eintrat, die, teils stärker, teils schwächer, viele Stunden andauerte.

13. April. Wurde von neuem sehr erschreckt durch eine Wiederholung des lauten, krachenden Geräusches, das mich am Zehnten so sehr beunruhigt hatte. Dachte lange über die Sache nach, konnte aber zu keinem befriedigenden Schluß gelangen. Große Abnahme im Erddurchmesser, der nun zum Ballon einen Winkel von kaum mehr als fünfundzwanzig Grad bildete. Der Mond, der fast in meinem Zenit stand, war überhaupt nicht zu erblicken. Ich glitt weiter in der Bahn der Ellipse dahin, machte aber nur geringen Fortschritt nach Osten.

14. April. Außerordentlich schnelle Abnahme des Erddurchmessers. Heute hatte ich den ganz deutlichen Eindruck, daß der Ballon tatsächlich die Kreisbahn entlang zur Mondnähe eilte – mit andern Worten, den direkten Kurs einhielt, der ihn gerade an der Stelle auf den Mond zuführte, wo er in seiner Bahn der Erde am nächsten kam. Der Mond selbst stand mir genau zu Häupten und blieb daher meinem Blick entzogen. Angestrengte und andauernde Arbeit war nötig, um genügend kondensierte Luft zu bekommen.

15. April. Jetzt zeichneten sich auf der Erde nicht einmal mehr die Umrisse von Meer und Festland ab. Gegen zwölf Uhr vernahm ich zum drittenmal das beunruhigende Krachen, über das ich mich schon früher gewundert hatte. Diesmal jedoch hielt es einige Augenblicke an und wurde sogar immer stärker. Schließlich, als ich bestürzt und entsetzt in Erwartung irgendeiner furchtbaren Katastrophe dastand, wurde die Gondel gewaltig erschüttert, und eine kolossale, flammende Masse von unbestimmbarer Natur kam mit einem Getöse wie von tausend Donnern vorbeigesaust. Nachdem Angst und Erstaunen in mir etwas nachgelassen hatten, erriet ich ohne Mühe, daß es ein ungeheures vulkanisches Auswurfstück aus eben jenem Weltkörper gewesen sein müsse, dem ich mich so eilends näherte, und zwar höchstwahrscheinlich eine jener eigenartigen Substanzen, die gelegentlich auf Erden gefunden und in Ermangelung einer treffenden Bezeichnung Meteorsteine genannt werden.

16. April. Als ich heute, so gut ich konnte, nacheinander durch jedes der Seitenfenster nach oben blickte, sah ich zu meiner größten Freude auf allen Seiten über den mächtigen Umkreis des Ballons hinaus einen ganz schmalen Rand der Mondscheibe hervorstehen. Ich war in gewaltiger Aufregung; denn nun zweifelte ich kaum noch, bald an das Ende meiner gefahrvollen Reise zu gelangen. Die am Kondensator zu leistende Arbeit hatte erdrückend zugenommen und gestattete kaum die geringste Rast zur Erholung. Ich wurde ganz elend, und mein Körper zitterte vor Erschöpfung. Es war ausgeschlossen, daß die menschliche Natur diesen Zustand höchster Leiden noch lange ertragen konnte. In der jetzt kurzen Dunkelheitsperiode kam wieder ein Meteorstein in meiner Nähe vorüber, und die Häufigkeit dieser Erscheinung verursachte mir viel Besorgnis.

17. April. Dieser Morgen bedeutet einen Abschnitt in meiner Reise. Man wird sich erinnern, daß die Erde am Dreizehnten eine Winkelbreite von fünfundzwanzig Grad ergab. Am Vierzehnten hatte die Breite sich sehr verringert; am Fünfzehnten war eine noch schnellere Abnahme bemerkbar, und als ich mich in der Nacht zum Sechzehnten zur Ruhe legte, konnte ich einen Winkel von nicht mehr als etwa sieben Grad und fünfzehn Minuten feststellen. Wie groß wurde daher meine Bestürzung, als ich morgens beim Erwachen aus einem kurzen und unruhigen Schlummer die Fläche drunten so plötzlich und wunderbar vergrößert sah, daß sie nicht weniger als neununddreißig Grad Winkeldurchmesser hatte! Ich war wie vom Donner gerührt! Keine Worte können auch nur eine annähernde Vorstellung von dem ungeheuren Staunen und Grauen geben, das mich ergriff, beherrschte und vollkommen überwältigte. Meine Knie wankten – meine Zähne schlugen aufeinander – mein Haar stand zu Berge. »Der Ballon ist geplatzt!« das war der erste tolle Gedanke, der mir durch den Kopf schoß: »Der Ballon ist tatsächlich geplatzt!« – Ich fiel – fiel mit unerhörter, nie dagewesener Schnelligkeit! Nach der in solcher Schnelligkeit zurückgelegten fabelhaften Strecke zu schließen, konnte es höchstens noch zehn Minuten dauern, bis ich drunten auf der Erde ankam und in Atome zermalmt wurde.

Doch schließlich dachte ich ruhiger über die Dinge nach, und da befielen mich denn doch wohlbegründete Zweifel. Es war ja ganz unmöglich! Wie konnte ich denn so schnell gefallen sein! Und ferner, wenn ich auch tatsächlich der Fläche drunten schnell näher kam, so geschah dies doch keineswegs mit der Geschwindigkeit, die sich mit der zuerst empfundenen auch nur vergleichen ließ. Diese Betrachtung diente meinem verwirrten Hirn zur Beruhigung, und ich kam schließlich dahin, mir die Erscheinung richtig zu erklären. Wahrhaftig, die heftige Bestürzung mußte mich zunächst meiner gesunden Sinne beraubt haben, sonst hätte ich sofort erkennen müssen, welch ein gewaltiger Unterschied zwischen dem Weltkörper unter mir und der Oberfläche meiner Mutter Erde bestand. Die Erde befand sich jetzt tatsächlich mir zu Häupten und wurde durch den Ballon völlig verdeckt, während der Mond – der Mond selber in all seinem Glanze – unter mir, zu meinen Füßen lag!

Diese verblüffende Änderung im Stand der Dinge war aber schließlich vielleicht von allen meinen Abenteuern das, das am wenigsten ein Erstaunen rechtfertigte und einer Erklärung bedurfte. Denn das »bouleversement« an sich war nicht nur selbstverständlich und unvermeidlich, sondern längst von mir erwartet – für den Zeitpunkt nämlich, wo die Anziehungskraft des Planeten von der des Trabanten aufgehoben werden – oder, genauer ausgedrückt, die Gravitation des Ballons zur Erde weniger stark sein würde als seine Gravitation zum Monde. Aber wie schon erwähnt, war ich gerade aus einem tiefen Schlummer erwacht, meine Sinne hatten ihre volle Klarheit noch nicht erlangt, und ich sah mich plötzlich einer überraschenden, vollendeten Tatsache gegenüber, die, wenn auch erwartet, doch nicht in diesem Augenblick von mir erwartet wurde. Die Umdrehung selbst mußte natürlich ruhig und allmählich vor sich gegangen sein, und selbst wenn ich zur Zeit des Ereignisses wachgewesen wäre, so ist es keineswegs sicher, daß ich an irgendeinem Vorgang die Umkehrung gemerkt hätte – etwa an irgendeiner besonderen Unbequemlichkeit oder an einer auffallenden Veränderung an meinen Apparaten.

Es ist wohl überflüssig, zu sagen, daß meine Aufmerksamkeit sich, sobald ich die Lage richtig erfaßt und das lähmende Entsetzen überwunden hatte, in erster Linie einer Betrachtung der allgemeinen Gestaltung des Mondes zuwandte. Er lag dort unten wie eine Landkarte, und obgleich er mir noch immer sehr weit entfernt schien, so zeigten sich die Unebenheiten seiner Oberfläche doch überraschend und geradezu unerklärlich deutlich. Das gänzliche Fehlen von Meeren, Seen, ja sogar Flüssen oder sonstigen Wasserstrecken fiel mir sogleich als der eigenartigste Zug seiner geologischen Beschaffenheit auf. Dennoch bemerkte ich sonderbarerweise riesige Flächen von entschieden alluvialem Charakter; der weitaus größte Teil der sichtbaren Hemisphäre war jedoch mit zahllosen vulkanischen Bergen von konischer Form bedeckt, die mehr künstlich aufgerichteten als natürlichen Erhebungen glichen. Der bedeutendste von ihnen erreichte nicht mehr als dreidreiviertel Meilen senkrechter Höhe; übrigens würde eine Karte des vulkanischen Gebietes der Campi Phlegräi Euren Exzellenzen eine bessere Vorstellung des allgemeinen Mondbildes geben als mein Versuch, eine Beschreibung davon zu liefern. Die meisten Berge befanden sich offenbar im Zustand der Eruption, und einen grausigen Begriff ihres Wütens und ihrer Gewalt gab mir das wiederholte Vorüberdonnern emporgeschleuderter Meteorsteine, die jetzt in immer unheimlicherer Häufigkeit an meinem Ballon vorüberschossen.

18. April. Heute fand ich den Umfang des Mondes um vieles vergrößert, und meine Fallgeschwindigkeit, die unbedingt gestiegen war, erfüllte mich mit Besorgnis. Man wird sich erinnern, daß ich bei meinen ersten Berechnungen über die Möglichkeit einer Reise zum Mond das Vorhandensein einer in ihrer Dichtigkeit dem Volumen des Himmelskörpers entsprechenden Atmosphäre angenommen hatte, dies sogar trotz vieler gegenteiliger Theorien und, wie man hinzufügen kann, trotz der allgemeinen Annahme, daß es überhaupt keine Mondatmosphäre gäbe. Aber außer dem, was ich bereits über den Enckeschen Kometen und das Zodiakallicht mitgeteilt habe, war ich in meiner Auffassung noch durch gewisse Beobachtungen des Herrn Schroeter aus Lilienthal bestärkt worden. Er beobachtete den zunehmenden Mond an seinem dritten Erscheinungstage abends bald nach Sonnenuntergang, ehe die dunkle Partie sichtbar war, und setzte seine Beobachtungen fort, bis auch dieser Teil sichtbar wurde. Die beiden Hörner schienen in eine sehr spitze feine Verlängerung auszulaufen, deren jede am äußersten Ende von den Sonnenstrahlen schwach beleuchtet war, ehe noch irgendein Teil der dunklen Halbkugel bestrahlt wurde, deren Fläche ein wenig später aufleuchtete. Ich sagte mir, daß diese Verlängerung der Hörner über den Halbkreis hinaus nur von einer Brechung der Sonnenstrahlen durch die Mondatmosphäre herrühren könne (welche Brechung Licht genug auf die dunkle Hemisphäre werfen mußte, um ein helleres Zwielicht hervorzurufen als das Licht, das die Erde zurückstrahlt, wenn der Mond etwa 32° über Neumond ist), und berechnete die Höhe der Mondatmosphäre auf 1356 Pariser Fuß. Demgemäß nahm ich als größte Höhe, die Sonnenstrahlen zu brechen vermochten, 5376 Fuß an. Meine Ideen wurden mir bestätigt durch eine Stelle im zweiundachtzigsten Band der »Philosphischen Abhandlungen«, wo festgestellt wird, daß bei einer Verfinsterung der Trabanten des Jupiter der dritte von ihnen verschwand, nachdem er eine oder zwei Sekunden undeutlich sichtbar gewesen war, und der vierte nahe am Rand sich nicht mehr erkennen ließ.*

Selbstredend hing die Möglichkeit meiner gefahrlosen Landung auf dem Mond ganz von dem Widerstand oder besser von der Tragfähigkeit und genügenden Dichtigkeit der vorhandenen Atmosphäre ab. Sollte sich mein Vertrauen hierauf nun aber als ein Irrtum erweisen, so blieb mir als das Ende meines Abenteuers nichts Besseres zu erwarten, als an der zerklüfteten Oberfläche des Trabanten in Atome zerschmettert zu werden. Und tatsächlich hatte ich jetzt allen Grund, entsetzt zu sein. Meine Entfernung vom Mond war jetzt verhältnismäßig nur noch gering, während die am Kondensator erforderliche Arbeit unvermindert blieb und ich keinerlei Anzeichen einer vermehrten Dichtigkeit der Luft wahrnehmen konnte.

19. April. Heute morgen gegen neun Uhr, als die Mondoberfläche schon erschreckend nahe und meine Befürchtungen aufs äußerste gestiegen waren, gab die Pumpe des Kondensators zu meiner großen Freude endlich deutlich Anzeichen einer veränderten Atmosphäre. Um zehn Uhr hatte ich Ursache, anzunehmen, daß ihre Dichtigkeit beträchtlich zugenommen habe. Um elf war nur noch wenig Arbeit am Apparat nötig, und um zwölf wagte ich es zögernd, die Schraube, die meine Kautschukkammer zusammenhielt, auf-

---

* Hevelius schreibt, er habe bei völlig klarem Himmel, wenn Sterne sechster und siebenter Größe sichtbar waren, gefunden, daß bei gleicher Mondhöhe, bei der gleichen Entfernung von der Erde und mit dem nämlichen ausgezeichneten Teleskop der Mond und seine Flecken nicht immer gleich hell erschienen. Aus den Umständen bei der Beobachtung ergibt sich, daß die Ursache dieser Erscheinung weder in unserer Luft, im Fernrohr, im Mond, noch im Auge des Beschauers, sondern in etwas zu suchen ist (einer Atmosphäre?), was den Mond umgibt.

Cassini beobachtete mehrfach, daß Saturn, Jupiter und die Fixsterne, wenn sie bei Verfinsterungen in die Mondnähe kamen, ihre runde Gestalt in eine ovale veränderten, und bei anderen Finsternissen fand er überhaupt keine Gestaltsveränderung. Daraus kann man annehmen, daß zu gewissen Zeiten – und zu anderen wieder nicht – der Mond von einer dichten Materie umgeben ist, in der die Strahlen der Sterne sich brechen.

zudrehen, und als das keine störenden Folgen hatte, machte ich die ganze Schutzhülle von der Gondel los. Wie ich hätte voraussehen müssen, hatte ein so voreiliges und gefahrvolles Experiment Kopfweh und Schwindelanfälle im Gefolge. Da sie aber ebenso wie die Atembeschwerden nicht lebensgefährlich schienen, so beschloß ich, sie, so gut es ging, zu ertragen, in der Erwartung, sie bei weiterer Annäherung an die wirklich dichte Luftschicht des Mondes hinter mir zu lassen. Diese Annäherung vollzog sich noch immer in unerhörter Geschwindigkeit und es wurde mir bald zur quälenden Gewißheit, daß ich zwar in der Annahme einer dem Umfang des Trabanten entsprechenden Atmosphärendichtigkeit nicht fehlgegangen war, diese Dichtigkeit jedoch überschätzt hatte, wenn ich glaubte, sie könne das große Gewicht meiner Gondel samt Inhalt tragen. Dennoch hätte das der Fall sein müssen, und zwar in ähnlichem Maße wie auf der Erde, vorausgesetzt, daß das spezifische Gewicht der Körper beider Planeten im Verhältnis zur Dichtigkeit der Atmosphäre stand. Daß es aber nicht der Fall war, bewies mein immer beschleunigteres Fallen; warum es nicht so war, das läßt sich wohl nur durch die Annahme geologischer Störungen erklären, auf die ich oben hingewiesen habe.

Jedenfalls befand ich mich jetzt dicht über dem Mondkörper und fiel mit unerhörter Gewalt auf ihn hinab. Dementsprechend verlor ich keine Minute, sondern warf sofort meinen Ballast über Bord, dann meine Wasserfäßchen, dann meinen Kondensator und die Kautschukhülle und schließlich sämtliche Gegenstände in der Gondel. Es war aber alles zwecklos. Ich fiel noch immer mit fürchterlicher Geschwindigkeit und befand mich jetzt kaum eine halbe Meile über dem Boden. Im letzten Rettungsversuch warf ich nun Rock, Hut und Stiefel fort, trennte sogar die Gondel, deren Gewicht nicht unbeträchtlich war, vom Ballon los – und so, mich mit beiden Händen am Netzwerk festhaltend, hatte ich kaum Zeit, wahrzunehmen, daß das ganze Land, soweit das

Auge reichte, dicht mit winzigen Behausungen besät lag – als ich auch schon kopfüber mitten in eine phantastische Stadt und mitten in einen riesigen Haufen häßlicher kleiner Leute hinabstürzte, von denen keiner eine Silbe äußerte oder sich im geringsten um mich bemühte; wie ein Pack Idioten standen sie grinsend um mich herum und blickten mit eingestemmten Armen gleichgültig auf mich und den Ballon. Verächtlich wandte ich mich von ihnen ab, und als ich zu der unlängst und vielleicht für immer verlassenen Erde aufblickte, sah ich sie wie einen riesigen, matten kupfernen Schild von etwa zwei Grad Durchmesser unbeweglich oben im Himmel stehen und an einer Seite von einem mondsichelförmigen, strahlend goldnen Rande eingefaßt. Von Wasser oder Land war keine Spur zu sehen, und das Ganze war von veränderlichen Flecken bewölkt und mit tropischen und äquatorialen Zonen umgürtet.

So hatte ich denn, mit Eurer Exzellenzen Verlaub, nach einer Reihe schwerer Befürchtungen, unerhörter Gefahren und nach einzig dastehender Rettung aus allen Fährnissen endlich am neunzehnten Tage nach meiner Abreise von Rotterdam das Ziel meiner Fahrt erreicht – einer Fahrt, der an Ungewöhnlichkeit und Bedeutung keine andre je gleichkam und wie sie kein Erdenbürger je vorher ersonnen hat. Es bleiben aber noch meine Abenteuer zu erzählen. Und wahrhaftig, Eure Exzellenzen können sich wohl denken, daß ich nach einem fünfjährigen Aufenthalt auf einem Weltkörper, der nicht nur durch seinen eigenartigen Charakter, sondern auch infolge seiner als Trabant ungewöhnlich nahen Beziehung zur Menschenwelt von höchstem Interesse ist, der staatlichen Hochschule der Astronomie Mitteilungen zu machen habe, die von viel größerer Bedeutung sind als die Einzelheiten der Reise selbst, so wundersam diese Reise auch war und so glücklich sie auch bestanden wurde. So ist es in der Tat. Ich weiß viel, sehr viel, was ich mit größtem Vergnügen berichten würde. Ich habe viel über das Klima des

Planeten zu sagen, über seinen wunderbaren Wechsel von Hitze und Kälte, von ununterbrochenem glühendem Sonnenschein für vierzehn Tage und mehr als Polarfrost für die nächsten vierzehn Tage, von einer beständigen Feuchtigkeitsübertragung durch Destillation gleich der »IN VACUO«, von dem Punkt unter der Sonne bis zu dem hiervon entferntesten Punkt, von einer wechselnden Zone mit laufenden Wassern, von der Bevölkerung selbst, ihren Sitten, Gewohnheiten und politischen Einrichtungen, von ihrem eigenartigen Körperbau, ihrer Häßlichkeit, von ihrem Mangel an Ohren – die in einer so eigenartig zusammengesetzten Atmosphäre ganz überflüssige Anhängsel wären –, infolgedessen auch von ihrer Unkenntnis der Sprache, von ihrem Ersatz einer Sprache durch eine eigenartige Methode gegenseitiger Verständigung, von der unbegreiflichen Beziehung, die zwischen jedem Mondbewohner und irgendeinem Individuum auf Erden besteht, einer Beziehung, wie zwischen den Bahnen von Planet und Trabant, die Leben und Schicksale der Bevölkerung des einen mit Leben und Schicksal der Bevölkerung des andern Himmelskörpers eng verwoben hat, und vor allem – mit Verlaub Eurer Exzellenzen – vor allem von jenen finsteren und grauenvollen Geheimnissen, die in den äußeren Mondregionen verborgen ruhen – in Regionen, die wegen der wundersamen Übereinstimmung der Rotation des Trabanten um seine eigene Achse mit seiner Sideraldrehung um die Erde bis jetzt noch niemals dem forschenden Teleskop des Menschen zugewandt waren – und es durch Gottes Gnade hoffentlich niemals werden.

All dies und mehr – viel mehr – würde ich höchst bereitwillig auseinandersetzen. Aber, um es kurz zu sagen, ich muß meinen Lohn haben. Ich lechze nach der Rückkehr zu meiner Familie und meiner Heimat, und als Preis für weitere Mitteilungen meinerseits muß ich – in Anbetracht dessen, daß ich die Macht besitze, auf viele bedeutende Zweige der physikalischen und metaphysischen Wissenschaft ein bedeutsames Licht zu werfen – durch Vermittlung Eurer ehrenwerten Persönlichkeit um Verzeihung für ein Verbrechen ersuchen, dessen ich mich durch die Tötung meiner Gläubiger beim Verlassen Rotterdams schuldig gemacht habe. Das also ist der Zweck vorliegender Zuschrift. Ihr Überbringer, ein Mondbewohner, den ich mit genauen Weisungen versehen und bestimmt habe, mein Bote nach der Erde zu sein, wird Eurer Exzellenzen gütige Verfügungen entgegennehmen und mit der bewußten Verzeihung zu mir zurückkehren, sofern diese irgendwie erreicht werden kann.

Ich habe die Ehre usw. ... und verbleibe Eurer Exzellenzen untertäniger Diener

Hans Pfaall

Als Professor Rubadub die Lektüre dieses höchst eigenartigen Dokumentes beendet hatte, soll ihm vor Erstaunen die Pfeife entfallen sein, und Mynheer Superbus van Underduk nahm seine Brille von der Nase, wischte sie ab, steckte sie in die Tasche und vergaß sich und seine Würde so weit, daß er vor unerhörter Verwunderung und Bewunderung sich dreimal auf dem Absatz herumdrehte. Kein Zweifel – die Verzeihung sollte gewährt werden. So wenigstens verschwor sich Professor Rubadub, und so dachte auch der berühmte van Underduk, als er jetzt seinen Bruder in der Wissenschaft beim Arme nahm und, ohne ein Wort zu sagen, den Heimweg antrat, um die zu ergreifenden Maßnahmen zu überlegen. Als man aber vor der Tür des Bürgermeisterhauses angekommen war, tat der Professor die Äußerung: da der Bote es vorgezogen habe, zu verschwinden – offenbar von der befremdlichen Erscheinung der Burghers von Rotterdam zu Tode entsetzt –, so werde die Verzeihung nicht viel Zweck haben, da keiner als höchstens ein Mondmensch eine so weite Reise unternehmen würde. Der Bürgermeister schloß sich der Wahrheit dieser Bemerkung an, und die Sache war somit erledigt. Nicht so aber das Gerede und die Mutmaßungen.

Der Brief, der veröffentlicht worden war, gab Veranlassung zu allerlei Geschwätz und Meinungsaustausch. Ein paar Überkluge machten sich sogar lächerlich, indem sie die ganze Sache für eine Fopperei erklärten. Ich meine aber, diese Art Leute hat eben für alles, was über ihr Begriffsvermögen geht, immer nur die Bezeichnung »Fopperei« zur Hand. Ich meinesteils kann nicht einsehen, mit welchem Recht sie die Sache so abtun dürfen. Hört nur, wie sie es begründen! Sie sagen:

Erstens, in Rotterdam gäbe es ein paar Spaßvögel, die gegen gewisse Bürgermeister und Astronomen eine gewisse Antipathie hätten.

Zweitens, ein verrückter kleiner Zwerg und Zauberkünstler, dem als Strafe für irgendeine Büberei beide Ohren dicht am Kopf abgeschnitten worden waren, sei seit einigen Tagen aus der benachbarten Stadt Brügge verschwunden.

Drittens, die Zeitungen, mit denen der kleine Ballon um und um bedeckt war, seien holländische Zeitungen gewesen und könnten daher nicht vom Monde stammen. Es seien schmutzige – sehr schmutzige Blätter gewesen, und Gluck, der Drucker, wolle auf die Bibel schwören, daß sie in Rotterdam gedruckt wären.

Viertens, Hans Pfaall selber, der betrunkene Wicht, und die drei faulen Kumpane, seine Gläubiger betitelt, seien alle erst vor zwei bis drei Tagen in einer Vorstadtschenke gesehen worden, wohin sie, die Taschen voll Geld, von einem Ausflug übers Meer zurückgekehrt wären.

Und letztens, es sei eine sehr verbreitete Ansicht – oder solle es sein –, daß das astronomische Kollegium der Stadt Rotterdam gerade wie alle andern Kollegien in allen andern Weltgegenden – von Kollegien und Astronomen im allgemeinen überhaupt ganz zu schweigen – zumindest nicht um ein Haar besser oder größer oder gescheiter sei, als eben nötig wäre.

König Pest

Unter der Regierung des ritterlichen Königs Eduard III. ereignete es sich eines Mitternachts im Oktober, daß zwei Matrosen des Handelsschooners »Frei und Leicht«, der regelmäßig zwischen Sluys und der Themse hin und her fuhr und nun in diesem Fluß vor Anker lag, sich zu ihrem eigenen Erstaunen in der Trinkstube eines Bierhauses der Gemeinde St. Andreas in London sahen – eines Bierhauses, das als Wahrzeichen einen lustigen Matrosen im Schilde führte.

Das dürftig eingerichtete, rauchgeschwärzte Zimmer mit der niedrigen Decke, das auch in allem anderen durchaus den Charakter wahrte, wie er zur damaligen Zeit solchen Lokalen eigen war, schien den sonderbaren Gästen, die in Gruppen herumsaßen, für seine Bestimmung ganz geeignet.

Von diesen Gruppen bildeten unsere zwei Schiffer wohl die interessanteste.

Der eine, der der ältere zu sein schien und den sein Genosse bezeichnenderweise »Bein« nannte, war bei weitem der größere von beiden. Er mochte sechseinhalb Fuß haben, und ein gewohnheitsmäßiges Vornüberbeugen war wohl die notwendige Folge einer so gewaltigen Länge. Dies Zuviel einerseits wurde jedoch durchs anderweitige Zuwenig mehr als ausgeglichen. Er war auffallend mager und hätte, wie seine Kameraden versicherten, als Wimpel an der Mastspitze hängen oder auch als Klüverbaum dienen können. Doch diese und andere ähnliche Scherze hatten anscheinend auf die Lachmuskeln des Matrosen nicht die geringste Wirkung auszuüben vermocht. Mit seinen starken Backenknochen, der großen Hakennase, dem zurücktretenden Kinn, dem hängenden Unterkiefer und den großen hervorquellenden Augen blieb der Ausdruck seines Gesichts allen Neckereien zum Trotz ernst und feierlich – um nicht zu sagen gleichgültig gegen alles.

Der jüngere Seemann war in seiner äußeren Erscheinung das gerade Gegenteil seines Gefährten. Seine Höhe betrug keine vier Fuß. Ein paar stämmige, krumme Beine trugen seine gedrungene, schwerfällige Gestalt, während seine ungewöhnlich kurzen und dicken Arme, an deren Enden viel zu kleine Fäuste saßen, zu beiden Seiten herabschlenkerten wie die Flossen einer Meerschildkröte. Kleine Augen von unbestimmter Farbe zwinkerten aus einer runden und rosigen Fleischmasse hervor, in der die kurze Nase fast begraben lag; und seine dicke Oberlippe ruhte auf der noch dickeren Unterlippe mit einem Ausdruck großer Selbstgefälligkeit, der noch dadurch erhöht wurde, daß ihr Besitzer die Gewohnheit hatte, sie oft zu lecken. Für seinen langen Freund hatte er offenbar ein Gefühl, bei dem sich Bewunderung und Spott die Wage hielten, und gelegentlich starrte er zu seinem Antlitz auf wie die rot untergehende Sonne zu den Felsenhöhen von Ben Newis.

Die Wanderung dieses würdigen Paares durch die Schenken der Nachbarschaft war gründlich und abenteuerlich gewesen; doch selbst die reichste Quelle versiegt einmal, und so hatten unsere Freunde nun diese letzte Schenke mit leeren Taschen betreten.

Zur Zeit, da diese Geschichte beginnt, saßen Bein und sein Kamerad, Hugo Tarpaulin, am langen Eichentisch in der Mitte der Gaststube mit aufgestützten Ellenbogen da. Sie starrten hinter einer riesigen Kanne voll Starkbier zu den gewichtigen Worten »Hier wird nicht angekreidet« empor, die zu ihrer Verwunderung und Entrüstung über der Türe geschrieben standen – und zwar vermittels eben jenes Minerals, dessen Vorhandensein sie ableugneten. Nicht etwa, daß einer dieser Seebären die Gabe besessen hätte, Geschriebenes entziffern zu können – eine Gabe, die dem gemeinen Volk jener Tage kaum weniger kabbalistisch dünkte als die der Rednerkunst –, aber die Buchstaben waren so seltsam verschnörkelt, hatten eine so bedenklich schiefe Neigung leewärts, daß sie den Schiffern schlechtes Wetter anzuzeigen schienen; sie beschlossen daher, um die bezeichnenden Worte Beins anzuwenden, »Wasser auszupumpen, alle Segel aufzugeien und vor dem Wind zu treiben.«

Nachdem sie also den Rest des Bieres passend untergebracht und die Enden ihres kurzen Kamisols hochgenommen hatten, machten sie einen Ausfall nach der Straße. Wenngleich Tarpaulin zweimal in die Feuerstelle rollte, die er irrtümlich für die Türe hielt, so glückte ihnen schließlich doch die Flucht, und gerade als es halb eins schlug, rannten unsere Helden, zu allen Schandtaten bereit, die dunkle Straße hinunter, die zur Sankt-Andreas-Treppe führte – und hinter ihnen her lief scheltend die Wirtin vom »Lustigen Matrosen«.

Zur Zeit dieser ereignisreichen Geschichte, wie auch Jahre vorher und danach, schallte durch ganz England, besonders aber in der Hauptstadt, der Angstschrei: »Die Pest!« Die Stadt war stark entvölkert – und in den schrecklichen Bezirken an den Ufern der Themse, von wo inmitten enger, dunkler und schmutziger Gassen der Dämon dieser Krankheit, wie es hieß, seinen Ausgang genommen hatte, herrschten in einsamer Größe Grauen und Entsetzen und Aberglaube.

Durch den Machtspruch des Königs war über diese Orte damals der Bann gesprochen und ihr Betreten bei Todesstrafe verboten worden. Doch weder das Gebot des Königs noch die riesigen Schranken, die den Zugang zu diesen Straßen versperrten, noch der Anblick jenes ekelhaften Todes, der mit fast unumstößlicher Gewißheit den Elenden befiel, dem keine Gefahr die Abenteuerlust benahm, schützten die verlassenen Wohnungen vor nächtlichen Beutezügen, die dort nach Eisenteilen und sonstigen zurückgebliebenen Dingen, die irgendwie verwertbar waren, unternommen wurden.

Alljährlich, wenn der Winter kam und die Schranken geöffnet wurden, stellte es sich heraus, daß Schlösser, Riegel und verborgene Gelasse den reichen Vorräten an Wein und Branntwein nur wenig Schutz geboten hatten, die von den Händlern, deren Geschäftsräume in der Nähe lagen, für die Dauer der Verbannung in so unzulänglicher Obhut belassen worden waren.

Doch nur sehr wenige von der erschreckten Bevölkerung glaubten, daß Menschenhände hier am Werk gewesen. Pestgeister, Seuchengespenster und Fieberdämonen waren die volkstümlichen Unglücksbringer; und so blutrünstige Geschichten wurden berichtet, daß dieses ganze verbotene Viertel in Schauer gehüllt war wie in ein Leichentuch, und nicht selten der Plünderer selbst von dem Grausen, das seine Taten erst geweckt hatten, hinweggetrieben wurde, und der ganze große verpönte Stadtteil in Dunkel und Stille der Pest und dem Tode überlassen war.

Eine der gewaltigen Schranken also, die anzeigten, daß der Ort dahinter dem Pestbann unterworfen sei, versperrte plötzlich dem biederen Tarpaulin und seinem Freunde Bein den Weg. Umkehr war ausgeschlossen, und Zeit war nicht zu verlieren, denn die Verfolger waren ihnen dicht auf den Fersen. Einem rechten Seemann ist es ein kleines, solch rauhes Plankenwerk zu überklettern, und in der doppelten Aufregung der Flucht und des Branntweins sprangen sie ohne Zögern in die versperrten Gassen hinab, deren widerliche Winkelgänge sie in trunkenem Lauf mit Schreien und Rufen durchirrten.

Wären sie nicht so bis zur Bewußtlosigkeit betrunken gewesen – ihre taumelnden Füße hätten inmitten dieses Grauens wie gelähmt sein müssen. Die Luft war kalt und neblig. Die Pflastersteine lagen aufgewühlt im hohen fetten Gras. Zusammengestürzte Häuser blockierten die Straßen; ekle, giftige Dünste stiegen auf – und in dem gespenstischen Schein, der selbst um Mitternacht einer feuchten und verseuchten Atmosphäre entsteigt, konnte man in den Winkeln und Gassen und in den fensterlosen Behausungen den Leichnam manch eines nächtlichen Plünderers faulen sehen, den die Seuche mitten bei seinen Räubereien ereilt hatte.

Aber weder diese Bilder noch irgendwelche räumlichen Hindernisse hatten Macht, den Lauf von Männern aufzuhalten, die, von Natur aus tapfer, gerade jetzt von übermütiger Kühnheit und Starkbier überschäumten und in ihrem gegenwärtigen Zustand ohne Zögern in den Rachen des Todes gerannt sein würden. Vorwärts – immer vorwärts stelzte der grimmige Bein, und die trostlose Einöde hallte wider von seinen Schreien, die wie der grausige Schlachtruf der Indianer aufgellten. Und vorwärts – immer vorwärts rollte der dicke Tarpaulin am Rockschoß seines lebhaften Gefährten und überbot dessen emsige Gesangstätigkeit mit seinem donnergrollenden Baß, der aus den Tiefen seiner gewaltigen Lungen dröhnte.

Sie waren nun offenbar ins innerste Lager der Pest vorgedrungen. Mit jedem taumelnden Schritt wurde ihr Weg widerlicher und grausiger – wurden die Pfade enger und ungangbarer. Riesige Steine und Balken, die von den verrotteten Dächern herabstürzten, ließen durch ihren dumpfen, schweren Fall erkennen, wie hoch die dunklen Häusermassen waren; und da wirkliche Tatkraft dazu gehörte, sich durch die Unrathaufen einen Weg zu bahnen, so geschah es keineswegs selten, daß die Hand ein Skelett oder eine weiche Leichenmasse berührte.

Plötzlich, als die Matrosen gegen das Tor eines hohen, gespenstischen Hauses taumelten und aus der Kehle des aufgeregten Bein ein Ruf, noch schriller als bisher, emporgellte, kam ihnen aus dem Innern Antwort in seltsamen, gelächterähnlichen höllischen Schreien. Wen hätten Töne solcher Art, zu solcher Stunde und an solchem Orte nicht entsetzt? Wem hätten sie nicht das Blut in den Adern erstarren gemacht? Das trunkene Paar aber stürzte kopfüber gegen das Tor, warf es auf und stolperte mit einer Ladung von Flüchen mitten hinein in die Ereignisse.

Der Raum, in dem sie sich befanden, schien der Laden eines Leichenbesorgers zu sein; doch eine offene Falltür, die sich dicht beim Eingang im Boden befand, zeigte dem Blick eine lange Reihe von Weinkellern, die, nach dem gelegentlichen Knall zerplatzender Flaschen zu schließen, mit angemessenem Trinkstoff gut versorgt zu sein schienen. Inmitten des Raumes stand ein Tisch und auf ihm ein riesiges Gefäß mit einer punschähnlichen Flüssigkeit.

Flaschen mit den verschiedensten Weinen und Likören, Kannen, Krüge und Gefäße von jeder Form und Größe waren zahlreich über den Tisch verstreut, um den herum auf Sargböcken eine Gesellschaft von sechs Personen saß. Diese Gesellschaft will ich, so gut es geht, im einzelnen beschreiben.

Der Eingangstüre gegenüber und ein wenig höher als die andern saß eine Persönlichkeit, die der Präsident der Tafelrunde zu sein schien. Die Gestalt war hoch und hager, und Bein war verblüfft, hier jemanden zu finden, der ihn selbst noch überragte. Das Gesicht war gelb wie Safran, doch waren seine Züge, bis auf eine Ausnahme, in keiner Hinsicht so bemerkenswert, um eine Beschreibung zu rechtfertigen. Diese eine Ausnahme war eine ungewöhnlich und grausig hohe Stirn, die aussah wie eine dem natürlichen Kopf aufgesetzte Fleischmütze oder -krone. Der Mund war eingefallen und zu einem gewissen gespenstischen Ausdruck von Leutseligkeit verzogen, und die Augen waren, gleich den Augen aller am Tisch, trüb und starr von Trunkenheit. Der ganze Mann war von Kopf zu Fuß in ein reichbesticktes schwarzsamtenes Bahrtuch gehüllt, das er wie einen spanischen Mantel umgeworfen hatte. Von seinem Kopfe nickten schwarze Trauerfedern, die er mit würdiger und listiger Miene hin und her schwenkte; und in der rechten Hand hielt er ein mächtiges menschliches Schenkelbein, mit dem er soeben durch Aufschlagen auf den Tisch einen aus dem Kreise zum Singen aufgefordert zu haben schien.

Ihm gegenüber und mit dem Rücken zur Türe saß eine Dame, die ihm an Seltsamkeit kein Jota nachstand. Wenngleich sie ebenso groß war wie er, konnte sie sich nicht über ebensolche unnatürliche Magerkeit beklagen. Sie schien im letzten Stadium der Wassersucht zu sein, und ihr Antlitz gleich dem mächtigen Faß voll Oktoberbier, das dicht an ihrer Seite in einer Zimmerecke stand. Ihr Gesicht war unglaublich rund, rot und voll und hatte dieselbe Eigenart oder vielmehr denselben Mangel an Eigenart, den ich schon beim Präsidenten erwähnte, d. h. nur ein einziger Zug in ihrem Gesicht war ausgeprägt genug, um besondere Erwähnung zu verdienen. Übrigens bemerkte der aufmerksame Tarpaulin sofort, daß man von jedem der Anwesenden dasselbe sagen konnte; jeder schien das Monopol auf eine besondere Eigenart in der Gesichtsbildung zu besitzen. Bei der in Rede stehenden Dame war es der Mund. Er begann am rechten Ohr und schwang sich in einer schauerlich klaffenden Spalte zum linken hinüber, so daß die kurzen Gehänge, mit denen sie die Ohrläppchen geschmückt hatte, fortwährend in die Öffnung tauchten. Sie war jedoch unablässig bemüht, den Mund geschlossen zu halten und würdig auszusehen in ihrem frisch gestärkten und gebügelten Leichenhemd, das mit einer steifen Batistkrause dicht unterm Kinn abschloß.

Zu ihrer Rechten saß eine winzige junge Dame, die sie in ihre Obhut genommen zu haben schien. Dieses zierliche Geschöpf, dessen abgemagerte Finger zitterten, dessen Lippen bleigrau waren und dessen leichenblasse Wangen hektische rote Flecke trugen, machte den unverkennbaren Eindruck, von der galoppierenden Schwindsucht ergriffen zu sein. Dabei war ihre ganze Erscheinung durchaus vornehm; sie trug mit anmutiger Nachlässigkeit ein weites, schönes Sargtuch aus feinstem indischen Schleierleinen; ihr Haar hing in Ringeln auf den Nacken; ihre Lippen umspielte ein sanftes Lächeln; aber ihre Nase – eine lange, dünne, krumme, biegsame und sinnige Nase – hing tief über die Unterlippe herab und gab ihrem Antlitz, ungeachtet der zierlichen Weise, mit der ihre Zunge die Nase dann und wann zur Seite schob, einen etwas zweideutigen Ausdruck.

Ihr gegenüber und zur Linken der wassersüchtigen Dame saß ein kleiner, aufgeblasener, keuchender und gichtiger Alter, dessen Wangen wie zwei riesige Blasen voll Portwein auf seinen Schultern ruhten. Mit gekreuzten Armen und einem fest bandagierten Bein, das auf dem Tische lag, hielt er sich anscheinend zu tiefsinnigen Betrachtungen berechtigt. Er war sichtlich stolz auf jeden Zoll seiner persönlichen Erscheinung, schien aber noch größeres Entzücken darin zu finden, die Aufmerksamkeit auf seinen lustigbunten Überrock zu lenken. Dieser mußte ihn nicht wenig Geld gekostet haben und war ihm wie auf den Leib geschnitten – aus einem jener seltsam bestickten Seidenüberzüge, mit denen man in England und auch anderswo, wenn ein Adelsgeschlecht ausgestorben ist, das Wappenschild an seinem Stammsitz zu drapieren pflegt.

Neben ihm und rechts vom Präsidenten saß ein Herr in langen weißen Strümpfen und baumwollenen Hosen. Seine Gestalt schwankte in lächerlicher Weise hin und her, in einem Anfall, den Tarpaulin mit »Katzenjammer« bezeichnete. Seine frischrasierten Kinnbacken waren mit einer Musselinbinde fest hinaufgebunden; und seine Arme waren auf ähnliche Weise an den Handgelenken gefesselt, so daß er den Getränken auf dem Tisch nicht allzu kräftig zusprechen konnte – eine Vorsichtsmaßregel, die nach Ansicht von Bein durchaus angemessen war, so versoffen war sein Antlitz. Ein paar gewaltige Ohren, die beim besten Willen nicht verborgen werden konnten, türmten sich in den Raum empor und zuckten jedesmal krampfhaft zusammen, wenn ein neuer Pfropfen knallte.

Ihm gegenüber, als Sechster und Letzter, befand sich einer in sehr steifer Haltung, der – gelähmt wie er war – sich in seiner unbequemen Kleidung wenig behaglich gefühlt haben muß. Er war recht unangemessen mit einem neuen und hübschen Mahagonisarg bekleidet, dessen Kopfende dem Träger den Schädel drückte und in Art einer Haube darüber hinausragte, was dem ganzen Antlitz einen unbeschreiblichen Reiz verlieh. In die Seiten des Sarges waren nicht sowohl aus Schönheitsgründen als zur Bequemlichkeit Armlöcher eingeschnitten; nichtsdestoweniger aber verhinderte das Kleid seinen Besitzer, so aufrecht dazusitzen wie seine Gefährten; und wie er so in einem Winkel von fünfundvierzig Grad sich rückwärts an seine Bahre lehnte, verdrehten ein Paar ungeheurer gestielter Augen ihr grauenhaftes Weiß zur Decke – in höchster Verblüffung über ihre eigene Riesenhaftigkeit.

Vor jedem aus der Tafelrunde lag ein Schädel, der als Trinkbecher diente. Über dem Tisch hing ein menschliches Skelett, dessen eines Bein vermittels eines Stricks an einem Haken in der Decke befestigt war. Das andere Bein stand in rechtem Winkel vom Rumpfe ab und veranlaßte, daß das ganze leichte und klappernde Gestell bei jedem launischen Windstoß, der hereinirrte, herumwirbelte. In der Schädelhöhle dieses widerlichen Dinges lag eine Anzahl glühender Kohlen, die die ganze Szenerie feurig beleuchteten, indes Särge und andere zum Laden eines Leichenbesorgers gehörigen Gegenstände an Wänden und Fenstern aufgestapelt lehnten und verhinderten, daß etwa ein Lichtstrahl auf die Straße dringe.

Beim Anblick dieser merkwürdigen Versammlung und ihrer noch merkwürdigeren Geräte bewiesen unsere Seeleute nicht gerade jenen Anstand, den man hier erwartet zu haben schien. Bein lehnte sich, da wo er stand, an die Wand, ließ seinen Unterkiefer noch tiefer als gewöhnlich hängen und sperrte die Augen auf, so weit er konnte, indessen Hugo Tarpaulin sich in die Knie beugte, bis seine Nase in gleicher Höhe mit dem Tische war, die Fäuste auf die Knie stemmte und in ein langes und geräuschvolles, höchst unziemliches Gelächter ausbrach.

Der lange Präsident aber, durch dieses ungezogene Benehmen keineswegs beleidigt, lächelte die Eintretenden liebenswürdig an – nickte ihnen mit seinem Kopf voll Trauerfedern zu – stand auf, nahm jeden von ihnen beim Arm und führte ihn zu einem Sitz, den ein anderer der Versammelten inzwischen für ihn bereitgestellt hatte. Bein ließ alles dies widerstandslos mit sich geschehen und nahm dort Platz, wo man ihn hingeführt hatte; der galante Hugo aber ergriff das Sarggestell, das man ihm am Kopfende des Tisches zugewiesen hatte, und rückte es neben die schwindsüchtige junge Dame in dem Sargtuch aus indischem Schleierleinen. Hier an ihrer Seite ließ er sich fröhlich nieder, goß sich einen Schädelbecher voll Rotwein ein und leerte ihn auf ihre Gesundheit. Diese Vermessenheit aber empörte den steifen Herrn im Sarg aufs höchste, und es hätte leicht zu ernsten Folgen kommen können, wenn nicht der Präsident mit seinem Schenkelbein auf den Tisch gehauen und die Aufmerksamkeit der Anwesenden für die folgende Rede in Anspruch genommen hätte:

»Es wird uns zur Pflicht, das gegenwärtige fröhliche Ereignis –«

»Halt da!« unterbrach ihn Bein mit ernster Miene, »halt da, sage ich, und meldet mal erst, wer zum Teufel ihr eigentlich seid und was ihr hier zu tun habt! Ihr seht ja aus wie leibhaftige Teufelsbraten! Wie kommt ihr dazu, den Wein zu mausen, den mein ehrenwerter Schiffskamerad, Will Wimble, der Leichenbesorger, sich für den Winter aufgestaut hatte?«

Bei diesem unverzeihlich rüden Benehmen sprang die ganze Gesellschaft entrüstet auf und stieß dieselben höllischen Schreie aus, die zuvor die beiden Seeleute hereingelockt hatten. Der Präsident gewann als erster seine Fassung wieder, wandte sich mit großer Würde zu Bein und begann von neuem:

»Wir sind gern bereit, eine angebrachte Neugier von seiten

so vornehmer Gäste, so ungebeten sie auch sein mögen, zu befriedigen. So wißt denn, daß in diesem Reich hier ich der Herrscher bin und mit unumschränkter Gewalt regiere unter dem Titel: König Pest der Erste.

Dieser Raum, den ihr profanerweise als den Laden von Will Wimble, Leichenbesorger, bezeichnet – ein Mann, den ich gar nicht kenne und dessen plebejischer Name mein königliches Ohr noch nie verletzte – dieser Raum, sage ich, ist der Thronsaal unseres Palastes, in dem wir das Wohl des Landes beraten und bei sonstigen heiligen und wichtigen Anlässen zusammenkommen.

Die edle Dame mir gegenüber ist Königin Pest, Unsere durchlauchtigste Gemahlin. Die anderen erhabenen Anwesenden gehören alle zu Unserer Familie und tragen die Abzeichen königlicher Herkunft nebst den respektiven Titeln: Seine Gnaden der Erzherzog Pestherd – Seine Gnaden der Herzog Pestilenz – Seine Gnaden der Herzog Daßdichdiepest – und Ihre Durchlaucht die Erzherzogin Ana-Pest.

Was eure Frage anlangt«, fuhr er fort, »aus welchem Grunde wir hier zu Rate sitzen, so werdet ihr verzeihen, wenn wir entgegnen, daß es sich – und zwar ausschließlich – um Unsere eigenen königlichen Interessen handelt, die für niemanden sonst von Wichtigkeit sind. In Anbetracht der Rechte aber, auf die ihr als Fremde und als unsere Gäste Anspruch erheben könnt, wollen wir noch hinzufügen, daß wir nach vorangegangenen gründlichen Nachforschungen und Erkundigungen heute nacht hier sind, um dem besonderen Geist – der unbegreiflichen Art und Eigenschaft – dieser köstlichen Gaumenlatzung: der Weine, Biere und Liköre Unserer trefflichen Hauptstadt nachzugehen, ihn zu analysieren. Damit folgen wir weniger Unseren eigenen Wünschen, vielmehr dienen wir hiermit der Wohlfahrt jenes unirdischen Herrschers, der uns alle regiert, dessen Reich keine Grenzen kennt und dessen Name ›Tod‹ ist.«

»Dessen Name David Jones ist!« ließ sich Tarpaulin vernehmen, seiner Dame einen Schädel voll Likör reichend und sich dann selber eingießend.

»Gemeiner Bube!« wandte sich nun der Präsident an Hugo, »gemeiner, niederträchtiger Schurke! – Wir haben ausgesprochen, daß in Anbetracht der Gastrechte, die wir selbst deiner elenden Person zugestehen, wir Uns herablassen wollten, deine ungezogenen und ungelegenen Fragen zu beantworten. Dessenungeachtet halten Wir es für unsere Pflicht, euer unheiliges Eindringen in unsere Ratssitzung mit einer Buße zu belegen und verurteilen daher dich und deinen Spießgesellen zu je einer Gallone Wacholderschnaps, den ihr auf die gedeihliche Entwicklung Unseres Königreichs auf einen Zug und mit gebeugtem Knie hinunterzugießen habt. Dann soll es euch freistehn, eure Wege weiterzugehn oder zu bleiben und an den Privilegien Unserer Tafelrunde teilzunehmen – je nachdem es euch Vergnügen macht.«

»Es ist ein Ding der Unmöglichkeit«, entgegnete Bein, dem das würdige Auftreten des Königs Pest I. offenbar Respekt einflößte und der sich erhoben hatte und aufgestützt am Tische stand, – »Majestät halten zu Gnaden, es ist ein Ding der Unmöglichkeit, in meinen Raum auch nur ein Viertelmaß jenes Likörs zu verstauen, den Eure Majestät soeben erwähnten. Nicht nur, daß ich am Vormittag an Bord tüchtig Ballast aufgenommen habe und heut abend in verschiedenen Häfen eine Menge Bier und Schnaps einschiffen ließ – ich habe gegenwärtig eine volle Ladung Starkbier in mir, die ich im ›Lustigen Matrosen‹ gegen Barzahlung eingenommen habe. Eure Majestät wollen daher so gnädig sein, den Willen für die Tat zu nehmen – denn nichts kann mich dazu bringen, noch einen Tropfen zu schlucken – am allerwenigsten einen Tropfen jenes höllischen Schlagwassers, das auf den Namen ›Wacholderschnaps‹ hört.«

»Heh, stopp!« unterbrach ihn Tarpaulin, nicht weniger erstaunt über die Länge dieser Rede als über ihren abweisenden Inhalt – »heh, stopp! du Flegel! – Ich sage dir, Bein, kein solches Geschlabber mehr! *Mein* Laderaum ist noch leer, wennschon ich zugebe, daß du selber ein wenig betrunken bist; und was deinen Teil an der Ladung anlangt, so würde ich ihn, um Streit zu vermeiden, mitsamt dem meinigen zu verstauen suchen, aber –«

»Ein solches Vorgehen«, fiel der Präsident hier ein, »widerspräche durchaus dem gesetzlichen Machtspruch, der unwiderruflich ist. Die von Uns auferlegte Strafe muß nach dem Buchstaben erfüllt werden – und zwar unverzüglich, andernfalls dekretieren wir, daß man euch Kopf und Füße zusammenbindet und euch als Aufrüher in jenem Oxhoft mit Oktoberbier ersäuft.«

»Ein Rechtsspruch! – Ein Rechtsspruch! – Ein guter und gerechter Rechtsspruch! – Ein glorreiches Wort! – Ein würdiges und aufrechtes Urteil!« – rief die Familie Pest wie aus einem Munde. Der König zog die Stirn in tausend Falten; der gichtige Alte schnaufte wie ein Blasebalg; die Dame mit dem Sargtuch schwenkte ihre Nase hin und her; der Herr in den baumwollenen Hosen spitzte seine langen Ohren; die mit dem Leichenhemd klappte mit ihrem Fischmaul, und der im Sarg hielt sich steif und rollte mit den Augen.

»Hu, hu, hu!« kicherte Tarpaulin, ohne die allgemeine Aufregung zu beachten, »hu, hu, hu! – hu, hu, hu, hu! – hu, hu, hu! – Ich meinte«, sagte er, »ich meinte, als Herr König Pest seine Marlpfrieme dazwischensteckte, ich meinte, was zwei oder drei Gallonen Wacholderschnaps anlange, so sei das eine Kleinigkeit für ein strammes und nicht überlastetes Seeboot wie mich – wenn aber auf das Wohl des Teufels getrunken werden soll und wenn ich bei lebendigem Leibe zu diesem bösen König hinunterfahren soll, von dem ich so gewiß weiß, wie von mir, daß ich ein Sünder bin, daß er kein anderer ist als Tim Hurlygurly, der Schauspieler – ja, das ist denn doch 'ne ganz andere Sache und geht durchaus über mein Verständnis.«

Er konnte seine Rede nicht beenden. Bei Nennung des

Namens Tim Hurlygurly sprang die ganze Versammlung von ihren Sitzen.

»Verrat!« brüllte Seine Majestät König Pest der Erste.

»Verrat!« sagte der kleine gichtige Alte.

»Verrat!« kreischte die Erzherzogin Ana-Pest.

»Verrat!« kreischte der Herr mit der aufgebundenen Kinnlade.

»Verrat!« grollte der mit dem Sarg.

»Verrat! Verrat!« rief die Majestät vom großen Maul und packte den unglücklichen Tarpaulin, der sich soeben seinen Trinkschädel neu gefüllt hatte, bei seinem Hosenboden, hob ihn hoch in die Luft und ließ ihn ohne alle Umschweife in die riesige Bütte seines geliebten Starkbieres fallen. Er tauchte auf und nieder wie ein Apfel im Grog und verschwand schließlich im Schaumstrudel, den seine Befreiungsversuche in der ohnedies schäumenden Flüssigkeit hervorgebracht hatten.

Bein aber, der lange Seemann, war nicht gewillt, die Leiden seines Kameraden ruhig mit anzusehen. Er stieß König Pest durch die offene Falltür im Fußboden und warf fluchend die Tür hinter ihm zu. Dann wandte er sich ins Zimmer. Er riß das über dem Tische schaukelnde Skelett herab und schlug damit so gewaltig um sich, daß er beim letzten Schein des verglimmenden Lichtes dem kleinen Mann mit der Gicht die Hirnschale zerschmetterte. Dann stürmte er zu dem verhängnisvollen Oxhoft voll Oktoberbier und Hugo Tarpaulin und stieß es mit aller Macht um. Ein Meer von Flüssigkeit stürzte heraus, so gewaltig – so flutend und brausend –, daß der Raum von einem Ende zum andern überschwemmt war – der vollbeladene Tisch wurde umgeworfen – die Bahren fielen um, die Punschkübel ins Kaminfeuer und die Damen in Schreikrämpfe. Ganze Haufen von Bestattungsgeräten schwammen umher. Kannen und Krüge wogten durcheinander, und Korbflaschen kämpften verzweifelt mit Weiden- und Kürbisflaschen. Der Mann mit dem Katzenjammer ersoff auf der Stelle – der kleine steife Herr schwamm in seinem Sarg davon, und der siegreiche Bein ergriff die dicke Dame im Leichenhemd bei den Hüften, stürmte mit ihr auf die Straße und jagte auf kürzestem Wege zum Ankerplatz der »Frei und Leicht«; hinter ihm drein segelte der furchtbare Hugo Tarpaulin, der, nachdem er zwei- bis dreimal kräftig geniest hatte, mit der Erzherzogin Ana-Pest auf den Armen daherkeuchte.

Hinab in den Maelström

> Die Wege Gottes in der Natur wie auch in der Vorsehung sind nicht wie *unsere* Wege; noch sind die Dinge, die wir bilden, irgendwie der Unendlichkeit, Abgründigkeit und Unerforschlichkeit seiner Werke vergleichbar, die eine Tiefe in sich haben – ungemessener als der Brunnen des Demokritos.
>
> *Joseph Glanvill*

Wir waren auf dem Gipfel der höchsten Klippe angelangt. Einige Minuten schien der Alte zu erschöpft, um zu sprechen. »Vor drei Jahren noch«, sagte er schließlich, »hätte ich diesen Weg geradeso leicht und ohne Ermüdung gemacht wie der jüngste meiner Söhne; aber dann hatte ich ein Erlebnis, wie wohl kein Sterblicher vor mir – wenigstens wie keiner es überlebte, um davon zu berichten – und die sechs Stunden tödlichen Entsetzens, die ich damals durchmachte, haben mich an Leib und Seele gebrochen. Sie halten mich für einen *sehr* alten Mann – aber ich bin es nicht. Weniger als ein Tag reichte hin, um meine tiefschwarzen Haare weiß zu machen, meinen Gliedern die Kraft, meinen Nerven die Spannung zu nehmen, so daß ich bei der geringsten Anstrengung zittere und vor einem Schatten erschrecke. Können Sie sich denken, daß ich kaum über diese kleine Klippe zu schauen vermag, ohne schwindlig zu werden?«

Die »kleine Klippe«, an deren Rand er sich so sorglos niedergeworfen hatte, daß der gewichtigere Teil seines Körpers darüber hinausing, und allein der Halt, den ihm seine auf den schlüpfrigen Felsrand aufgestützten Ellbogen gewährten, ihn am Hinunterfallen hinderte – diese »kleine Klippe« erhob sich als ein steiler, wilder Berg schwarzglänzender Felsmassen etwa fünfzehn- bis sechzehnhundert Fuß hoch aus dem Meere empor. Nicht um alles in der Welt hätte ich mich näher als etwa sechs Meter an den Rand herangewagt. Ja wirklich, die gefährliche Stellung meines Begleiters entsetzte mich so sehr, daß ich mich der Länge nach zu Boden warf, mich ans Gestrüpp anklammerte und nicht einmal wagte, gen Himmel zu blicken – indes ich mich vergeblich mühte, den Gedanken loszuwerden, daß der Berg bis in seine Grundfesten von den stürmenden Winden erschüttert werde. Es dauerte lange, ehe ich mich so weit zur Vernunft brachte, daß ich mich aufrichten und in die Ferne schauen konnte.

»Sie müssen Ihre Angstvorstellungen überwinden«, sagte der Führer; »habe ich Sie doch hierhergebracht, damit Sie die Szene des Ereignisses, das ich eben erwähnte, so gut als möglich vor Augen haben, denn ich will Ihnen hier angesichts des Ortes die ganze Geschichte berichten.

Wir befinden uns jetzt« – fuhr er mit jener eingehenden Sachlichkeit fort, die ihm eigentümlich war – »wir befinden uns jetzt an der norwegischen Küste – auf dem achtundsechzigsten Breitengrad, in der großen Provinz Nordland und im trübseligen Distrikt Lofoten. Der Berg, auf dessen Gipfel wir sitzen, ist Helseggen, der Bewölkte. Richten Sie sich jetzt ein wenig auf – halten Sie sich am Grase fest, wenn Sie sich schwindlig fühlen – so – und blicken Sie über den Nebelgürtel unter uns hinaus ins Meer.«

Ich schaute auf und gewahrte eine weite Meeresfläche, deren Wasser so tintenschwarz war, daß mir sofort des nubischen Geographen Bericht von dem Mare Tenebrarum in den Sinn kam. Selbst die kühnste Phantasie könnte sich kein Panorama von gleich trostloser Verlassenheit ausdenken. Rechts und links, soweit das Auge reichte, breiteten sich gleich Wällen, die die Welt abschlossen, Reihen schwarzer, drohend ragender Klippen, deren grausiges Dunkel noch schärfer hervortrat in der tosenden Brandung, die mit ewigem Heulen und Kreischen ihren gespenstischen, weißen Schaum an ihnen emporwarf. Dem Vorgebirge, auf dessen

Gipfel wir saßen, gerade gegenüber und etwa fünf, sechs Meilen weit ins Meer hinein war eine schmale, schwärzliche Insel sichtbar – oder richtiger: man vermochte durch den Brandungsschaum, der sie umgab, ihre Umrisse zu erkennen. Etwa zwei Meilen näher an Land erhob sich eine andere, kleinere, entsetzlich steinig und unfruchtbar, der hier und da schwarze Felsklippen vorgelagert waren.

Der Anblick des Meeres zwischen der entfernteren Insel und der Küste war ein sehr ungewöhnlicher. Obgleich ein so heftiger Wind landwärts blies, daß eine Brigg draußen in der offenen See unter doppelt gerefftem Gaffelsegel lag und beständig mit ihrem ganzen Rumpf in den Wogen versank, so war hier doch keine regelrechte Dünung, sondern nur ein kurzes, schnelles, zorniges Aufklatschen des Wassers nach allen Richtungen – sowohl mit als gegen den Wind. Schaum gab es nur wenig, außer in der nächsten Umgebung der Felsen.

»Die ferne Insel«, fuhr der alte Mann fort, »wird von den Norwegern Vurrgh genannt. Die eine näherliegende heißt Moskoe. Jene dort eine Meile nordwärts ist Ambaaren. Dort drüben liegen Islesen, Hotholm, Keildhelm, Suarven und Buckholm. Weiter draußen, zwischen Moskoe und Vurrgh liegen Otterholm, Flimen, Sandflesen und Stockholm. Das sind die Namen der Orte; warum man es aber überhaupt für nötig fand, ihnen Namen zu geben, das ist wohl Ihnen wie mir unbegreiflich. – Hören Sie etwas? Sehen Sie eine Veränderung im Wasser?«

Wir waren jetzt etwa zehn Minuten auf der Spitze des Helseggen, zu dem wir aus dem Innern von Lofoten aufgestiegen waren, so daß wir keinen Schimmer vom Meere erblickt hatten, bis es, als wir oben auf dem Gipfel angelangt waren, plötzlich in voller Weite vor uns lag. Während der Alte sprach, kam mir ein lautes, langsam zunehmendes Tosen zum Bewußtsein, ein Lärm wie das Brüllen einer ungeheuren Büffelherde auf einer amerikanischen Prärie. Und im selben Augenblick gewahrte ich, daß das »Hacken« des Meeres unter uns sich mit rasender Schnelligkeit in eine östliche Strömung verwandelte. Während ich hinsah, nahm diese Strömung noch mit unheimlicher Geschwindigkeit zu. Jeder Augenblick verzehnfachte ihre Hast, ihr maßloses Ungestüm. In fünf Minuten tobte der ganze Ozean bis nach Vurrgh hinaus in gewaltigem Sturm; aber zwischen Moskoe und der Küste toste der Aufruhr am tollsten. Hier stürmte die ungeheure Wasserflut in tausend einander entgegengesetzte Kanäle, brach sich plötzlich in wahnsinnigen Zuckungen, keuchte, kochte und zischte – kreiste in zahllosen riesenhaften Wirbeln, und alles stürmte heulend und sich überstürzend nach Osten, mit einer Geschwindigkeit, wie sie sich nur bei den rasendsten Wasserstürzen findet.

Einige Minuten später hatte sich die Szene wiederum völlig verändert. Die gesamte Oberfläche wurde ein wenig glatter, und die Strudel verschwanden einer nach dem andern, während mächtige Schaumstreifen sich überall da zeigten, wo vorher gar kein Schaum gewesen war. Diese Streifen, die sich immer weiter und weiter ausdehnten und miteinander verbanden, nahmen nun die drehende Bewegung der verschwundenen Strudel an und schienen den Rand eines neuen ganz gewaltigen Strudels zu bilden. Plötzlich – sehr plötzlich – nahm der Wirbel deutliche und bestimmte Form an und wurde zu einem Kreis von mehr als einer Meile Durchmesser. Umrandet war der Wirbel von einem breiten Gürtel schimmernden Schaums; doch nicht der kleinste Teil desselben glitt in den Schlund des schrecklichen Trichters, dessen Innenwand, soweit das Auge es ergründen konnte, von einer glatten, leuchtenden und kohlschwarzen Wassermauer gebildet wurde, die sich in einem Winkel von etwa fünfundvierzig Grad zum Horizont hinneigte und sich in schwingender, schwindelnder Ratlosigkeit im Kreise drehte und dabei so eine fürchterliche, kreischende und heulende Stimme gen Himmel sandte, wie sie selbst der mächtige Niagarafall in seiner Todesangst nicht hervorbringt.

Der Berg erbebte in seinen Grundfesten, und der Fels schwankte. Ich warf mich zur Erde, verbarg mein Gesicht und klammerte mich in einem Anfall nervöser Aufregung an das spärliche Strauchwerk.

»Dies kann«, sagte ich endlich zu dem Alten, »dies kann nur der große Strudel des Maelström sein.«

»So wird er manchmal genannt«, sagte der Mann. »Wir Norweger nennen ihn Moskoeström, nach der Insel Moskoe in seiner Nähe.«

Die bekannten Berichte über diesen Strudel hatten mich in keiner Hinsicht auf das vorbereitet, was ich da sah. Die Beschreibung, die Jonas Ramus gibt und die vielleicht die umständlichste von allen ist, kann weder von der Großartigkeit noch von dem Grauen des Ganzen oder von dem seltsam verwirrenden Gefühl des »Neuartigen«, das den Beschauer befällt, auch nur die geringste Vorstellung erwecken. Ich bin nicht sicher, von welchem Punkt aus jener Schriftsteller das Naturschauspiel beobachtete, noch zu welcher Zeit; aber es konnte weder vom Gipfel des Helseggen noch während eines Sturmes gewesen sein. Immerhin hat seine Beschreibung einige Stellen, die erwähnenswert sind, obschon ihre Wirkung im Vergleich mit dem Schauspiel selbst nur eine sehr schwache sein kann.

»Zwischen Lofoten und Moskoe«, berichtet er, »schwankt die Tiefe des Wassers zwischen fünfunddreißig und vierzig Faden; nach der anderen Seite aber, in der Richtung von Ver (Vurrgh), nimmt diese Tiefe ab, so daß ein Schiff dort nicht passieren kann, ohne Gefahr zu laufen, an den Klippen zu zerschellen, was selbst bei ruhigem Wetter vorkommen kann. Wenn Flutzeit ist, so geht die Strömung landwärts zwischen Lofoten und Moskoe in lärmender Hast dahin, das Tosen ihrer Ebbe zum Meere hin aber wird selbst von den lautesten und fürchterlichsten Katarakten nicht erreicht –

man hört das Getöse viele Meilen weit, und die Strudel oder Abgründe sind von solcher Tiefe und Ausdehnung, daß ein Schiff, das in ihren Kreislauf gerät, unvermeidlich angezogen und in den Abgrund hinabgerissen wird, wo es an den Felsen zerschellt und, wenn die Wasser sich beruhigen, in Trümmern wieder emporgetragen wird. Solche Ruhepausen gibt es aber nur beim Übergang von Ebbe zu Flut und von Flut zu Ebbe und nur bei ruhigem Wetter, auch dauern sie nur eine Viertelstunde, dann nimmt der Wirbel langsam wieder zu. Wenn die Strömung am heftigsten und ihre Wut durch einen Sturm gesteigert ist, wird es gefährlich, ihr auf eine norwegische Meile nahe zu kommen. Boote, Jachten und auch größere Schiffe wurden mit fortgerissen, weil sie sich dem Bereich des Strudels nicht fern genug hielten. Es kommt auch vor, daß Walfische der Strömung zu nahe kommen und in ihre Gewalt geraten, und es ist unmöglich, das Heulen und Bellen zu beschreiben, das sie bei ihren vergeblichen Anstrengungen ausstoßen. Einmal wurde ein Bär, der von Lofoten nach Moskoe zu schwimmen versuchte, von der Strömung erfaßt und hinabgerissen, und sein entsetzliches Gebrüll wurde bis ans Ufer gehört. Große Vorräte von Fichten und Kiefern kamen, nachdem sie im Strudel gewesen, so zersplittert und zerfetzt an die Oberfläche, daß sie aussahen wie seltsame Borstentiere; und dies zeigt klar, daß im Abgrund des Strudels Felsgrate sind, zwischen denen sie hin und her geschleudert wurden. Die Strömung wird durch Ebbe und Flut reguliert – so daß alle sechs Stunden hohes und niederes Wasser miteinander wechseln. Im Jahre 1645 in der Frühe des Sonntags Sexagesima raste sie mit solchem Ungestüm und Getöse, daß die Häuser an der Küste zusammenstürzten.«

Was nun die Tiefe des Wassers anlangt, so begriff ich nicht, wie sie in der Nähe des Strudels überhaupt hatte gemessen werden können. Die vierzig Faden konnten sich nur auf Teile des Kanals nahe an der Küste von Moskoe oder

Lofoten beziehen. Die Tiefe inmitten des Moskoeström muß unermeßlich viel größer sein, und man kann keinen besseren Beweis für diese Tatsache finden, als wenn man vom höchsten Grad des Helseggen seitwärts in den Abgrund hinabblickt. Ich, der ich vom Gipfel oben in den heulenden Phlegethon hinuntersah, konnte mich eines Lächelns nicht erwehren über die Einfalt, mit der der ehrenwerte Jonas Ramus die seiner Ansicht nach fast unglaubwürdigen Anekdoten von den Walfischen und dem Bären berichtet; mir schien es tatsächlich ganz selbstverständlich, daß das größte Linienschiff, wenn es in jene tödliche Anziehungskraft geriet, ihr ebensowenig widerstehen konnte wie eine Feder dem Orkan und sogleich und für immer verschwinden müsse.

Die Erklärungsversuche für das Phänomen, deren einige mir beim Durchlesen ziemlich einleuchtend erschienen waren, sah ich jetzt in ganz anderem Lichte und mußte sie als völlig unzureichend verwerfen. Die Anschauung, der am meisten Glauben geschenkt wird, ist, daß dieser Strudel, gleich drei anderen kleineren in der Gegend der Ferroe-Inseln, seinen Ursprung habe in dem Zusammenprall der Wogen an unterirdischen Felsenriffen, die das Wasser derart einengen, daß es zur Zeit der Flut gewaltig aufschäumen, zur Zeit der Ebbe aber in große Tiefen zurückfallen muß. Die natürliche Folge des Ganzen ist ein Strudel, dessen wunderbare Einsaugkraft man schon an kleineren Versuchen erproben kann. So etwa sagt die ›ENCYCLOPAEDIA BRITANNICA‹. Kircher und andere nehmen an, daß in der Mitte des Maelström-Kanals ein Abgrund sich befinde, der den Erdball durchbohre und in irgendeiner fernen Gegend endige – irgendwer bezeichnet übrigens mit ziemlicher Bestimmtheit den Bottnischen Meerbusen als Durchbruchstelle des Strudelkanals. Diese an sich recht törichte Annahme erschien mir jetzt beim Anblick des gewaltigen Naturereignisses gar nicht so unhaltbar; ich sprach davon zu meinem Führer, der mir zu meiner Verwunderung erwiderte, obgleich er wisse, daß diese Auffassung der Sache von den meisten Norwegern geteilt werde, so könne er selbst ihr doch nicht beistimmen. Was die vorher erwähnte Annahme des Jonas Ramus betreffe, so müsse er gestehen, daß er sie nicht begreifen könne, und darin mußte ich ihm beipflichten, denn so glaubwürdig sie sich auch auf dem Papier ausgenommen, so unverständlich, ja geradezu absurd erschien sie hier inmitten des Sturmgetöses des Strudels selbst.

»Sie haben sich jetzt den Strudel gut betrachten können«, sagte der alte Mann, »und wenn Sie sich nun hier auf die andere Seite des Felsvorsprungs niederlassen würden, wo wir vor dem Wind geschützt sind und das Brausen der Wellen weniger laut hören, so werde ich Ihnen eine Geschichte erzählen, die Sie davon überzeugen wird, daß ich wohl etwas vom Moskoeström wissen muß.«

Ich setzte mich so wie er es wünschte, und er fuhr fort:

»Meine beiden Brüder und ich besaßen eine schoonerartig aufgetakelte Schmack von etwa siebzig Tonnen Tragfähigkeit, mit der wir zwischen den Inseln hinter Moskoe nahe bei Vurrgh zu fischen pflegten. Überall, wo das Meer heftig brandet, ist zu geeigneten Zeiten der Fischfang gut, wenn man nur den Mut hat, ihn zu wagen; doch unter allen Küstenbewohnern der Lofoten waren wir drei die einzigen, die es sich regelrecht zum Beruf machten, nach jenen Inseln hinauszufahren. Die eigentlichen Fischgründe sind eine gute Strecke weiter nach Süden gelegen. Dort kann man zu allen Zeiten fangen, und es ist keine Gefahr dabei; darum werden jene Plätze bevorzugt. Die ertragreichen Fangplätze hier zwischen den Felsen aber liefern nicht nur die besten Sorten, sondern diese sogar in reichstem Maße, so daß wir oft in einem einzigen Tage so viel fingen, wie ängstlichere Fischer mühsam in einer Woche zusammenbrachten. Es war in der Tat ein verzweifeltes Unternehmen, bei dem das Wagnis die Arbeit ersetzte und Mut das Anlagekapital war.

Der Ankerplatz unseres Schiffes war in einer Bucht, die

etwa fünf Meilen von dieser hier entfernt ist, und es war unsere Gewohnheit, bei schönem Wetter die Viertelstunde *Tot*wasser zwischen Ebbe und Flut auszunutzen, um über den Hauptkanal des Moskoeström weit oberhalb des Strudels hinüberzusegeln und irgendwo in der Nähe von Otterholm oder Sandflesen, wo die Brandung nicht allzu heftig ist, vor Anker zu gehen. Hier pflegten wir zu bleiben, bis wiederum Totwasser einsetzte, worauf wir die Anker lichteten und uns auf den Heimweg machten. Wir unternahmen diese Fahrt nur dann, wenn wir für Hin- und Rückfahrt auf beständigen Wind rechnen konnten – einen Wind, von dem wir überzeugt waren, daß er uns bei der Rückfahrt nicht im Stich lassen werde –, und in dieser Hinsicht war unsere Berechnung selten falsch. Zweimal in sechs Jahren waren wir genötigt, die ganze Nacht vor Anker zu liegen, infolge einer gerade hier äußerst seltenen völligen Windstille, und einmal mußten wir fast eine Woche draußen bei den Fischplätzen ausharren und waren dem Hungertode nahe; aber wir konnten die Überfahrt nicht wagen, denn ein Sturmwind blies, der den Kanal allzu gefährlich machte. Bei dieser Gelegenheit wären wir trotz aller Anstrengungen in die See hinausgetrieben worden (denn die Strudel warfen uns so heftig herum, daß wir schließlich den Anker einzogen), wären wir nicht zufällig in eine der zahlreichen Gegenströmungen geraten, die heute da sind und morgen wieder fort. Diese Strömung trieb uns in die windgeschützte Gegend von Flimen, wo wir das Glück hatten, landen zu können.

Ich könnte Ihnen nicht den zwanzigsten Teil all der Schwierigkeiten aufzählen, mit denen wir an den Fangplätzen zu kämpfen hatten, denn selbst bei gutem Wetter ist es da draußen übel genug; dennoch gelang es uns immer, den Moskoeström selbst ohne Unfall zu passieren, obgleich mir oft genug das Herz erschrak, wenn wir bisweilen ein oder zwei Minuten vor oder nach dem Totwasser dort waren. Der Wind war manchmal nicht so stark, wie wir beim Ausfahren gedacht hatten, und dann kamen wir langsamer voran, als wünschenswert war, und verloren in der Strömung die Gewalt über das Schiff. Mein ältester Bruder hatte einen achtzehnjährigen Sohn, und ich selbst besaß zwei kräftige Buben. Diese wären zu solchen Zeiten beim Ein- und Ausziehen der Fischtaue wie auch beim Fischen selbst sehr brauchbar gewesen, aber trotzdem wir für uns die Gefahr nicht fürchteten, hatten wir doch nicht das Herz, die Jungen dem Wagnis auszusetzen – denn es ist schon so und muß gesagt werden: es war ein entsetzliches Wagnis.

Es sind jetzt in wenigen Tagen drei Jahre, seit sich das ereignete, was ich Ihnen nun erzählen will. Es war der zehnte Juli 18.., ein Tag, den man hierzulande nie vergessen wird, denn es blies der schrecklichste Orkan, der je aus den Himmeln niederstürzte; und doch hatte am Vormittag und sogar bis in den späten Nachmittag ein sanfter Südwest geweht, während die Sonne heiter strahlte, so daß die ältesten Seeleute unter uns nicht hätten voraussehen können, was sich später ereignete.

Wir drei – meine beiden Brüder und ich – waren gegen zwei Uhr nachmittags zu den Inseln hinübergekreuzt und hatten bald die Schmack mit edlen Fischen voll, die, wie wir alle bemerkten, an diesem Tage zahlreicher als je aufgetreten waren. Auf meiner Uhr war es gerade sieben, als wir lichteten und die Heimfahrt antraten, um den schlimmsten Teil des Ström bei Totwasser zurückzulegen, das nach unserer Erfahrung um acht einsetzte.

Ein frischer Wind kam von Steuerbord her, und eine Zeitlang hatten wir eilige Fahrt und ließen uns keine Gefahr träumen, denn wir sahen nicht den geringsten Grund dazu. Ganz plötzlich aber wurden wir von einer Brise von Helseggen her rückwärts getrieben. Das war höchst seltsam – etwas, das sich noch nie ereignet hatte – und ich begann unruhig zu werden, ohne recht zu wissen, weshalb. Wir stellten das Boot nach dem Winde, konnten aber infolge der starken

Brandung nicht vorwärts kommen, und ich wollte gerade den Vorschlag machen, zum Ankerplatz zurückzukehren, als wir, rückwärts blickend, den ganzen Horizont von einer einzigen kupferfarbenen Wolke bedeckt sahen, die mit unheimlicher Schnelligkeit heraufzog.

Währenddessen hatte sich der Wind, der uns soeben zurückgeworfen, ganz plötzlich gelegt, und in der Totenstille trieb unser Schiff haltlos umher. Dieser Zustand dauerte jedoch nicht so lange, daß wir Zeit gehabt hätten, ihn zu bedenken. In kaum einer Minute war der Sturm über uns – in kaum zweien war der ganze Himmel schwarz, und es wurde so dunkel, daß wir im Schiff einander nicht mehr erkennen konnten.

Es wäre Wahnsinn, den Orkan, der nun einsetzte, beschreiben zu wollen. Der älteste Seemann in ganz Norwegen hatte dergleichen nicht erlebt. Wir hatten unsere Segel dem Wind überlassen, ehe der uns richtig packte. Nun flogen beim ersten Stoß unsere beiden Maste über Bord, als seien sie abgemäht – und der Hauptmast nahm meinen jüngsten Bruder mit sich, der sich sicherheitshalber an ihn angebunden hatte.

Unser Boot war das federleichteste Ding, das je auf dem Wasser geschwommen. Es hatte ein vollkommen geschlossenes Verdeck mit nur einer Luke nahe am Bug, und diese Luke pflegten wir immer bei Annäherung an den Ström zu schließen, um uns gegen die Sturzseen zu sichern. Ohne diese gewohnte Vorsichtsmaßregel wären wir sofort zugrunde gegangen – denn wir waren minutenlang buchstäblich im Wasser begraben. Wie mein älterer Bruder der Vernichtung entrann, kann ich nicht sagen; ich hatte nie Gelegenheit, das festzustellen. Ich für mein Teil warf mich sofort flach zu Boden, nachdem ich das Vordersegel losgelassen, stemmte die Füße gegen das schmale Schandeck des Bugs und erfaßte mit den Händen einen Ringbolzen in der Nähe des Vormastes. Es war lediglich Instinkt, was mich zu solchem Handeln trieb, denn zum Denken war ich viel zu verwirrt – aber ich hätte jedenfalls gar nichts Besseres tun können.

Minutenlang waren wir, wie ich schon sagte, vollkommen unter Wasser; und während dieser ganzen Zeit hielt ich den Atem an und klammerte mich an den Ring. Als ich es nicht mehr aushalten konnte, erhob ich mich auf die Knie und bekam so den Kopf frei; den Ring hielt ich noch immer fest. Da schüttelte sich unser kleines Boot, gerade wie ein Hund, wenn er aus dem Wasser kommt, und befreite sich dadurch ein wenig aus den Wellen. Ich versuchte nun, der Bestürzung, die mich überrumpelt hatte, Herr zu werden und meine Sinne zum Überlegen zu sammeln, als ich mich plötzlich am Arm erfaßt fühlte. Es war mein älterer Bruder, und mein Herz hüpfte vor Freude, denn ich war überzeugt gewesen, auch er sei über Bord geschwemmt. Im nächsten Augenblick aber wandelte sich all diese Freude in Entsetzen; – er preßte seinen Mund an mein Ohr und gellte das Wort hinaus: ›Moskoeström!‹

Niemand wird je ermessen, was ich in jenem Augenblick fühlte. Ich erbebte von Kopf zu Fuß, wie in einem heftigen Anfall von Schüttelfrost. Ich wußte gut, was er mit diesem einen Worte meinte – ich wußte, was er mir begreiflich machen wollte. Mit dem Wind, der uns jetzt vorwärts jagte, waren wir dem Strudel des Ström verfallen, und nichts konnte uns retten!

Sie müssen im Auge behalten, daß wir uns zur Überquerung des Kanals stets eine Stelle weit oberhalb des Strudels aussuchten; auch bei ruhigstem Wetter taten wir das und warteten sorgsam das Totwasser ab – nun aber trieben wir direkt auf den Wirbelstrom zu – und dabei in diesem Orkan! ›Sicherlich‹, dachte ich ›kommen wir gerade bei Totwasser dort an – es ist wenigstens Hoffnung dafür vorhanden –‹, im nächsten Augenblick aber verwünschte ich mich selbst, daß ich Narr genug war, überhaupt von Hoffnung zu träumen. Ich wußte recht gut, daß wir dem Untergang verfallen waren, und wären wir auch zehnmal ein großes, festes Kriegsschiff gewesen.

Die erste Wut des Sturmes hatte sich gelegt, oder vielleicht fühlten wir ihn nur weniger, da er uns vor sich hertrieb, – jedenfalls erhoben sich jetzt die Wogen, die der Wind bisher niedergehalten, zu wahren Bergen. Auch der Himmel hatte sich seltsam verändert. Nach allen Richtungen in der Runde war noch immer pechschwarze Nacht, doch beinahe uns zu Häupten brach ein kreisrundes Stück klaren Himmels durch – so klar, wie ich ihn nur je gesehen, und von tiefem strahlenden Blau –, und aus seiner Mitte leuchtete der volle Mond in nie geahntem Glanz! Er rückte unsere ganze Umgebung in hellstes Licht – o Gott, welch ein Schauspiel beleuchtete er!

Ich machte jetzt ein paar Versuche, mit meinem Bruder zu sprechen, aber das Getöse hatte unerklärlicherweise derart zugenommen, daß ich ihm nicht ein einziges Wort verständlich machen konnte, obgleich ich ihm mit aller Gewalt ins Ohr schrie. Er schüttelte den Kopf, sah totenbleich aus und erhob einen Finger, als wolle er sagen: ›Horch!‹

Zuerst begriff ich ihn nicht – bald aber überfiel mich ein entsetzliches Begreifen. Ich zog die Uhr aus der Tasche. Sie ging nicht mehr. Ich hielt das Zifferblatt ins Mondlicht und brach in Tränen aus, als ich sie nun weit ins Meer schleuderte. *Sie war um sieben Uhr stehen geblieben! Die Zeit des Totwassers war vorüber und der Strudeltrichter des Ström in voller Wut!*

Ist ein Boot gut gebaut und richtig und nicht allzu schwer beladen, so scheinen in einem heftigen Sturm die Wellen unter dem Schiff hervorzukommen, was einem Unerfahrenen stets merkwürdig erscheint; in der Seemannssprache sagt man, das Schiff reitet. Bisher also waren wir auf den Wogen geritten, nun aber erfaßte uns eine riesenhafte Welle gerade unter der Gilling und hob uns mit sich empor – hinauf, hinauf – als ginge es in den Himmel. Ich hätte es gar nicht für möglich gehalten, daß eine Woge so hoch steigen könne. Und dann ging es wieder schleifend und gleitend und stürzend hinunter, daß mir ganz übel und schwindlig wurde, wie wenn man im Traum von einem Berggipfel herunterstürzt. Aber während wir oben waren, hatte ich schnell Umschau gehalten – und dieser Rundblick genügte. Ich erkannte im Augenblick unsere ganze Lage. Der Strudel des Moskoeströms lag etwa eine Viertelmeile vor uns – aber er glich so wenig dem gewöhnlichen Moskoeström wie der Strudel da etwa der Welle eines Mühlbachs. Hätte ich nicht bereits gewußt, wo wir uns befanden und was uns bevorstand, so hätte ich den Ort überhaupt nicht erkannt. Ich schloß vor Entsetzen unwillkürlich die Augen. Die Lider krampften sich wie im Todeskrampfe zusammen.

Es konnten kaum zwei Minuten vergangen sein, als wir plötzlich glatteres Wasser spürten und in Gischt eingehüllt waren. Das Boot machte eine kurze, halbe Drehung nach Backbord und schoß dann wie der Blitz in seiner neuen Richtung dahin. Im selben Augenblick ertrank das Brüllen der Wasser in einer Art schrillem Gekreisch – einem Ton, wie ihn etwa die Ventile mehrerer tausend Dampfschiffe beim Auslassen des Dampfes zusammen hervorbringen könnten. Wir befanden uns jetzt in dem Schaumgürtel, der stets den Strudel umringt, und ich dachte natürlich, daß der nächste Augenblick uns in den Abgrund schleudern werde, den wir infolge der Schnelligkeit, mit der wir dahinsausten, nur unklar erkennen konnten. Das Boot schien überhaupt nicht im Wasser zu liegen, sondern wie eine Luftblase über den Schaum dahinzutanzen. Seine Steuerbordseite war dem Strudel zugekehrt, und hinter Backbord dehnte sich das unendliche Meer, mit dem wir noch eben gekämpft hatten. Es stand wie ein mächtiger wandelnder Wall zwischen uns und dem Horizont.

Es mag seltsam erscheinen – aber jetzt, wo wir uns im Rachen des Abgrundes befanden, fühlte ich mich ruhiger als während der Zeit, da wir uns ihm erst näherten. Nun ich mich damit vertraut gemacht, alle Hoffnung aufzugeben hatte, verlor ich auch ein gut Teil des Schreckens, der mich zuerst lähmte. Ich glaube, es war Verzweiflung, die meine Nerven stählte.

Wie prahlerisch es auch klingt, es ist dennoch wahr: ich begann zu empfinden, welch herrliche Sache es sei, auf diese Weise zu sterben, und wie töricht es von mir war, beim Anblick solch großartigen Beweises von Gottes Herrlichkeit an mein eigenes erbärmliches Leben zu denken. Ich glaube, ich errötete vor Scham, als dieser Gedanke mir in den Sinn kam. Nach einiger Zeit erfaßte mich eine wilde Neugier bezüglich des Strudels selbst. Ich fühlte tatsächlich den *Wunsch*, seine Tiefen zu ergründen, obgleich ich mich selbst dabei opfern mußte, und mein hauptsächlicher Kummer war der, daß ich meinen alten Gefährten an Land niemals von den Wundern berichten sollte, die ich erschauen würde. Das waren gewiß sonderbare Betrachtungen für einen Mann in meiner Lage, und ich habe schon manchmal gedacht, daß die Drehungen des Bootes im Strudel mir ein wenig den Kopf verrückt hatten.

Noch ein anderer Umstand trug dazu bei, mir meine Selbstbeherrschung wiederzugeben, und das war das Aufhören des Windes, der uns in unserer gegenwärtigen Lage nicht erreichen konnte – denn wie Sie selbst sahen, liegt der Schaumgürtel beträchtlich tiefer als der Ozean selbst, und dieser letztere türmte sich jetzt über uns auf wie ein hoher schwarzer Bergrücken. Wenn Sie nie bei heftigem Sturm auf See gewesen sind, können Sie sich gar keinen Begriff machen von der allgemeinen Sinnesverwirrung, die Wind und Sturzsee verursachen. Man ist blind und taub und dem Ersticken nahe und verliert alle Kraft zum Denken oder Handeln. Jetzt aber waren wir diese Qualen los – gerade wie zum Tode verurteilte Verbrecher kleine Erleichterungen genießen, die ihnen versagt bleiben, solange ihr Schicksal noch nicht ganz entschieden ist.

Wie oft wir den Schaumgürtel umkreisten, kann ich nicht sagen. Wir jagten wohl schon eine Stunde lang in der Runde und gelangten allmählich, mehr fliegend als schwimmend, in die Mitte des Gischtstreifens und näher und immer näher an seinen furchtbaren inneren Rand. In dieser ganzen Zeit hatte ich den Ringbolzen nicht losgelassen. Mein Bruder war am Heck und klammerte sich dort an ein kleines leeres Wasserfaß, das an der Gilling festgebunden und der einzige Gegenstand auf Deck war, den der Sturm nicht über Bord gefegt hatte. Als wir uns dem Rande des Trichters näherten, ließ er seinen Halt fahren und langte nach dem Ring, von dem er in seiner Todesangst meine Hände fortzureißen suchte, denn der Ring war nicht groß genug, uns beiden einen sicheren Griff zu bieten. Nie empfand ich tieferen Kummer, als da ich ihn diese Tat begehen sah – obschon ich wußte, daß er toll war, als er es tat – ein Wahnsinniger aus namenloser Angst. Es lag mir nichts daran, mit ihm um diesen Halt zu kämpfen. Ich wußte, daß es gleichgültig war, ob einer von uns sich anklammerte oder nicht; so überließ ich ihm den Ring und ging nach hinten zum Faß. Das war nicht schwierig zu bewerkstelligen, denn die Schmack flog in glatter Bahn vorwärts und schwang nun in dem ungeheuren Bogen des Strudels mit. Kaum hatte ich an dem neuen Ort Fuß gefaßt, als wir einen wilden Satz nach Steuerbord machten und in den inneren Trichter hineinjagten. Ich murmelte ein Stoßgebet und glaubte, alles sei vorüber.

In dem taumelnden Schwindelgefühl, das mich bei dem Hinabsausen erfaßte, preßte ich die Hände fester um das Faß und schloß die Augen. Sekundenlang wagte ich nicht, sie zu öffnen, ich erwartete den sofortigen Tod und begriff nicht, daß ich nicht schon im Todeskampf mit dem Wasser rang. Doch Minute nach Minute verrann. Ich lebte noch immer. Das Gefühl des Hinabfallens hatte aufgehört, und die Bewegung des Schiffes schien ganz die gleiche wie vordem im Schaumgürtel, nur daß es jetzt mehr auf der Seite lag. Ich faßte Mut und warf von neuem einen Blick auf den Schauplatz.

Nie werde ich die Empfindung von Ehrfurcht, Entsetzen und staunender Bewunderung vergessen, mit der ich um mich schaute. Das Boot lag vollkommen auf der Seite, schien wie durch Zaubermacht an der inneren Oberfläche eines ungeheuer weiten Trichters, dessen vollkommen glatte Wände man für Ebenholz hätte halten können, hätten sie sich nicht mit verwirrender Schnelligkeit im Kreise gedreht und ein seltsam gespenstisches Licht ausgestrahlt, als der Glanz des Vollmonds aus der kreisförmigen Wolkenöffnung in goldener Flut die schwarzen Wälle herabströmte und tief in das Innere des Abgrunds hinableuchtete.

Zuerst war ich zu verwirrt, um irgend etwas deutlich wahrzunehmen. Ich hatte nur den Eindruck eines erhabenen, entsetzlichen Schauspiels. Als ich mich jedoch ein wenig erholt hatte, wandte sich mein Blick unwillkürlich in die Tiefe. In dieser Richtung konnte ich deutlich sehen, auf welche Weise die Schmack am steilen Hang des Abgrunds hinschwebte. Sie lag ganz gleichlastig, das heißt, ihr Deck lag in gleicher Höhe mit dem Wasserspiegel, der sich in einer Neigung von mehr als fünfundvierzig Grad in die Runde schwang, so daß die Deckbalken unmittelbar auf dem Wasser zu ruhen schienen. Ich bemerkte jedoch, daß es mir gegenwärtig kaum schwerer fiel, festen Halt und Fuß zu fassen, als da wir uns noch in normaler Schiffslage befunden hatten, und das war vermutlich auf die Geschwindigkeit zurückzuführen, mit der wir uns drehten.

Die Strahlen des Mondes schienen bis auf den Grund des ungeheuren Schlundes hinabtauchen zu wollen. Dennoch konnte ich dort nichts deutlich erkennen, infolge eines dichten Nebels, der alles umhüllte und über den sich ein prächtiger Regenbogen spannte gleich der schmalen und schwanken Brücke, von der die Moslim sagen, daß sie der einzige Pfad zwischen Zeit und Ewigkeit sei. Dieser Nebel oder Gischt wurde wahrscheinlich durch das Aufeinanderprallen der unten am Ende des Trichters zusammenstürzenden Wasserfälle verursacht – das Geheul aber, das aus dem Nebel zu den Himmeln aufgellte, wage ich nicht zu beschreiben.

Unser erstes Hinabgleiten aus dem Schaumgürtel oben in den Trichter selbst hatte uns ein beträchtliches Stück den Abhang hinuntergetragen, unser fernerer Abstieg aber stand in gar keinem Verhältnis zu diesem ersten Sturz. Um und um schwangen wir – nicht in gleichmäßigem Bogen – sondern in schwindelerregenden Schwüngen und Sprüngen, die uns manchmal nur ein paar hundert Meter vorwärts brachten, manchmal um die ganze Rundung des Strudels warfen. Unser Abwärtsgleiten bei jeder solchen Umdrehung war gering, doch immerhin merklich.

Als ich auf der ungeheuren Fläche flüssigen Ebenholzes, auf der wir so entlang getragen wurden, Umschau hielt, gewahrte ich, daß unser Boot nicht der einzige Gegenstand im Schlunde des Abgrunds war. Sowohl über als unter uns waren einzelne Schiffstrümmer erkennbar, mächtige Haufen Bauholz und Baumstämme nebst allerlei kleineren Gegenständen, wie Hausrat, Kisten, Fässer und Dauben. Ich habe schon erwähnt, daß mein erstes Entsetzen einer fast unnatürlichen Neugier gewichen war. Sie schien mehr und mehr anzuwachsen, je näher ich meinem Untergang kam. Ich begann jetzt mit merkwürdigem Eifer alle die Dinge zu verfolgen, die mit uns dahinjagten. Ich muß entschieden im Fieberwahnsinn gewesen sein, denn ich fand sogar *Freude* daran, die relative Geschwindigkeit, mit welcher die einzelnen Dinge dem Nebelstaub drunten zujagten, zu berechnen. ›Diese Fichte‹, überlegte ich einmal, ›wird gewiß das nächste sein, was den fürchterlichen Sprung ins Unergründliche tut‹ – und ich war sehr enttäuscht, als das Wrack eines holländischen Handelsschiffes die Fichte überholte und vor ihr verschwand. Als ich schließlich mehrere solcher Mutmaßungen angestellt hatte und dann in allen getäuscht worden war, gab mir diese Tatsache – die Tatsache, daß meine Berechnungen ohne Ausnahme falsch gewesen waren – einen Gedanken ein, bei dem meine Glieder von neuem erbebten und mein Herz in schweren Schlägen pulste.

Es war nicht neues Entsetzen, das mich erfaßte, sondern die dämmernde Ahnung einer noch viel aufregenderen *Hoffnung*. Diese Hoffnung knüpfte sich sowohl an frühere Erfahrungen als an soeben gemachte Beobachtungen. Ich erinnerte mich des zahlreichen Strandgutes, das an die Küste der Lofoten angeschwemmt wurde – alles Dinge, die der Moskoeström an sich gerissen und wieder emporgeschleudert hatte. Die große Mehrzahl dieser Dinge war ganz außerordentlich zerfetzt und zerbrochen – so rauh und zersplittert war manches, daß es wie mit Stacheln besät aussah – doch erinnerte ich mich bestimmt, daß *einige* dieser Dinge gänzlich unversehrt waren. Nun konnte ich mir diese Verschiedenheit nicht anders erklären, als daß die zerfetzten Trümmer die einzigen Dinge waren, die wirklich den Grund des Strudels erreicht hatten, und daß die andern erst gegen Ende einer Tätigkeitsperiode des Maelström in den Trichter geraten oder darin so langsam hinabgeglitten waren, daß sie noch nicht unten angelangt waren, als schon die Flut oder Ebbe – je nachdem – einsetzte. In beiden Fällen hielt ich es für möglich, daß sie wieder an die Oberfläche des Meeres hinaufgewirbelt werden könnten, ohne das Schicksal jener Dinge zu teilen, die früher eingesogen oder schneller hinabgerissen worden waren. Ich machte ferner drei bedeutsame Beobachtungen. Die erste war die allgemeine Regel: je größer die Gegenstände, desto schneller ihre Abwärtsbewegung; die zweite: zwischen zwei Dingen gleicher Größe, von denen das eine sphärische (kugelige) und das andere irgendeine andere Gestalt hat, wird das sphärische die größte Schnelligkeit im Abwärtsgleiten aufweisen; die dritte: zwischen zwei Dingen gleicher Größe, von denen das eine zylindrische (längliche), das andere irgendeine andere Gestalt hat, wird das zylindrische langsamer eingesogen werden. Seit meiner Rettung habe ich mit einem alten Lehrer unserer Gegend mehrfach über diese Dinge gesprochen, und von ihm lernte ich die Anwendung der Bezeichnungen ›Zylinder‹ und ›Sphäre‹. Er erklärte mir – ich habe die Erklärung allerdings vergessen – wie das, was ich beobachtet hatte, in der Tat die natürliche Folgeerscheinung der jeweiligen Formen der schwimmenden Gegenstände sei, und zeigte mir, wie es komme, daß ein in einen Strudel geratener Zylinder der Einsaugekraft desselben mehr Widerstand entgegensetze und langsamer niedergezogen werde als irgendein anders geformter Körper gleicher Größe*.

Da war noch ein überraschender Umstand, der diesen Beobachtungen recht gab und mich begierig machte, sie zu verwerten, und das war, daß wir bei jeder Umdrehung an irgendeinem Faß oder einer Rahe oder einem Mast vorüberkamen, während viele solcher Dinge, die auf gleicher Höhe mit uns trieben, als ich die Augen zuerst den Wundern des Strudels zu öffnen wagte, jetzt hoch über uns dahinschwammen und ihren Ort nur wenig verändert hatten.

Ich wußte nun, was ich zu tun hatte. Ich beschloß, mich an das Wasserfaß, an dem ich mich noch immer anklammerte, festzubinden, es von der Gilling loszuschneiden und mich mit ihm ins Wasser zu werfen. Ich machte meinen Bruder durch Zeichen aufmerksam, deutete auf die schwimmenden Fässer, an denen wir vorüberschwangen, und tat alles, was in meiner Macht stand, um ihm mein Vorhaben begreiflich zu machen. Ich glaubte schließlich, er habe meine Absicht begriffen, doch – mochte das nun der Fall sein oder nicht – er schüttelte verzweifelt den Kopf und weigerte sich, seinen Platz am Ringbolzen aufzugeben. Es war unmöglich, zu ihm hinzukommen, die schreckliche Lage gestattete keinen Aufschub, und so überließ ich ihn nach hartem Kampf

---

* Siehe Archimedes »DE INCIDENTIBUS IN FLUIDO« – LIB. 2.

seinem Schicksal, band mich mit den Stricken, die das Faß an der Gilling festgehalten, an ersteres fest und warf mich ohne weiteres Zögern ins Meer.

Der Erfolg war ganz so, wie ich ihn erhofft hatte. Da ich selbst es bin, der Ihnen diese Geschichte erzählt, da Sie sehen, daß ich tatsächlich das Leben rettete, und da Sie schon wissen, auf welche Weise diese Rettung bewerkstelligt wurde, will ich meine Geschichte schnell zu Ende bringen.

Es mochte etwa eine Stunde vergangen sein, seit ich die Schmack verlassen hatte, als sie, von der ich weit, weit überholt war, schnell hintereinander drei oder vier rasende Umdrehungen machte und – meinen geliebten Bruder mit sich führend – kopfüber und für immer in das Chaos von Gischt hinabstürzte. Das Faß, an dem ich mich festgebunden, hatte kaum die Hälfte des Zwischenraums durchlaufen, der damals, als ich den Sprung tat, das Schiff vom Abgrund trennte, da ging mit dem Strudel eine große Veränderung vor sich. Die Neigung der Seitenwände des ungeheuren Trichters wurde weniger und weniger steil. Die Umdrehungen des Wirbels wurden allmählich langsamer und langsamer. Der Gischt und der Regenbogen verschwanden nach und nach, und der Boden des Schlundes begann sich höher und höher zu heben. Der Himmel war klar, der Wind hatte sich gelegt, und der volle Mond ging strahlend im Westen unter, als ich mich auf der Oberfläche des Meeres fand, angesichts der Küste von Lofoten und über der Stelle, wo der Trichter des Moskoeström *gewesen war*. Es war die Stunde des Totwassers – aber das Meer rollte infolge des vorangegangenen Sturms noch immer in haushohen Wogen. Ich wurde von der Strömung heftig mitgerissen und die Küste entlang zu den Fischplätzen der anderen getrieben. Ein Boot nahm mich auf. Ich war vor Müdigkeit völlig erschöpft und jetzt, da die Gefahr vorüber, sprachlos in der Erinnerung an ihre Schrecken. Die mich an Bord zogen, waren meine alten Kameraden und täglichen Gefährten, aber sie kannten mich ebensowenig, wie sie irgendeinen Wanderer aus dem Reich der Schatten gekannt haben würden. Mein Haar, das tags vorher rabenschwarz gewesen, war so weiß, wie Sie es jetzt erblicken. Man sagt auch, mein Gesichtsausdruck habe sich völlig verändert. Ich erzählte ihnen meine Geschichte – man glaubte sie mir nicht. Ich erzähle sie jetzt Ihnen, doch kann ich auch von Ihnen kaum erwarten, daß Sie ihr mehr Glauben schenken als die kühnen Fischer von Lofoten.«

Drei Sonntage in einer Woche

»Du hartgesottener, dickköpfiger, halsstarriger, rostiger, borstiger, schimmliger, muffiger alter Heide!« sprach ich eines Nachmittags zu meinem Großonkel Rumgudgeon in Gedanken und schüttelte die Faust gegen ihn – in Gedanken.

Nur in Gedanken. In Wirklichkeit bestand ein kleiner Unterschied zwischen dem, was ich sagte und was zu sagen ich nicht den Mut hatte – zwischen dem, was ich tat und was zu tun ich beinahe auf dem Sprunge stand.

Das alte Meerschwein saß, als ich die Tür zum Wohnzimmer öffnete, mit den Füßen auf dem Kaminsims und einem Humpen Portwein in den Klauen und war emsig bestrebt, im Sinne jenes Liedchens zu handeln:

REMPLIS TON VERRE VIDE!
VIDE TON VERRE PLEIN!

»Lieber Onkel«, sagte ich, indem ich die Tür hinter mir geräuschlos ins Schloß drückte und mit dem liebenswürdigsten Lächeln von der Welt auf ihn zuging, »du bist immer so überaus freundlich und zartfühlend und hast dein Wohlwollen bei so vielen, bei so unzählbar vielen Anlässen gezeigt, daß – daß ich weiß, ich brauche dir mein geringfügiges Ansinnen nur anzudeuten, um wieder einmal deine unbedingte Einwilligung zu erhalten.«

»Hem«, rief er, »guter Junge! Schieß los!«

»Ich bin sicher, bester Onkel (verwünschter alter Halunke!), daß es nicht im Ernst deine Absicht sein kann, dich einer Verbindung zwischen mir und Kate entgegenzustellen. Das ist doch lediglich ein Scherz von dir; ich weiß ja – ha! ha! ha! wie überaus launig du mitunter sein kannst.«

»Ha! ha! ha!« machte er; »du bist einer! Ja, ja!«

»Siehst du – nun ja, ich wußte doch, daß es dir nicht Ernst war. Jetzt, Onkel, haben Kate und ich keinen andern

Wunsch, als daß du uns freundlichst deine Entschließung mitteilen möchtest, was – was den Zeitpunkt betrifft – du weißt ja, Onkel – kurz, wann es dir gerade passend wäre – passend wäre, daß die Hochzeit losgeht, weißt du?«

»Losgeht, du Schurke! – Was meinst du damit? – Warte lieber, bis sie angeht.«

»Ha! ha! ha! – he! he! he! – hi! hi! hi! – ho! ho! ho! – hu! hu! hu! – o, du bist gut! – o, das ist ja köstlich! – Ein famoser Witz! Aber wir möchten gerade jetzt so gerne, weißt du, Onkel, daß du uns einen genauen Zeitpunkt angibst.«

»Ah! – einen genauen Zeitpunkt?«

»Ja, Onkel – das heißt, wann es dir selbst recht schön paßt.«

»Würde es denn nicht genügen, Bobby, wenn ich aufs Geratewohl verfügte – im Lauf des Jahres oder so – zum Beispiel? Muß ich denn einen genauen Zeitpunkt bestimmen?«

»Wenn du so freundlich sein wolltest, Onkel – den genauen Zeitpunkt.«

»Gut denn, Bobby, mein Junge – du bist ein feiner Bursche, was? – da du nun einmal den genauen Zeitpunkt wissen willst, so kann ich – wie? kann ich dir ja den Gefallen tun.«

»Liebster Onkel!«

»Still, Mann!« schnitt er meine Rede ab – »kann dir ja diesmal den Gefallen tun. Du erhältst meine Einwilligung – und die Mitgift, wir dürfen die Mitgift nicht vergessen – laß mich sehen! Wann soll es sein? Heute ist Sonntag, nicht? Gut, du sollst Hochzeit halten genau – genau – jetzt merk' wohl auf! – dann, wenn drei Sonntage in einer Woche zusammenkommen! Verstanden, Herr? Was gaffst du denn so? Ich sage, du wirst Kate und ihre Mitgift bekommen, wenn drei Sonntage in *einer* Woche zusammentreffen – aber nicht früher, du junger Taugenichts – nicht früher, und wenn ich daran zugrunde gehen sollte. Du kennst mich ja – ich bin ein Mann, der Wort hält. So, und jetzt mach', daß du weiterkommst!«

Hier goß er sich den Humpen Portwein hinter die Binde, während ich in Verzweiflung aus dem Zimmer stürzte.

Ein ganz »feiner alter englischer Gentleman« war mein Großonkel Rumgudgeon, aber, ungleich dem im Liede, hatte er seine Schwächen. Er war ein kleines, fettes, eingebildetes, aufbrausendes, kugeliges Gebilde mit einer roten Nase, einem dicken Schädel, einer großen Geldkatze und einem ausgiebigen Glauben an die Bedeutung seines Ichs. Mit dem besten Herzen von der Welt brachte er es durch seinen beständigen Widerspruchsgeist dahin, auch bei Leuten, die ihn nur oberflächlich kannten, in den Ruf eines mürrischen Kauzes zu kommen. Wie so viele prächtige Menschen schien er von einer Lust zu quälen besessen, und diese Eigenschaft konnte unter Umständen leicht als Böswilligkeit mißdeutet werden. Auf jedes an ihn gestellte Ansuchen war die erste Antwort ein positives »Nein«; aber letzten Endes – allerdings eines unendlich langen Endes – waren da nur wenige Wünsche, die er nicht erfüllt hätte. Gegen alle Angriffe, die seinem Geldbeutel galten, setzte er sich mit besondrer Hartnäckigkeit zur Wehr; und doch stand die Summe, die man ihm schließlich erpreßte, meist in genauem Verhältnis zur Zeitdauer der Belagerung und der zähen Ausdauer seines Widerstandes. Zu wohltätigen Zwecken gab niemand so reichlich und so widerwillig wie er.

Für die schönen Künste, besonders für die Literatur, hegte er tiefe Verachtung. Daran war Casimir Perier schuld, dessen vorlaute kleine Schrift »A QUOI UN POÈTE EST-IL BON?« er ständig mit urkomischer Aussprache zitierte als ein Nonplusultra logischer Geistesschärfe. So hatte auch mein Tinteverspritzen für die Musen sein höchstes Mißfallen erregt. Er versicherte mir eines Tages, als ich ihn um eine neue Ausgabe des Horaz bat, daß die Übersetzung von »POETA NASCI-

TUR, NON FIT« laute: »Ein naseweiser Dichterling, zu nichts zu gebrauchen«; ich steckte die Bemerkung grollend ein. In letzter Zeit war sein Widerwille gegen das Künstlerische noch gesteigert worden durch eine zufällig entstandene Neigung zu etwas, das er für Naturwissenschaft hielt. Es hatte ihn jemand auf der Straße angeredet, weil er ihn irrtümlicherweise für keinen geringeren als den Doktor Dubble L. Dee, den naturforschenden Quacksalber, gehalten hatte. Dies brachte ihn ganz aus dem Häuschen; und gerade um die Zeit, da diese Geschichte spielt – es scheint ja wirklich eine Geschichte zu werden –, war mein Großonkel Rumgudgeon zugänglich und friedsam nur in bezug auf Dinge, die zufällig mit den Possen des Steckenpferdes in Einklang zu bringen waren, das er gerade ritt. Zu sagen bleibt noch, daß er mit Armen und Beinen zu lachen pflegte und daß seine politischen Anschauungen borniert und eng begrenzt waren. Er teilte mit Horsley die Ansicht, daß »die Leute nichts weiter mit den Gesetzen zu schaffen haben, als ihnen zu gehorchen«.

Mein ganzes Leben hatte ich in Gesellschaft dieses alten Herrn verbracht. Auf dem Totenbett hatten mich ihm meine Eltern vermacht; ein großartiger Nachlaß! Aber ich glaube, der alte Bösewicht liebte mich wie sein eigenes Kind – beinahe, wenn nicht ebenso sehr, wie er Kate liebte. Trotzdem führte ich ein Hundeleben bei ihm. Von meinem ersten bis zum fünften Jahre erzog er mich mit Hieben, vom fünften bis zum fünfzehnten drohte er mir stündlich mit der Korrektionsanstalt, vom fünfzehnten bis zum zwanzigsten verging kein Tag, an dem er mir nicht verhieß, er werde mich mit einem Schilling auf die Straße setzen. Ich war ein kläglicher Hund, das ist wahr – aber andererseits lag es in meiner Natur, treu auszuharren. In Kate besaß ich stets eine unerschütterliche Freundin, und das wußte ich auch. Sie war ein liebes Mädchen und versicherte mir mit süßen Worten, daß ich sie jederzeit haben könnte (Mitgift und alles übrige), wenn es mir nur gelänge, meinen Großonkel Rumgudgeon zu der nicht zu umgehenden Einwilligung zu bringen. Armes Kind! Sie war kaum fünfzehn, und ohne die Einwilligung konnte sie ihr kleines Kapital nicht eher ausbezahlt bekommen, als bis fünf unermeßliche Sommer »ihre träge Last vorübergeschleppt« haben würden. Was tun? Mit fünfzehn oder gar mit einundzwanzig (denn ich hatte jetzt meine fünfte Olympiade hinter mir) bedeuten fünf Jahre, die vor einem liegen, so viel wie fünfhundert. Vergeblich belagerten wir den alten Herrn mit aller Eindringlichkeit. Hier war eine »PIÈCE DE RÉSISTANCE« (wie die Herren Ude und Careme sich ausdrücken würden), die seine perverse Laune herausforderte. Sogar der selige Hiob wäre ergrimmt, hätte er gesehen, wie der alte Herr gleich einem Rattenfänger mit uns zwei armen, elenden, kleinen Mäusen umsprang. In seinem Herzen hatte er ja keinen sehnlicheren Wunsch als unsre Heirat. Schon längst hatte er in dieser Sache seinen Entschluß gefaßt. Tatsächlich würde er gerne tausend Pfund aus seiner eigenen Tasche noch zugegeben haben (Kates Mitgift war ihr Eigentum), wenn er nur einen Entschuldigungsgrund dafür hätte finden können, daß er mit unsern so selbstverständlichen Wünschen gemeinsame Sache mache. Aber wir hatten den Fehler begangen, die Angelegenheit von unsrer Seite aus zur Sprache zu bringen. Sich unter solchen Umständen nicht gegen uns zu wenden, lag, glaube ich, einfach nicht in seiner Macht.

Ich habe schon erwähnt, daß er seine Schwächen hatte; aber man darf mich nicht so verstehen, als ob ich damit seine Halsstarrigkeit meinte, denn die war seine Stärke – »ASSURÉMENT CE N' ÉTAIT PAS SA FAIBLE«. Wenn ich von seinen Schwächen spreche, so spiele ich einmal auf einen bizarren Altweiberglauben an, in dessen Bann er stand. Er glaubte an Träume, Ahnungen und all den Hokuspokus. Sodann war er entsetzlich empfindsam in Kleinigkeiten, die sein Ehrgefühl betrafen, und war in seiner Art ohne Zweifel ein Mann, der

Wort hielt. Dies war geradezu eines seiner Steckenpferde. Den Sinn seiner Gelübde konnte er leichten Herzens über Bord werfen, aber der Buchstabe war ein unverletzbares Siegel.

Und eben dieser Absonderlichkeit in seinem Wesen verdankten wir es, wenn es uns durch Kates Schlauheit eines schönen Tages – und zwar nicht lange nach jener Unterredung im Wohnzimmer – gelang, einen unerwarteten Vorteil für uns herauszuschlagen. Nachdem ich solchermaßen in der Art aller modernen Bänkelsänger und Redner mich in Einleitungen erschöpft habe, sowohl was meine Zeit als auch den mir zur Verfügung stehenden Raum anlangt, will ich nun in knappen Worten zusammenfassen, worin die Pointe der ganzen Geschichte besteht.

Es geschah – so wollten es die Parzen –, daß unter den Marinebekanntschaften meiner Verlobten sich zwei Herren befanden, die soeben an Englands Küste gelandet waren, nachdem jeder von ihnen ein Jahr lang auf überseeischer Reise abwesend gewesen war. In Gesellschaft dieser Herren statteten meine Base und ich – wie vorher verabredet – an einem Sonntagnachmittag – man schrieb den zehnten Oktober – dem Onkel Rumgudgeon einen Besuch ab, gerade nachdem drei Wochen seit jener denkwürdigen Entschließung verflossen waren, die unsre Hoffnungen so grausam zerstört hatte. Eine halbe Stunde lang ungefähr drehte sich die Unterhaltung um Gemeinplätze; aber schließlich brachten wir es unauffällig zuwege, ihr die folgende Wendung zu geben:

Kapitän Pratt: »Ja, nun war ich gerade ein Jahr lang fort. Heute ist es genau ein Jahr, so wahr ich lebe; laßt mal sehen? Jawohl! Heute ist der zehnte Oktober. Erinnern Sie sich, Mr. Rumgudgeon, wie ich heute vor einem Jahre Ihnen Lebewohl sagte? Übrigens, das sieht wie eine abgekartete Sache aus, daß unser Freund hier – Kapitän Smitherton – nun auch gerade ein Jahr abwesend war – heute genau ein Jahr.«

Kapitän Smitherton: »Ja, ausgerechnet ein Jahr. Sie entsinnen sich wohl, Mr. Rumgudgeon, daß ich gerade heute vor einem Jahr mit Kapitän Pratt Ihnen meinen Abschiedsbesuch machte?«

Onkel: »Ja, ja, ja – ich erinnere mich noch. Höchst kurios in der Tat! Alle beide genau ein Jahr abwesend! Wirklich ein seltsames Zusammentreffen! Gerade, was Doktor Dubble L. Dee als eine außergewöhnliche Häufung von Zufällen bezeichnen würde. Doktor Dub ...«

Kate (unterbricht ihn): »Wirklich, Papa, da liegt etwas Außergewöhnliches vor; denn Kapitän Pratt und Kapitän Smitherton reisten ja nicht denselben Weg. Dadurch mußte doch ein Zeitunterschied entstehen, wie du weißt.«

Onkel: »Ich weiß nichts davon, du Naseweis! – Woher sollte ich es denn auch wissen? Ich denke eben, das macht die Tatsache nur noch merkwürdiger. Doktor Dubble L. Dee ...«

Kate: »Aber Papa! Kapitän Pratt fuhr um Kap Horn, und Kapitän Smitherton umsegelte das Kap der Guten Hoffnung.«

Onkel: »Stimmt! – Der eine fuhr nach Osten und der andere nach Westen, du Quälgeist, und beide haben die Welt umkreist. Übrigens Doktor Dubble L. Dee ...«

Ich (eifrig): »Kapitän Pratt, Sie müssen kommen und morgen den Abend mit uns verbringen – Sie und Smitherton. Sie können uns dann von Ihrer Reise erzählen, und nachher werden wir eine Partie Whist veranstalten und ...«

Pratt: »Whist, mein Lieber? Sie vergessen sich wohl. Morgen ist Sonntag. Aber vielleicht an einem andren Abend ...«

Kate: »O nein, pfui doch! Robert ist kein schlechter Mensch. Heute ist Sonntag.«

Onkel: »Natürlich! – Stimmt!«

Pratt: »Verzeihung, aber ich werde mich wohl schwerlich so sehr täuschen können. Ich weiß, daß morgen Sonntag ist, weil ...«

Smitherton (in überraschtem Ton): »Was quatscht ihr da eigentlich? War nicht gestern Sonntag? Es würde mich wirklich interessieren!«

Alle: »Gestern! Nein wirklich – Sie sind außer Kurs!«

Onkel: »Heute ist Sonntag, behaupte ich. Habe ich recht?«

Pratt: »Nein! – Morgen ist Sonntag!«

Smitherton: »Ihr seid alle miteinander verrückt! Ich weiß so gewiß, wie ich hier auf dem Stuhl sitze, daß gestern Sonntag war.«

Kate (springt hastig vom Stuhl auf): »Ich hab's! Ich weiß Bescheid! Papa, dies ist die Strafe für dich wegen – wegen – du weißt schon, was ich meine. Laßt mich nur nachdenken; in einer Minute will ich alles aufklären. Die Sache ist nämlich höchst einfach. Kapitän Smitherton sagt, gestern sei Sonntag gewesen. Stimmt! Er hat recht. Vetter Bobby und Onkel und ich sagen, heute sei Sonntag. Stimmt! Wir haben recht. Kapitän Pratt behauptet, morgen sei Sonntag. Stimmt! Auch er hat recht. Tatsache ist, daß wir alle recht haben, und so sind drei Sonntage in einer Woche zusammengekommen.«

Smitherton (nach einer Weile): »Sieh mal an, Pratt, Kate hat uns in der Tasche. Was für Esel sind wir doch beide! Mr. Rumgudgeon, die Sache steht so: die Erde hat, wie Sie wissen, 24000 Meilen Umfang; nun aber dreht sich der Erdball um seine Achse – dreht sich in vierundzwanzig Stunden genau um diese 24000 Meilen von West nach Ost. Verstehen Sie, Mr. Rumgudgeon?«

Onkel: »Natürlich – ja doch – Doktor Dub ...«

Smitherton (unterbricht ihn): »Schön! Das bedeutet also eine Geschwindigkeit von tausend Meilen in der Stunde. Nehmen wir jetzt an, ich fahre von hier aus tausend Meilen nach Osten, so muß ich doch dem Aufgang der Sonne hier in London um genau eine Stunde zuvorkommen. Ich sehe also die Sonne eine Stunde früher aufgehen als Sie. Reise ich nun in derselben Himmelsrichtung noch tausend Meilen weiter, so komme ich dem Sonnenaufgang um zwei Stunden weiter entgegen – wieder tausend Meilen, und ich gewinne drei Stunden, und so fort, bis ich die ganze Kugel umkreist habe und wieder hierher zurückkehre; ich habe dann 24000 Meilen in östlicher Richtung zurückgelegt und bin dem Sonnenaufgang in London um nicht weniger als vierundzwanzig Stunden voraus, das heißt, ich stehe einen Tag vor Ihrer Zeitrechnung. Verstanden, was?«

Onkel: »Aber Dubble L. Dee ...«

Smitherton (laut): »Anders verhält sich die Sache bei Kapitän Pratt. Nachdem er sich um tausend Meilen in westlicher Richtung von hier entfernt hatte, stand er eine Stunde und, nach einer Reise von 24000 Meilen in dieser Richtung, vierundzwanzig Stunden oder einen Tag hinter der Londoner Zeit. Also war bei mir gestern Sonntag, ist bei Ihnen heute Sonntag und wird für Pratt morgen Sonntag sein. Und das eigentümlichste an der Sache ist, Mr. Rumgudgeon, es steht vollkommen fest, daß wir alle recht haben, denn keine Wissenschaft kann nachweisen, warum der Standpunkt des einen von uns den Vorzug vor dem der andern haben sollte.«

Onkel: »Erstaunlich! – Nun Kate – Bobby! Ihr sagt, dies sei eine Strafe für mich. Aber ich bin ein Mann, der Wort hält – das sollt ihr nun sehen. Nimm sie, Junge, Mitgift und alles übrige, wenn du sie haben willst. Hereingefallen beim Jupiter, was?! Drei Sonntage in *einer* Reihe! Ich will nun doch gehen und Dubble L. Dees Meinung hierüber einholen.«

Die Maske des Roten Todes

Lange schon wütete der Rote Tod im Lande; nie war eine Pest verheerender, nie eine Krankheit gräßlicher gewesen. Blut war der Anfang, Blut das Ende – überall das Rot und der Schrecken des Blutes. Mit stechenden Schmerzen und Schwindelanfällen setzte es ein, dann quoll Blut aus allen Poren, und das war der Beginn der Auflösung. Die scharlachroten Tupfen am ganzen Körper der unglücklichen Opfer – und besonders im Gesicht – waren des Roten Todes Bannsiegel, das die Gezeichneten von der Hilfe und der Teilnahme ihrer Mitmenschen ausschloß; und alles, vom ersten Anfall bis zum tödlichen Ende, war das Werk einer halben Stunde.

Prinz Prospero aber war fröhlich und unerschrocken und weise. Als sein Land schon zur Hälfte entvölkert war, erwählte er sich unter den Rittern und Damen des Hofes eine Gesellschaft von tausend heiteren und leichtlebigen Kameraden und zog sich mit ihnen in die stille Abgeschiedenheit einer befestigten Abtei zurück. Es war dies ein ausgedehnter prächtiger Bau, eine Schöpfung nach des Prinzen eigenem exzentrischen, aber vornehmen Geschmack. Das Ganze war von einer hohen, mächtigen Mauer umschlossen, die eiserne Tore hatte. Nachdem die Höflingsschar dort eingezogen war, brachten die Ritter Schmelzöfen und schwere Hämmer herbei und schmiedeten die Riegel der Tore fest. Es sollte weder für die draußen wütende Verzweiflung noch für ein etwaiges törichtes Verlangen der Eingeschlossenen eine Türe offen sein. Da die Abtei mit Proviant reichlich versehen war und alle erdenklichen Vorsichtsmaßregeln getroffen worden waren, glaubte die Gesellschaft der Pestgefahr Trotz bieten zu können. Die Welt da draußen mochte für sich selbst sorgen! Jedenfalls schien es unsinnig, sich vorläufig bangen Gedanken hinzugeben. Auch hatte der Prinz für allerlei Zerstreuungen Sorge getragen. Da waren Gaukler und Komödianten, Musikanten und Tänzer – da war Schönheit und Wein. All dies und dazu das Gefühl der Sicherheit war drinnen in der Burg – draußen war der Rote Tod.

Im fünften oder sechsten Monat der fröhlichen Zurückgezogenheit versammelte Prinz Prospero – während draußen die Pest noch mit ungebrochener Gewalt raste – seine tausend Freunde auf einem Maskenball von unerhörter Pracht. Reichtum und zügellose Lust herrschten auf dem Feste. Doch ich will zunächst die Räumlichkeiten schildern, in denen das Fest abgehalten wurde.

Es waren sieben wahrhaft königliche Gemächer. Im allgemeinen bilden in den Palästen solche Festräume – da die Flügeltüren nach beiden Seiten bis an die Wand zurückgeschoben werden können – eine lange Zimmerflucht, die einen weiten Durchblick gewährt. Dies war hier jedoch nicht der Fall. Des Prinzen Vorliebe für alles Absonderliche hatte die Gemächer vielmehr so zusammengegliedert, daß man von jedem Standort immer nur einen Saal zu überschauen vermochte. Nach Durchquerung jedes Einzelraumes gelangte man an eine Biegung, und jede dieser Wendungen brachte ein neues Bild. In der Mitte jeder Seitenwand befand sich ein hohes, schmales gotisches Fenster, hinter dem eine schmale Galerie den Windungen der Zimmerreihe folgte. Die Fenster hatten Scheiben aus Glasmosaik, dessen Farbe immer mit dem vorherrschenden Farbenton des betreffenden Raumes übereinstimmte. Das am Ostende gelegene Zimmer zum Beispiel war in Blau gehalten, und so waren auch seine Fenster leuchtend blau. Das folgende Gemach war in Wandbekleidung und Ausstattung purpurn, und auch seine Fenster waren purpurn. Das dritte war ganz in Grün und hatte dementsprechend grüne Fensterscheiben. Das vierte war orangefarben eingerichtet und hatte orangefarbene Beleuchtung. Das fünfte war weiß, das sechste violett. Die Wände des siebenten Zimmers aber waren dicht mit schwarzem Sammet bezogen, der sich auch über die Deckenwölbung spannte und in schweren Falten auf einen Teppich von gleichem Stoffe niederfiel. Und nur in diesem Raume glich die Farbe der Fenster nicht derjenigen der Dekoration: hier waren die Scheiben scharlachrot – wie Blut.

Nun waren sämtliche Gemächer zwar reich an goldenen Ziergegenständen, die an den Wänden entlang standen oder von der Decke herabhingen, kein einziges aber besaß einen Kandelaber oder Kronleuchter. In der ganzen Zimmerreihe gab es weder Lampen- noch Kerzenlicht. Statt dessen war draußen in den an den Zimmern hinlaufenden Galerien vor jedem Fenster ein schwerer Dreifuß aufgestellt, der ein kupfernes Feuerbecken trug, dessen Flamme ihren Schein durch das farbige Fenster hereinwarf und so den Raum schimmernd erhellte. Hierdurch wurden die phantastischen Wirkungen erzielt. In dem westlichsten oder schwarzen Gemach aber war der Glanz der Flammenglut, der durch die blutigroten Scheiben in die schwarzen Sammetfalten fiel, so gespenstisch und gab den Gesichtern der hier Eintretenden ein derart erschreckendes Aussehen, daß nur wenige aus der Gesellschaft kühn genug waren, den Fuß über die Schwelle zu setzen.

In diesem Gemach befand sich an der westlichen Wand auch eine hohe Standuhr in einem riesenhaften Ebenholzkasten. Ihr Pendel schwang mit dumpfem, wuchtigem, eintönigem Schlag hin und her; und wenn der Minutenzeiger seinen Kreislauf über das Zifferblatt beendet hatte und die Stunde schlug, so kam aus den ehernen Lungen der Uhr ein voller, tiefer, sonorer Ton, dessen Klang so sonderbar ernst und so feierlich war, daß bei jedem Stundenschlag die Musikanten des Orchesters, von einer unerklärlichen Gewalt gezwungen, ihr Spiel unterbrachen, um diesem Ton zu lauschen. So mußte der Tanz plötzlich aussetzen, und eine kurze Mißstimmung befiel die heitere Gesellschaft. Solange die Schläge der Uhr ertönten, sah man selbst die Fröhlichsten erbleichen, und die Älteren und Besonneneren strichen mit der Hand über die Stirn, als wollten sie wirre Traumbilder oder unliebsame Gedanken verscheuchen. Kaum aber war der letzte Nachhall verklungen, so durchlief ein lustiges Lachen die Versammlung. Die Musikanten blickten einander an und schämten sich lächelnd ihrer Empfindsamkeit und Torheit, und flüsternd vereinbarten sie, daß der nächste Stundenschlag sie nicht wieder derart aus der Fassung bringen solle. Allein wenn nach wiederum sechzig Minuten (dreitausendsechshundert Sekunden der flüchtigen Zeit) die Uhr von neuem anschlug, trat dasselbe allgemeine Unbehagen ein, das gleiche Bangen und Sinnen wie vordem.

Doch wenn man hiervon absah, war es eine prächtige Lustbarkeit. Der Prinz hatte einen eigenartigen Geschmack bewiesen. Er hatte ein feines Empfinden für Farbenwirkungen. Alles Herkömmliche und Modische war ihm zuwider, er hatte seine eigenen, kühnen Ideen, und seine Phantasie liebte seltsame, glühende Bilder. Es gab Leute, die ihn für wahnsinnig hielten. Sein Gefolge aber wußte, daß er es nicht war. Doch man mußte ihn sehen und kennen, um dessen gewiß zu sein.

Die Einrichtung und Ausschmückung der sieben Gemächer waren eigens für dieses Fest fast ganz nach des Prinzen eigenen Angaben gemacht worden, und sein eigener, merkwürdiger Geschmack hatte auch den Charakter der Maskerade bestimmt. Gewiß, sie war grotesk genug. Da gab es viel Prunkendes und Glitzerndes, viel Phantastisches und Pikantes. Da gab es Masken mit seltsam verrenkten Gliedmaßen, die Arabesken vorstellen sollten, und andere, die man nur mit den Hirngespinsten eines Wahnsinnigen vergleichen konnte. Es gab viel Schönes und viel Üppiges, viel Übermütiges und viel Groteskes und auch manch Schauriges – aber nichts, was irgendwie widerwärtig gewirkt hätte. In der Tat, es schien, als wogten in den sieben Gemächern eine Unzahl von Träumen durcheinander. Und diese Träume wanden sich durch die Säle, deren jeder sie mit seinem besonderen Licht umspielte, und die tollen Klänge des Orchesters schienen wie ein Echo ihres Schreitens. Von Zeit zu Zeit aber riefen die Stunden der schwarzen Riesenuhr in dem Sammetsaal, und eine kurze Weile herrschte eisiges Schweigen – nur die Stimme der Uhr erdröhnte. Die Träume erstarrten. Doch das Geläut verhallte – und ein leichtes halbunterdrücktes Lachen folgte seinem Verstummen. Die Musik rauschte wieder auf, die Träume belebten sich von neuem und wogten noch fröhlicher hin und her, farbig beglänzt durch das Strahlenlicht der Flammenbecken, das durch die vielen bunten Scheiben strömte. Aber in das westlichste der sieben Gemächer wagte sich jetzt niemand mehr hinein, denn die Nacht war schon weit vorgeschritten, und greller noch floß das Licht durch die blutroten Scheiben und überflammte die Schwärze der düsteren Draperien; wer den Fuß hier auf den dunklen Teppich setzte, dem dröhnte das dumpfe, schwere Atmen der nahen Riesenuhr warnender, schauerlicher ins Ohr als allen jenen, die sich in der Fröhlichkeit der anderen Gemächer umhertummelten.

Diese anderen Räume waren überfüllt, und in ihnen schlug fieberheiß das Herz des Lebens. Und der Trubel rauschte lärmend weiter, bis endlich die ferne Uhr den Zwölfschlag der Mitternacht erschallen ließ. Und die Musik verstummte, so wie früher; und der Tanz wurde jäh zerrissen, und wie früher trat ein plötzlicher, unheimlicher Stillstand ein. Jetzt aber mußte der Schlag der Uhr zwölfmal ertönen; und daher kam es, daß jenen, die in diesem Kreis die Nachdenklichen waren, noch trübere Gedanken kamen und daß ihre Versonnenheit noch länger andauerte. Und daher kam es wohl auch, daß, bevor noch der letzte Nachhall des letzten Stundenschlages erstorben war, manch einer Muße genug gefunden hatte, eine Maske zu bemerken, die bisher noch keinem aufgefallen war. Das Gerücht von dieser neuen Erscheinung sprach sich flüsternd herum, und es erhob sich in der ganzen Versammlung ein Summen und Murren des Unwillens und der Entrüstung – das schließlich zu Lauten des Schreckens, des Entsetzens und höchsten Abscheus anwuchs.

Man kann sich wohl denken, daß es keine gewöhnliche Erscheinung war, die den Unwillen einer so toleranten Gesellschaft erregen konnte. Man hatte in dieser Nacht der Maskenfreiheit zwar sehr weite Grenzen gezogen, doch die fragliche Gestalt war in der Tat zu weit gegangen – über des Prinzen weitgehende Duldsamkeit hinaus. Auch in den Herzen der Übermütigsten gibt es Saiten, die nicht berührt werden dürfen, und selbst für die Verstocktesten, denen Leben und Tod nur Spiel sind, gibt es Dinge, mit denen sie nicht Scherz treiben lassen. Einmütig schien die Gesellschaft zu empfinden, daß in Tracht und Benehmen der befremdenden Gestalt weder Witz noch Anstand sei. Lang und hager war die Erscheinung, von Kopf zu Fuß in Leichentücher gehüllt. Die Maske, die das Gesicht verbarg, war dem Antlitz eines Toten täuschend nachgebildet. Doch all dies hätten die tollen Gäste des tollen Gastgebers, wenn es ihnen auch nicht gefiel, hingehen lassen. Aber der Verwegene war so weit gegangen, die Gestalt des Roten Todes darzustellen. Sein Gewand war blutbesudelt, und seine breite Stirn, das ganze Gesicht sogar war mit dem scharlachroten Todessiegel gefleckt.

Als die Blicke des Prinzen Prospero diese Gespenstergestalt entdeckten, die, um ihre Rolle noch wirkungsvoller zu spielen, sich langsam und feierlich durch die Reihen der Tanzenden bewegte, sah man, wie er im ersten Augenblick von einem Schauer des Entsetzens oder des Widerwillens geschüttelt wurde; im nächsten Moment aber rötete sich seine Stirn in Zorn.

»Wer wagt es«, fragte er mit heiserer Stimme die Höflinge an seiner Seite, »wer wagt es, uns durch solch gotteslästerlichen Hohn zu empören? Ergreift und demaskiert ihn, damit wir wissen, wer es ist, der bei Sonnenaufgang an den Zinnen unseres Schlosses aufgeknüpft werden wird!«

Es war in dem östlichen, dem blauen Zimmer, wo Prinz Prospero diese Worte rief. Sie hallten laut und deutlich durch alle sieben Gemächer – denn der Prinz war ein kräftiger und kühner Mann, und die Musik war durch eine Bewegung seiner Hand zum Schweigen gebracht worden.

Das blaue Zimmer war es, in dem der Prinz stand, umgeben von einer Gruppe bleicher Höflinge. Sein Befehl brachte Bewegung in die Höflingsschar, als wolle man den Eindringling ergreifen, der gerade jetzt ganz in der Nähe war und mit würdevoll gemessenem Schritt dem Sprecher näher trat. Doch das namenlose Grauen, das die wahnwitzige Vermessenheit des Vermummten allen eingeflößt hatte, war so stark, daß keiner die Hand ausstreckte, um ihn aufzuhalten. Ungehindert kam er bis dicht an den Prinzen heran – und während die zahlreiche Versammlung, zu Tode entsetzt, zur Seite wich und sich in allen Gemächern bis an die Wand zurückdrängte, ging er unangefochten seines Weges, mit den nämlichen, feierlichen und gemessenen Schritten wie zu Beginn. Und er schritt von dem blauen Zimmer in das purpurrote – von dem purpurroten in das grüne – von dem grünen in das orangefarbene – und aus diesem in das weiße – und weiter noch in das violette Zimmer, ehe eine entscheidende Bewegung gemacht wurde, um ihn aufzuhalten. Dann aber war es Prinz Prospero, der rasend vor Zorn und Scham über seine eigene, unbegreifliche Feigheit die sechs Zimmer durcheilte – er allein, denn von den andern vermochte vor tödlichem Schrecken kein einziger ihm zu folgen. Den Dolch in der erhobenen Hand, war er in wildem Ungestüm der weiterschreitenden Gestalt bis auf drei oder vier Schritte nahe gekommen, als sie, die jetzt das Ende des Sammetgemaches erreicht hatte, sich plötzlich zurückwandte und dem Verfolger gegenüberstand. Man hörte einen durchdringenden Schrei, der Dolch fiel blitzend auf den schwarzen Teppich, und im nächsten Augenblick sank auch Prinz Prospero im Todeskampf zu Boden.

Nun stürzten mit dem Mute der Verzweiflung einige der Gäste in das schwarze Gemach und ergriffen den Vermummten, dessen hohe Gestalt aufrecht und regungslos im Schatten der schwarzen Uhr stand. Doch unbeschreiblich war das Grauen, das sie befiel, als sie in den Leichentüchern und hinter der Leichenmaske, die sie mit rauhem Griffe packten, nichts Greifbares fanden – sie war leer ...

Und nun erkannte man die Gegenwart des Roten Todes. Er war gekommen wie ein Dieb in der Nacht. Und einer nach dem andern sanken die Festgenossen in den blutbetauten Hallen ihrer Lust zu Boden und starben – ein jeder in der verzerrten Lage, in der er verzweifelnd niedergefallen war. Und das Leben in der Ebenholzuhr erlosch mit dem Leben des letzten der Fröhlichen. Und die Gluten in den Kupferpfannen verglommen. Und unbeschränkt herrschte über alles mit Finsternis und Verwesung der Rote Tod.

Der Lügenballon

Kolossale Neuigkeit per Expreß via Norfolk! Der Atlantische Ozean in drei Tagen überquert! Heil und Sieg der Flugmaschine Mr. Monck Masons! – Landung der Herren Mason, Robert Holland, Henson, Harrison Ainsworth und noch vier andrer Teilnehmer im lenkbaren Ballon »Viktoria« bei Charleston, S. C., auf der Sullivaninsel, nach einer Reise von 75 Stunden von Kontinent zu Kontinent. Genaue Einzelheiten der Reise:

(Nachstehendes Jeu d'Esprit wurde unter der vorausgehenden in Riesenbuchstaben abgesetzten Überschrift, gespickt mit Ausdrücken der Bewunderung, erstmalig als Tatsache in der Tageszeitung »New York Sun« veröffentlicht und erfüllte seinen Zweck vollkommen, indem es den Sensationslüsternen während der wenigen Stunden von einer Post zur andern den Magen beschwerte. Der Sturm auf die »einzige Zeitung, die die große Neuigkeit brachte«, übertraf alle Erwartungen; und wenn schon die »Viktoria«, wie einige behaupten, die fragliche Reise in Wirklichkeit gar nicht gemacht hat, so hält es doch einigermaßen schwer, einen Grund zu finden, warum sie sie nicht hätte ausführen *können*.)

Endlich ist die große Aufgabe gelöst! Wie Erde und Wasser, so ist nun auch die Luft vom Siegeszug der technischen Wissenschaft erobert worden und wird nun bald zum geläufigsten und bequemsten aller Verkehrswege der Menschheit werden. Der Atlantische Ozean wurde von einem Ballon überflogen! Und zwar überflogen ohne Schwierigkeit – ohne besondre Gefahr – unter der Präzisionsarbeit einer Maschine und in der erstaunlich kurzen Zeit von 75 Stunden von einem Festland zum andern! Durch die Findigkeit unseres

Agenten in Charleston, S. C., sind wir in die Lage gesetzt, an erster Stelle dem Publikum den ausführlichen Bericht dieser hochinteressanten Reise vorzulegen, die in der Zeit vom Sonnabend, den 6. d. M., 11 Uhr vormittags, bis Dienstag, den 9. d. M., 2 Uhr nachmittags, ausgeführt wurde von Sir Everard Bringhurst, Mr. Osborne, einem Neffen Lord Bentincks, Mr. Monck Mason und Mr. Robert Holland, den bekannten Luftschiffern, Mr. Harrison Ainsworth, dem Verfasser von »Jack Sheppard« usw., Mr. Henson, dem Erfinder der vor kurzem verunglückten Flugmaschine, und zwei Seeleuten – im ganzen acht Personen. Die Einzelheiten des folgenden Berichts dürfen als in jeder Hinsicht authentisch und wahrheitsgetreu angesehen werden; sie sind mit wenigen Änderungen wörtlich dem gemeinschaftlichen Tagebuch der Herren Monck Mason und Harrison Ainsworth entnommen, deren liebenswürdigem Entgegenkommen unser Agent auch zum großen Teil seine Information über den Ballon selbst, über seine Konstruktion und andre Dinge von Wichtigkeit verdankt. Wo das Manuskript geändert wurde, geschah es nur, um die von unserm Agenten, Mr. Forsyth, in Hast und Eile gemachten Notizen in eine zusammenhängende und stilistisch genießbare Form zu bringen.

Der Ballon

Zwei ausgesprochene Fehlschläge in neuester Zeit, die des Mr. Henson und Sir George Cayley, hatten das allgemeine Interesse am Problem der Lenkbarkeit in der Luftschiffahrt stark abgekühlt. Mr. Hensons Plan (der zu Anfang selbst von wissenschaftlichen Autoritäten gebilligt wurde) stützte sich auf das Prinzip einer schiefen Ebene, die ihren Antrieb durch eine besondere Kraftanlage erhalten sollte, nämlich durch fortgesetzte Umdrehung von Schaufelflügeln, die an Zahl und Anordnung mit den Flügeln einer Windmühle vergleichbar waren. Aber bei allen Versuchen, die in der Adelaide-

Galerie mit Modellen angestellt wurden, ergab sich, daß die Arbeit der Windflügel die Maschine nicht nur nicht vorwärtsbewegte, sondern im Gegenteil am Fliegen behinderte. Antrieb erfuhr die Maschine allein durch Senkung der schiefen Ebene, und dabei gelangte sie weiter, wenn die Windflügel sich in Ruhe befanden, als wenn sie in Bewegung gesetzt waren – ein Umstand, aus dem zur Genüge ihre Unbrauchbarkeit hervorging. Fehlte nun aber der Propeller, der zugleich die Aufgabe hatte, den Apparat in der Schwebe zu halten, so senkte sich die ganze Geschichte unweigerlich im Gleitflug zur Erde. Diese Feststellung brachte Sir George Cayley auf den Gedanken, den Propeller mit einer Maschine zu verbinden, die unabhängig von ihm in sich selber die Kraft des Auftriebes besaß – mit einem Wort: mit einem Ballon; Sir George gebührt also nur das Verdienst, eine neue und eigenartige Anwendung der früheren Idee auf die Bedingungen der Praxis gefunden zu haben. Er stellte ein Modell seiner Erfindung im polytechnischen Institut aus. Das antreibende Prinzip oder die Kraftquelle bestand auch hier in unterbrochenen Flächen oder Windflügeln, die in Umdrehung versetzt wurden. Es waren vier Windflügel; doch stellte sich heraus, daß sie völlig außerstande blieben, den Ballon anzutreiben oder ihn beim Auftrieb zu unterstützen. Das ganze Projekt fiel also ins Wasser.

Soweit waren die Dinge gediehen, als Mr. Monck Mason, dessen Flug von Dover nach Weilburg im Ballon »Nassau« im Jahre 1837 so großes Aufsehen erregte, auf den Gedanken kam, zum Zwecke der Bewegung durch die Luft das Prinzip der archimedischen Schraube nutzbar zu machen, indem er richtig die Mißerfolge der Projekte Henson und George Cayley der Unterbrechung der Oberfläche durch die voneinander unabhängigen Windflügel zuschrieb. Er machte seinen ersten öffentlichen Versuch in den Willisschen Räumen, brachte dann aber sein Modell nach der Adelaide-Galerie.

Wie der Ballon des Sir George Cayley, so hatte auch der

von Mason die Form eines Ellipsoids. Er war 13 Fuß 6 Zoll lang und 6 Fuß 8 Zoll hoch. Er enthielt etwa 320 Kubikfuß Gas, die, wenn die Füllung aus reinem Wasserstoffgas bestand, gleich nach der Füllung, noch ehe das Gas sich mit fremden Bestandteilen vermischen konnte, 21 Pfund Tragkraft besaßen. Das Gesamtgewicht der Maschine betrug 17 Pfund, somit blieben 4 Pfund frei. Unterhalb der Mitte des Ballons war ein etwa 9 Fuß langer Rahmen von leichtem Holz angebracht und durch ein gewöhnliches Netzgeflecht mit dem Ballon verbunden. An diesem Rahmen hing eine Gondel aus Flechtwerk.

Die Schraube besteht aus einer 18 Zoll langen hohlen Achse aus Kupfer, durch die sich auf einer in einem Winkel von 15 Grad geneigten Halbspirale eine Anzahl Radien von Stahl bewegen. Diese Radien sind zwei Fuß lang und ragen infolgedessen auf jeder Seite einen Fuß weit vor. Sie sind an ihren Enden durch zwei Stränge abgeplatteten Drahtes untereinander verbunden; das Ganze stellt so das Skelett der Schraube dar, wozu noch ein Überzug von geölter Seide kommt, die in Dreiecke geschnitten und so befestigt ist, daß die Flächen im großen ganzen übereinstimmen. An jedem Ende der Achse wird die Schraube durch einen Hohlzylinder von Kupfer unterstützt. Am Grunde dieser Zylinder befinden sich Naben, in denen sich die Zapfen der Achse umdrehen. Von dem Punkt der Achse, der sich der Gondel am nächsten befindet, geht ein stählerner Schaft aus, der die Schraube mit der Triebfeder einer in der Gondel befindlichen Maschinerie in Verbindung setzt. Durch die Triebfeder wird die Schraube in rasche Umdrehung versetzt und bringt dadurch das Ganze in Bewegung.

Mit Hilfe eines Steuerruders ließ sich die Maschine nach jeder beliebigen Richtung lenken. Im Verhältnis zu ihrer Größe besaß die Triebfeder große Kraft; sie war imstande, bei einer einzigen Umdrehung 45 Pfund zu heben, und nahm in dem Maße an Leistungsfähigkeit zu, wie sie aufgezogen wurde. Alles in allem wog sie 8 Pfund 7 Unzen. Das Steuer war ein mit Seide bespannter leichter Rahmen von Rohr, der Ähnlichkeit mit einem Racket hatte und etwa 3 Fuß in der Länge und 1 Fuß an der breitesten Stelle maß. Sein Gewicht betrug etwa zwei Unzen. Es konnte horizontal gestellt und ebensowohl nach oben und unten wie nach rechts und links gerichtet werden; dadurch wurde der Luftschiffer instand gesetzt, den Widerstand der Luft, den das Steuer bei geneigter Stellung während der Fahrt verursachte, auf beliebige Weise zu verlegen, wodurch der Ballon nach der entgegengesetzten Richtung getrieben wurde.

Dieses Modell (das wir, um nicht zuviel Zeit zu verlieren, notgedrungen nur skizzenhaft beschreiben konnten) wurde in der Adelaide-Galerie in Betrieb gesetzt und erreichte eine Schnelligkeit von 5 Meilen in der Stunde; trotzdem erregte es wenig Interesse im Vergleich zu der früheren komplizierten Maschine Mr. Hensons. Die Welt ist nun einmal so, daß sie alles verachtet, was den Stempel der Einfachheit an sich trägt. Man war der Ansicht, daß nur eine ganz verzwickte Zusammenstellung außergewöhnlich tiefer dynamischer Prinzipien imstande sei, das große Problem der lenkbaren Luftschiffahrt zu lösen.

Mr. Mason war hingegen von dem Erfolg seiner Erfindung so befriedigt, daß er den Entschluß faßte, sobald als möglich einen Ballon von genügendem Umfang zu konstruieren, um seiner Sache durch eine größere Reise zum Sieg zu verhelfen – seine ursprüngliche Absicht war, den britischen Kanal zu überfliegen, wie er es schon früher mit dem Ballon »Nassau« getan hatte. Um seine Pläne zur Ausführung zu bringen, sicherte er sich die Beihilfe der Herren Everard Bringhurst und Osborne, die beide immer bereit waren, sich in den Dienst der Wissenschaft zu stellen, und stets lebhaftes Interesse für die Fortschritte der lenkbaren Luftschiffahrt bezeigt hatten. Auf Wunsch Mr. Osbornes wurde der Plan vor dem Publikum geheim gehalten; die einzigen Personen, die ihn kannten, waren die, denen der Bau der Maschine oblag. Dieser Bau fand unter Aufsicht der Herren Mason, Holland, Everard Bringhurst und Osborne auf dem Landsitz des zuletzt genannten Herrn bei Penstruthal in Wales statt. Mr. Henson und seinem Freund, Mr. Ainsworth, wurde am letzten Sonnabend gestattet, den Ballon zu besichtigen; die beiden Herren waren bereit, an der abenteuerlichen Fahrt teilzunehmen. Wir wissen nicht, warum die beiden Seeleute auch mitgenommen wurden; jedenfalls werden wir im Verlauf der nächsten Tage unsern Lesern in eingehendster Weise über die seltsame Reise berichten können.

Die Ballonhülle besteht aus Seide, die mit flüssigem Gummi gedichtet wurde. Sie hat riesenhaften Umfang und hält mehr als 40000 Kubikfuß Gas; da aber an Stelle des kostspieligen und schwierig zu beschaffenden Wasserstoffgases Kohlengas verwandt wurde, betrug der Auftrieb des Ballons bei voller Füllung und kurz nach der Füllung nicht mehr als etwa 2500 Pfund. Kohlengas ist nicht allein billiger, sondern läßt sich auch leichter beschaffen und handhaben.

Seine Nutzbarmachung für die Luftschiffahrt verdanken wir Herrn Charles Green. Bevor er seine Entdeckung gemacht hatte, war der Prozeß der Ballonfüllung ebenso kostspielig wie unzuverlässig. Oft gingen zwei und drei Tage mit vergeblichen Versuchen vorüber, eine genügende Menge Wasserstoffgas aufzutreiben, um einen Ballon damit zu füllen; zudem besitzt dieses Gas die Neigung, aus dem Ballon zu entweichen, was seiner außerordentlichen Feinheit und dem ihm innewohnenden Drang, sich der umgebenden Atmosphäre mitzuteilen, zuzuschreiben ist. In einem Ballon, der genügend abgedichtet ist, um eine Füllung von Kohlengas ohne wesentliche Veränderung der Beschaffenheit und Menge sechs Monate bei sich zu halten, würde dieselbe Menge Wasserstoffgas sich kaum sechs Wochen in gleicher Weise rein erhalten.

Der Auftrieb war auf 2500 Pfund geschätzt worden, das

Gesamtgewicht der Reisegesellschaft betrug nur etwa 1200 Pfund; man hatte also einen Überschuß von 1300 Pfund zu verzeichnen, von dem 1200 Pfund durch den in Säcken von verschiedener Größe untergebrachten Ballast ausgeglichen wurden. Auf jedem Sack war das Gewicht seines Inhalts vermerkt; außerdem sind zu rechnen die Takelage, die Barometer, die Fernrohre, die Tonnen, die für 14 Tage Proviant enthielten, die Wasserbehälter, die Mäntel, die Reisetaschen und verschiedene andre unentbehrliche Dinge, unter denen sich noch ein Kaffeekocher befand, in dem Kaffee mit Hilfe gelöschten Kalks bereitet werden konnte; man war also, wenn es angezeigt schien, in der Lage, auf Feuer zu verzichten. Alle diese Dinge, mit Ausnahme des Ballastes und einiger Kleinigkeiten, waren am Ballonreifen angehängt. Die Gondel ist im Verhältnis viel leichter und kleiner als die, die sich am Modell befand. Sie besteht aus leichtem Weidengeflecht und nimmt sich doch im Vergleich zu dem gebrechlichen Aussehen der ganzen Maschine recht widerstandsfähig aus. Ihre Wände sind etwa vier Fuß hoch. Das Steuer aber ist im Verhältnis viel größer als beim Modell; dafür ist die Schraube viel kleiner. Außerdem ist der Ballon mit einem Schlepptau und einem Anker ausgestattet. Von besondrer Wichtigkeit ist das Schlepptau. Für diejenigen unsrer Leser, die nicht mit dem Wesen der Luftschiffahrt vertraut sind, werden ein paar aufklärende Worte am Platze sein.

Sobald der Ballon die Erde verlassen hat, ist er mannigfachen Einflüssen unterworfen, die sein Gewicht verändern und die Kraft seines Auftriebs entsprechend vermehren oder vermindern. Z. B. die Seide beschlägt sich mit Tau, was mehrere hundert Pfund ausmachen kann; es muß Ballast ausgeworfen werden, wenn sich die Maschine nicht senken soll. Ist der Ballast ausgeschüttet, so scheint die Sonne; der Tau verdunstet. Gleichzeitig dehnt sich infolge der Wärme das Gas in der seidenen Ballonhülle aus, und das Ganze steigt mit großer Geschwindigkeit in die Höhe. Das einzige Mittel, den allzuraschen Aufstieg abzuschwächen, ist (oder *war* wenigstens – ehe Mr. Green das Schlepptau erfand), Gas aus dem Ventil entweichen zu lassen; Verlust an Gas bedeutet aber soviel wie Verlust an Auftriebskraft, so daß der bestkonstruierte Ballon in verhältnismäßig kurzer Zeit seine Mittel erschöpft haben und zur Erde herabsinken muß. Dies war das große Hindernis ausgedehnter Ballonreisen. Das Schlepptau umgeht nun diese Schwierigkeit auf die einfachste Weise von der Welt. Es ist nichts andres als ein ungeheuer langes Seil, das man von der Gondel aus nachschleppen läßt; es dient dem Zweck, den Ballon auf gleicher Höhe zu halten. Beschlägt sich zum Beispiel die Seide mit Nässe und beginnt der Ballon infolgedessen zu sinken, so ist es nicht nötig, Ballast auszuwerfen, um die stärkere Belastung auszugleichen. Vielmehr läßt man nur ein entsprechend langes Stück des Schlepptaus am Boden schleppen. Sollten nun andrerseits gewisse Umstände den Ballon in unerwünschter Weise erleichtern und zum Aufsteigen zwingen, so läßt sich auch dieser Umstand sehr leicht ausgleichen, indem man ein entsprechendes Stück Schlepptau vom Boden emporzieht. Bei solchen Verfahren kann der Ballon weder steigen noch fallen, es sei denn kurze Strecken, und seine Mittel, sowohl Gas wie Ballast, bleiben gespart. Fliegt der Ballon über Wasser, so müssen kleine Tonnen von Holz oder Kupfer angewandt werden, die man mit flüssigem Ballast füllt, der leichter als Wasser ist. Diese Tonnen schwimmen nun und entsprechen vollauf dem Zweck des Schlepptaus zu Lande. Ein andrer wichtiger Dienst des Taus ist, die Fahrtrichtung des Ballons anzuzeigen. Es schleppt immer, zu Land und zu Wasser, während der Ballon sich frei bewegt; er ist daher immer voran, sobald man Fortschritte macht; vergleicht man nun mit Hilfe des Kompasses die Stellung des Ballons und des Schlepptaus zueinander, so kann man den Kurs feststellen. Ebenso erkennt man an dem Winkel, den das Schlepptau zur vertikalen Achse der Maschine bildet, die Schnelligkeit der Fahrt. Besteht kein Winkel, d. h. hängt das Tau senkrecht nach unten, so steht der Ballon in der Luft still; je stumpfer der Winkel, d. h. je weiter der Ballon dem nachschleppenden Ende des Taus voran ist, um so größer ist die Schnelligkeit, und umgekehrt.

Da die ursprüngliche Absicht war, den britischen Kanal zu überfliegen und Paris so nahe wie möglich zu kommen, hatten die Reisenden sich der Vorsicht halber mit Pässen nach allen Teilen des Festlandes versehen, auf denen der Zweck der Reise wie damals im Falle der Reise der »Nassau« angegeben und den Inhabern Befreiung von den landesüblichen Formalitäten erteilt wurde; indessen machten unvorhergesehene Vorkommnisse diese Pässe überflüssig.

Am Samstagmorgen, dem 6. d. M., fand im Hofraum von Weal-Vor-House, dem Landsitz Mr. Osbornes, etwa eine Meile von Penstruthal in North Wales entfernt, in aller Stille die Füllung des Ballons statt; und 7 Minuten nach 11 Uhr, als alles zur Abreise fertig war, ließ man den Ballon los, worauf er sich ruhig und stetig erhob und nach Süden zuflog. Während der ersten halben Stunde machte man weder vom Steuer noch von der Schraube Gebrauch. Wir bringen nun das Tagebuch, wie es Mr. Forsyth von den vereinigten Aufzeichnungen der Herren Monck Mason und Ainsworth abgeschrieben hat. Der Grundstock des Tagebuchs war von Mr. Mason geschrieben; Mr. Ainsworth fügte nur den Notizen jedes Tages ein P. S. bei. Er hat jetzt eben eine genauere und ohne Zweifel äußerst spannende und interessante Schilderung der Reise unter der Feder, die, wie wir hören, in nächster Zeit schon veröffentlicht werden soll.

Das Tagebuch

Samstag, den 6. April. – Unsre letzten Vorbereitungen gelangten in dieser Nacht zur Ausführung; bei Tagesanbruch begannen wir, den Ballon zu füllen. Da aber ein dicker Nebel sich schwer auf die Falten der Ballonhülle senkte und die Arbeit erschwerte, wurden wir erst gegen 11 Uhr damit fertig. Dann ließen wir den Ballon in bester Stimmung los, und er erhob sich langsam aber stetig unter einer leichten Brise aus Norden, die uns dem britischen Kanal zutrieb. Die Kraft des Auftriebs erwies sich stärker, als wir erwartet hatten; als wir uns in einiger Höhe befanden und über den Felsen im vollen Glanz der Sonnenstrahlen schwebten, nahm unser Aufstieg an Schnelligkeit erheblich zu. Ich wollte natürlich nicht gleich zu Anfang des Abenteuers Gas verlieren und ließ daher den Ballon vorläufig ruhig in die Höhe gehen. Später senkten wir unser Schlepptau; aber selbst, nachdem es den Boden erreicht hatte, trieben wir noch immer mit großer Geschwindigkeit empor. Der Ballon verhielt sich außerordentlich ruhig und bot einen prachtvollen Anblick. Zehn Minuten nach dem Start zeigte das Barometer eine Höhe von 15000 Fuß an. Das Wetter war herrlich, und die Aussicht über das zu unsern Füßen liegende Land, die schon romantisch genug war, wenn man sie unter gewöhnlichen Umständen genoß, war jetzt wirklich grandios. Zahllose tiefe Schluchten, die von dichtem Nebel gefüllt waren, ließen auf das Vorhandensein von Seen schließen, während die Gipfel und Schroffen, die im Südosten sich in wirrem Durcheinander erhoben, lebhaft an die riesenhaften Städte morgenländischer Fabeln erinnerten. Wir näherten uns mit großer Geschwindigkeit diesen Bergen, befanden uns aber in genügender Höhe, um sicher über sie weg zu gelangen. Nach wenigen Minuten glitten wir in flotter Fahrt über sie hin; Mr. Ainsworth und die beiden Seeleute waren überrascht, daß sie von der Gondel aus gar nicht den Eindruck besondrer Höhe machten. Befindet sich nämlich ein Ballon in einer gewissen Höhe, so bekommen Erhebungen im Gelände unter der Gondel das Ansehen einer ebenen Fläche. Um ½12 Uhr, als wir immer noch südwärts trieben, erblickten wir zum erstenmal den Bristolkanal; 15 Minuten später hatten wir die

Wellenbrecher an der Küste unmittelbar unter uns und befanden uns nun richtig über dem Meer. Jetzt entschlossen wir uns, soviel Gas abzulassen, daß wir unser Schlepptau mit den daran befestigten Bojen ins Wasser senken konnten. Dies war bald geschehen, und wir sanken langsam in die Tiefe. Nach 20 Minuten tauchte unsre erste Boje ins Wasser; als bald darauf die zweite zu schwimmen begann, verharrte der Ballon auf gleichbleibender Höhe. Wir waren nun alle voll Begierde, die Wirksamkeit des Steuerruders und der Schraube zu erproben, und setzten sofort beide in Bereitschaft, denn wir beabsichtigten, unsre Fahrtrichtung mehr nach Osten, auf Paris zu zu verlegen. Mit Hilfe des Steuerruders bewirkten wir sofort die gewünschte Änderung; unser Kurs lief nun beinahe im rechten Winkel zur Windrichtung. Und als wir nun die Triebfeder der Schraube in Bewegung setzten, stellten wir zu unsrer Freude fest, daß sie uns wunschgemäß in der eingeschlagenen Richtung vorwärts trieb. Darauf brachten wir ein neunmaliges Hurra aus und warfen eine Flasche ins Meer, in der sich ein Stück Pergament mit einer kurzen Aufzeichnung der Grundgedanken der Erfindung befand. Kaum hatten wir jedoch dies mit großer Begeisterung vollbracht, da kühlte der Eintritt eines unvorhergesehenen Ereignisses unsern Mut nicht wenig ab. Die Stahlstange, die die Feder mit dem Propeller verband, wurde plötzlich durch ein Schwanken der Gondel, das durch Verschulden eines der beiden Seeleute verursacht wurde, aus ihrem Lager an der Gondel geschleudert und baumelte gleich darauf außer Reichweite von der Schraubenachse herab. Während wir uns bemühten, sie wieder einzubringen, was unsre Aufmerksamkeit vollauf in Anspruch nahm, erfaßte uns ein starker Windstoß aus Osten und trieb uns mit immer wachsender Kraft dem Atlantischen Ozean zu. Bald trieben wir mit einer Geschwindigkeit von nicht weniger als 50 bis 60 Meilen in der Stunde über das Meer. Kap Clear blieb etwa 40 Meilen nördlich von uns und wurde passiert, noch ehe es uns gelungen war, die Stahlstange einzuholen und festzustellen, was eigentlich mit uns los war. Jetzt machte Mr. Ainsworth einen erstaunlichen, aber meiner Meinung nach keineswegs unvernünftigen und undurchführbaren Vorschlag, bei dem er sofort von seiten Mr. Hollands Unterstützung fand. Wir sollten die starke Strömung, die uns trieb, benutzen und statt Paris die Küste von Nordamerika zu erreichen versuchen. Nach kurzem Bedenken stimmte auch ich dem großzügigen Plane bei, der übrigens seltsamerweise nur bei den beiden Seeleuten auf Widerstand stieß. Ihre Befürchtungen wurden indessen überstimmt, und wir hielten unsern gegenwärtigen Kurs mutig ein. Wir steuerten also nach Westen. Da aber das Schleppen der Bojen uns am raschen Vorwärtskommen hinderte und wir den Ballon, was die Flughöhe anlangte, völlig in der Gewalt hatten, warfen wir zunächst 50 Pfund Ballast ab und wanden dafür mit Hilfe einer Winde das Schlepptau so hoch empor, daß es sich ganz über Wasser befand. Der Erfolg dieses Manövers machte sich sofort durch gesteigerte Schnelligkeit unsrer Fahrt bemerkbar; als die Brise sich nun noch verstärkte, trieben wir mit geradezu unerhörter Schnelligkeit dahin, wobei das Schlepptau hinter der Gondel dreinflog wie der Wimpel hinter einem Schiffsmast. Es braucht nicht erwähnt zu werden, daß wir nach kurzer Zeit schon die Küste aus den Augen verloren hatten. Unzählige Schiffe aller Art überflogen wir; einige von ihnen versuchten, gegen den Sturm aufzukommen, die meisten aber hatten beigelegt. Wir waren gehobener Stimmung, und auch die beiden Seeleute schienen nach einigen aufmunternden Tropfen Genever ihre Bedenken in den Wind geschlagen zu haben. Viele der Schiffe feuerten Salutschüsse ab; von allen wurden wir mit lautem Hurra (was wir mit überraschender Deutlichkeit hörten) und durch Schwenken von Mützen und Taschentüchern begrüßt. Den ganzen Tag über flogen wir so dahin, ohne daß ein hemmendes Ereignis eingetreten wäre, und als uns endlich Nacht umfing, schätzten wir in groben Zügen die zurückgelegte Entfernung ab. Es konnte sich um nicht weniger als 500 Meilen handeln, wahrscheinlich um viel mehr. Der Propeller war ständig in Funktion und unterstützte unsre Vorwärtsbewegung ohne Zweifel wesentlich. Gleich nach Untergang der Sonne verwandelte sich die Brise in einen wahren Hurrikan. An dem phosphoreszierenden Schimmer erkannten wir den Spiegel des Ozeans unter uns deutlich. Die ganze Nacht hindurch wehte der Sturm von Osten und verhieß unsrer Unternehmung alle Aussicht auf Erfolg. Wir litten nicht wenig unter der Kälte und der Feuchtigkeit der Atmosphäre, aber die Gondel war groß genug, so daß wir uns alle darin niederlegen konnten; dank unsern Mänteln und einigen Decken fühlten wir uns leidlich wohl.

P. S. (Ainsworth). – Die letzten neun Stunden sind fraglos die aufregendsten meines Lebens gewesen. Ich kann mir nichts Erhebenderes vorstellen als das Gefühl der unbekannten Gefahren, die mit einem Abenteuer wie diesem verknüpft sind. Gebe Gott, daß wir Erfolg haben! Ich bitte nicht darum, um meine unbedeutende Person heil aus der Affäre zu ziehen, sondern aus Gründen des wissenschaftlichen Fortschritts und Forscherruhms. Und doch ist die Heldentat allem Anschein nach nicht schwer zu bestehen; es wundert mich, weshalb die Menschen bisher davor zurückschreckten. Nur ein Sturm wie der, der uns jetzt eben begünstigt – wenn solch ein Sturm einen Ballon nur vier oder fünf Tage lang vor sich hertreibt (oft währt ein Sturm viel länger), so wird der Luftschiffer in dieser Zeit bequem von Festland zu Festland befördert. Vor solch einem Sturm wird der weite Atlantische Ozean zu einer kleinen Pfütze. Jetzt eben wundre ich mich vor allem darüber, wie schweigsam die See unter uns liegt, obschon sie sich doch in lebhafter Bewegung befinden muß. Kein Laut dringt vom Wasser zum Himmel. Der ungeheure flammende Ozean schäumt und wird ohne Mitleid zerpeitscht. Die berghohen Wellen sehen wie unzählige Unholde aus, die in machtloser Raserei kämpfen und fallen. In einer Nacht wie dieser erlebt ein Mensch nach meinem Dafürhalten ein ganzes Jahrhundert des gewöhnlichen Lebens; ich würde aber die Begeisterung dieser einen Nacht nicht für ein ganzes Jahrhundert gewöhnlichen Lebens hingeben.

Sonntag, den 7. (Mr. Mason). – Heute morgen ging der Sturm von 10 Knoten auf eine 8–9 Knoten starke Brise (für ein Schiff auf See) zurück und fördert uns nun ungefähr dreißig Meilen in der Stunde oder mehr. Er ist auch ein Stück weit nach Norden umgeschlagen, und jetzt eben, nach Sonnenuntergang, halten wir unsern Kurs scharf nach Westen, und zwar hauptsächlich mit Hilfe der Schraube und des Steuerruders, die ihren Zweck in staunenswerter Weise erfüllen. Ich betrachte meinen Plan als durchaus erfolgreich; die lenkbare Luftschiffahrt (wenn sie nicht gerade gegen einen Sturm ausgeübt wird) ist hinfort kein Problem mehr. Gegen den gestrigen Sturm hätten wir zwar nicht aufkommen können, aber wir hätten aufsteigen können, wenn wir gewollt hätten, und wären so seiner Macht entgangen. Ich bin überzeugt, daß wir mit Hilfe des Propellers gegen eine ziemlich steife Brise angehen können. Heute mittag stiegen wir auf beinahe 25 000 Fuß empor, indem wir Ballast auswarfen. Wir suchten eine unsrer Fahrtrichtung günstigere Luftströmung zu erreichen, fanden aber keine, die besser war als die, in der wir uns jetzt wieder befinden. Wir haben Gas genug, um über diesen kleinen Tümpel zu gelangen, und sollte die Reise drei Wochen währen. Die Schwierigkeit ist wohl überschätzt und falsch beurteilt worden. Ich kann mir ja meine Luftschiffahrt auswählen, und selbst wenn alle Strömungen gegen mich sind, kann ich mich noch immer mit Hilfe des Propellers vorarbeiten. Es geschah nichts von Bedeutung. Die Nacht verspricht gutes Wetter.

P. S. (Mr. Ainsworth). – Ich habe weiter nichts zu berichten als die Tatsache (die mich lebhaft überraschte), daß ich auf einer Höhe, die der des Cotopaxi entsprach, weder besondre Kälte noch Kopfschmerzen noch Atemnot empfand; auch Mr. Mason, Mr. Holland und Sir Everard fühlten, wie ich mich überzeugte, nichts dergleichen. Nur Mr. Osborne beklagte sich über ein beklemmendes Gefühl auf der Brust, das sich aber nach kurzer Zeit behob. Wir haben heute gute Fahrt gemacht und müssen wohl den Ozean bereits zur Hälfte hinter uns haben. Wir flogen über einige zwanzig oder dreißig Schiffe verschiedener Art weg, die uns alle anzustaunen schienen. Und doch ist die Überquerung des Ozeans im Ballon gar kein so großes Kunststück. OMNE IGNOTUM PRO MAGNIFICO. N. B.: In einer Höhe von 25 000 Fuß erscheint der Himmel beinahe schwarz, und die Sterne sind deutlich sichtbar; die Form des Meeresspiegels ist nicht konvex (wie man vermuten könnte), sondern vollkommen und unwiderruflich konkav*.

Montag, den 8. (Mr. Mason). – Heute morgen machte uns wieder einmal die Eisenstange am Propeller zu schaffen; wir mußten sie neu montieren, um einer ernstlichen Gefahr von dieser Seite vorzubeugen – es handelte sich lediglich um die stählerne Stange, nicht um den Propeller selbst. An diesem war nichts zu verbessern. Den ganzen Tag blies der Wind

---

* Mr. Ainsworth gibt hier keine weitere Erklärung dieser Erscheinung, obschon eine solche Erklärung hier angebracht scheint. Läßt man aus einer Höhe von 25 000 Fuß ein Lot senkrecht zur Oberfläche der Erde oder des Meeres, so bildet es die Senkrechte eines rechtwinkligen Dreiecks, dessen Basis sich vom rechten Winkel zum Horizont und dessen Hypothenuse sich vom Horizont nach dem Ballon erstrecken soll. Die Höhe von 25 000 Fuß ist nun wenig oder so gut wie gar nichts im Vergleich zu der Ausdehnung der Aussicht. Mit anderen Worten: die Basis und die Hypothenuse des angenommenen Dreiecks würden so lang sein, daß sie im Verhältnis zu dem Lot beinahe parallel zueinander verlaufen würden. Daher sieht der Luftschiffer den Horizont, als ob sich dieser in gleicher Höhe mit der Gondel befände. Andrerseits aber erscheint und liegt tatsächlich das Ende des Lots tief unter ihm und scheint daher tief unter dem Horizont. Daher der Eindruck des konkaven Landschaftsbilds; diese Erscheinung bleibt bestehen, bis die Erhebung von der Erde in einem entsprechenden Verhältnis zur Weite der Aussicht steht, wodurch der anscheinende Parallelismus der Base und Hypothenuse aufgehoben wird – dann muß sich auch die Erde ihrer wahren Form entsprechend konvex zeigen.

gleichmäßig stark aus Nordosten; das Glück scheint uns dauernd hold zu sein. Kurz vor Tagesanbruch erschraken wir alle etwas über einige seltsame Geräusche und Erschütterungen am Ballon, die von einem ziemlich raschen Sinken der ganzen Maschine begleitet waren. Dies beruhte auf einer Ausdehnung der Gasmenge, die durch die zunehmende Erwärmung der Luft bewirkt wurde, und auf dem Absplittern der kleinen Eiskristalle, die sich während der Nacht am Netzwerk gebildet hatten. Wir warfen einige Flaschen zu den Schiffen hinunter und konnten sehen, wie eine von einem großen Dampfer, offenbar einem Neuyorker Paketboot, aufgefischt wurde. Wir versuchten, den Namen des Schiffes zu erkunden, konnten ihn jedoch nicht mit Sicherheit feststellen. Mit Hilfe des Fernrohrs Mr. Osbornes lasen wir so etwas wie »Atlanta«. Es ist jetzt Mitternacht, und wir fliegen noch immer mit großer Geschwindigkeit fast genau nach Westen. Das Meer phosphoresziert sehr stark.

P. S. (Mr. Ainsworth). – Wir haben jetzt 2 Uhr morgens und fast vollkommene Windstille, soweit ich beurteilen kann. Aber es ist gar nicht so leicht, sich darüber klar zu werden, denn wir bewegen uns genau wie die Luft. Seit wir Weal-Vor verlassen haben, habe ich kein Auge zugetan, jetzt kann ich es nicht länger aushalten: ich muß einen kleinen Nicker machen. Wir können nicht mehr weit von der amerikanischen Küste entfernt sein.

Dienstag, den 9. (Mr. Ainsworth). – Noch ein P. S. Wir haben die flache Küste von Südkarolina zu unsern Füßen. Das große Problem ist gelöst. Wir haben den Atlantischen Ozean überquert – leicht und bequem in einem Ballon überflogen! Gott sei Dank! Wer will behaupten, daß es nach diesem noch Dinge gebe, die im Bereich der Unmöglichkeit liegen?

Hier endigt das Tagebuch. Mr. Ainsworth hat aber Mr. Forsyth noch einige Einzelheiten über die Landung berichtet.

Es herrschte beinahe völlige Windstille, als die Reisenden die Küste zu Gesicht bekamen; zuerst wurde sie von den beiden Seeleuten und von Mr. Osborne entdeckt. Osborne hatte einige Bekannte im Fort Moultrie, daher beschloß man, in der Nachbarschaft des Forts zu landen. Man lenkte den Ballon nach einer Stelle der Küste, die von den Gezeiten nicht berührt wurde und wo der Sand trocken und weich und zur Landung geeignet war. Hier ließ man den Anker niedergehen, der auch sogleich Grund faßte. Die Bewohner der Insel und des Forts eilten herbei, um den Ballon zu sehen; aber nur mit Mühe konnten die guten Leute dahin gebracht werden, an die Reise des Ballons, die Überquerung des Atlantischen Ozeans, zu glauben. Um 2 Uhr nachmittags senkte sich der Anker in den Grund; demnach hatte die ganze Reise etwas weniger als 75 Stunden von Land zu Land gedauert. Kein Unglücksfall von Bedeutung war eingetreten. Keinerlei wirkliche Gefahren waren bestanden worden. Ohne Schwierigkeiten wurde der Ballon entleert und geborgen, und als die Handschrift, aus der die Erzählung hier zusammengestellt wurde, von Charleston abging, befand sich die Reisegesellschaft noch immer im Fort Moultrie. Ihre weiteren Absichten sind noch unbestimmt; aber wir können unsern Lesern mit Sicherheit für Montag oder spätestens für Dienstag weitere Nachrichten versprechen.

Dies ist ohne Zweifel die erstaunlichste, interessanteste und wichtigste Unternehmung, die seit Menschengedenken stattfand. Welche Großtaten ihr noch im Lauf der Zeit folgen werden, können wir uns heute noch nicht recht ausmalen.

Lebendig begraben

Es gibt Themen, die für unsern Geist stets von Interesse sein werden, die aber zu entsetzlich sind, als daß die Dichtung sie behandeln könnte. Der Romanschreiber muß sie vermeiden, wenn er nicht in die Gefahr geraten will, Abscheu und Ekel zu erwecken. Sie sind nur dann möglich, wenn Ernst und Majestät des Todes sie heiligen und stützen. Welch »angenehmes Gruseln« fühlen wir z. B. bei dem Bericht des Überganges über die Beresina, des Erdbebens von Lissabon, der Pest in London, der Metzeleien der Bartholomäusnacht oder des Erstickungstodes der hundertdreiundzwanzig Gefangenen im »Schwarzen Loch« von Kalkutta. Doch in allen diesen Berichten ist es die Tatsache – ist es die Wirklichkeit – das geschichtliche Ereignis, das aufregt. Als Dichtungen würden wir sie nur mit Abscheu betrachten.

Ich habe hier einige wenige der großen und folgenreichen Unglücksfälle erwähnt; in diesen aber ist es ebensosehr die Größe wie die Art des Unglücks, was auf unsere Phantasie so lebhaften Eindruck macht. Ich brauche dem Leser nicht vorzuhalten, daß ich aus dem langen und schaurigen Register menschlichen Elends manchen Einzelfall hätte herausgreifen können, der leidvoller gewesen ist als irgendeiner dieser Massentode. Das wahre Elend – das tiefste Weh – erlebt der einzelne, nicht die Gesamtheit. Und daß das Fürchterlichste, der Todeskampf, vom einzelnen und nicht von der Gesamtheit getragen wird – dafür laßt uns dem barmherzigen Gott danken!

Lebendig begraben zu werden, ist ohne Frage die grauenvollste aller Martern, die je dem Sterblichen beschieden wurde. Daß es häufig, sehr häufig vorgekommen ist, wird von keinem Denkenden bestritten werden. Die Grenzen, die Leben und Tod scheiden, sind unbestimmt und dunkel. Wer kann sagen, wo das eine endet und das andere beginnt? Wir wissen, daß es Krankheitsfälle gibt, in denen ein völliger Stillstand all der sichtbaren Lebensfunktionen eintritt, und dennoch ist dieser Stillstand nur eine Pause, nur ein zeitweiliges Aussetzen des unbegreiflichen Mechanismus. Einige Zeit vergeht – und eine unsichtbare, geheimnisvolle Ursache setzt die zauberhaften Schwingen, das gespenstische Räderwerk wieder in Bewegung. Die silberne Saite war nicht zerrissen, der goldene Bogen war nicht unrettbar zerbrochen. Wo aber war währenddessen die Seele?

Doch abgesehen von der logischen Schlußfolgerung A PRIORI, daß solche Ereignisse auch ihre Folgen haben müssen, daß diese wohlbekannten Fälle von Scheintod selbstredend hier und da zu einem vorzeitigen Begräbnis führen müssen – abgesehen von dieser Betrachtung haben wir das direkte Zeugnis der Ärzte und der Erfahrung als Beweis, daß zahlreiche solcher Begräbnisse stattgefunden haben. Ich kann auf Verlangen sofort hundert authentisch erwiesene Fälle anführen. Einer derselben, dessen eigenartige Umstände einigen meiner Leser noch frisch im Gedächtnis sein dürften, ereignete sich vor nicht allzulanger Zeit in der benachbarten Stadt Baltimore, wo er in allen Kreisen tiefe und schmerzliche Aufregung hervorrief.

Die Frau eines der angesehensten Bürger – berühmten Advokaten und Kongreßmitgliedes – wurde von einer plötzlichen und unerklärlichen Krankheit befallen, an der die Kunst der Ärzte scheiterte. Nach schrecklichen Leiden starb sie oder wurde wenigstens für tot gehalten. Nicht einer vermutete, daß sie nur scheintot sei – nicht einer hatte Grund dazu. Sie zeigte alle üblichen Merkmale des Todes. Das Gesicht hatte die bekannten verkniffenen und eingesunkenen Züge; die Lippen hatten Marmorblässe; die Augen waren glanzlos. Sie hatte weder Blutwärme noch Pulsschlag. Drei Tage blieb der Körper unbeerdigt, und in dieser Zeit war er zu Eiseskälte erstarrt. Man beeilte die

Bestattung, weil die vermeintliche Zersetzung so rasche Fortschritte machte.

Die Dame wurde in der Familiengruft beigesetzt, und drei Jahre lang blieb diese unberührt. Nach Ablauf dieser Frist wurde sie zur Aufnahme eines Sarkophags geöffnet; – aber ach! welch furchtbarer Schlag erwartete den Gatten, der eigenhändig das Tor aufschloß! Als die Türflügel nach außen aufflogen, sank ein weißgekleidetes Etwas ihm klappernd in die Arme. Es war das Totenskelett seines Weibes in dem noch unverwesten Leichenkleid.

Sorgfältige Nachforschungen ergaben, daß sie zwei Tage nach ihrem Begräbnis wieder erwacht und daß der Sarg infolge ihrer verzweifelten Befreiungsversuche von der Bahre herabgestürzt und zerbrochen war, so daß sie ihm entsteigen konnte. Eine Öllampe, die zufällig gefüllt in der Gruft zurückgelassen worden war, stand leer; das Öl konnte aber auch verdunstet sein. Auf der obersten Stufe der Treppe, die zur Totenkammer hinabführte, lag ein Teil des Sarges, mit dem sie wahrscheinlich gegen das Eisentor geschlagen hatte, um die Aufmerksamkeit auf sich zu lenken. Bei dieser Tätigkeit hatte sie vermutlich eine Ohnmacht – oder auch infolge des Grauens der Tod befallen; beim Niedersinken verfing sich ihr Leichenhemd in irgendeinem vorstehenden Eisenteil des Tores. So blieb sie, und so verweste sie – aufrecht.

Im Jahr 1810 ereignete sich in Frankreich ein vorzeitiges Begräbnis von so seltsamen Umständen, daß sie die Behauptung rechtfertigen: die Wirklichkeit ist oft seltsamer als alle Dichtung. Die Heldin der Geschichte war ein Fräulein Victorine Lafourcade, ein junges und sehr schönes Mädchen aus vornehmer und wohlhabender Familie. Unter ihren zahlreichen Verehrern war auch ein Herr Julien Bossuet, ein armer Gelehrter oder Literat aus Paris. Sein Talent und sein einnehmendes Wesen hatten die Aufmerksamkeit der Erbin erregt, die ihn aufrichtig geliebt zu haben scheint; ihr Familienstolz bewog sie schließlich aber doch, ihn abzuweisen und einen Herrn Renelle zu heiraten, einen Bankier und gewandten Diplomaten. Nach der Hochzeit aber vernachlässigte sie der Gatte – ja mißhandelte sie wohl gar, und nach einigen leidvollen Jahren starb sie – wenigstens glich ihr Zustand so ganz dem Tod, daß jeder, der sie sah, sich täuschen ließ. Sie wurde begraben – nicht in einer Gruft, sondern in einer gewöhnlichen Grabstätte ihres Heimatdorfes. Voll Verzweiflung und entflammt von der Erinnerung an ihre tiefe Zuneigung reist der abgewiesene Freier von der Hauptstadt nach der entlegenen Provinz, zu jenem Dorf, in der romantischen Absicht, die Leiche auszugraben und sich in den Besitz ihrer wunderbaren Locken zu setzen. Er findet das Grab. Um Mitternacht legt er den Sarg von der Erde bloß, öffnet ihn und ist dabei, das Haar abzuschneiden, als er innehält – denn die geliebten Augen öffnen sich. Man hatte die junge Frau *lebendig begraben*. Die Lebenskraft war noch nicht ganz entwichen, und die Liebkosungen ihres Getreuen erweckten sie aus der Lethargie, die man irrtümlich für Tod gehalten. In wahnsinniger Freude trug er sie nach seiner Wohnung im Dorf, wo er, der einige medizinische Kenntnisse hatte, ihr allerlei Belebungsmittel einflößte. Endlich erholte sie sich. Sie erkannte ihren Erretter. Sie blieb bei ihm, bis sie ihre frühere Gesundheit wieder erlangt hatte. Ihr Frauenherz war nicht von Eisen, und dieser letzte Liebesbeweis erweichte es; sie gab es Bossuet zu eigen. Sie kehrte nicht zu ihrem Gatten zurück, sondern verbarg ihm ihre Auferstehung und entfloh mit dem Geliebten nach Amerika. Zwanzig Jahre später kamen die beiden wieder nach Frankreich, in der Überzeugung, die Zeit habe das Äußere der Frau so sehr verändert, daß ihre Angehörigen sie nicht wiedererkennen würden. Sie irrten sich jedoch, denn bei der ersten Begegnung erkannte Herr Renelle sein Weib und erhob Anspruch auf sie. Sie weigerte sich aber, zu ihm zurückzukehren, und das Gericht gab ihr recht, indem es entschied, daß die besonderen Umstände und die lange Reihe von Jahren nicht nur billigerweise, sondern auch gesetzlich die Rechte des Gatten ausgelöscht hätten.

Die Leipziger »Chirurgische Zeitung« – eine bedeutende und angesehene Zeitschrift, von der man wünschen möchte, daß sie, in unsere Sprache übersetzt, auch in Amerika erschiene – berichtet in einer der letzten Nummern ein ähnliches Ereignis furchtbarer Art.

Ein Artillerieoffizier, von prächtiger Gestalt und von robuster Gesundheit, wurde von einem störrischen Pferde abgeworfen und trug eine äußerst schwere Kopfwunde davon, die ihm sofort das Bewußtsein nahm; er hatte eine leichte Schädelfraktur, doch schien keine direkte Gefahr vorhanden. Die Trepanierung war erfolgreich; man ließ ihn zur Ader, und viele andere Linderungsmittel wurden angewandt. Trotzalledem nahm die Betäubung, die Erstarrung mehr und mehr zu, und schließlich hielt man ihn für tot.

Es war warmes Wetter, und er wurde mit fast unziemlicher Eile zu Grabe getragen. Das geschah an einem Donnerstag. Am darauffolgenden Sonntag war der Friedhof wie üblich sehr besucht, und um die Mittagszeit brachte ein Bauer die ganze Menge in Aufruhr mit der Behauptung, während er auf dem Grabe des Offiziers gesessen, habe sich die Erde unter ihm bewegt, als suche sich jemand herauszuarbeiten. Zunächst schenkte man der Versicherung des Mannes keinen Glauben, aber sein sichtliches Entsetzen und die Hartnäckigkeit, mit der er bei seiner Aussage verblieb, machten zum Schluß doch Eindruck auf die Menge. Man schaffte eilends Spaten herbei, und das nur oberflächlich zugeschüttete Grab war in wenigen Minuten so weit bloßgelegt, daß der Kopf des Eingesargten sichtbar ward. Er schien tot zu sein, aber er saß aufrecht in seinem Sarg, dessen Deckel er bei seinen wütenden Befreiungsversuchen teilweise abgehoben hatte.

Er wurde sofort ins nächste Hospital gebracht, wo man konstatierte, daß er, wenngleich in tiefer Ohnmacht, noch am Leben sei. Nach einigen Stunden erwachte er, erkannte die an sein Lager geeilten Freunde und sprach in abgerissenen Sätzen von seinen Befreiungsversuchen im Grabe.

Aus dem, was er sagte, ging hervor, daß er im Grabe mehr als eine Stunde wach gewesen sein mußte, ehe ihn das Bewußtsein verließ. Das Grab war nur oberflächlich mit sehr lockerer Erde angefüllt und ließ daher der Luft etwas Zutritt. Er hörte die Schritte der Menge über sich und versuchte seinerseits, sich hörbar zu machen. Er war der Meinung, das Geräusch der vielen Schritte habe ihn erweckt, doch kaum erwacht, gewahrte er mit namenlosem Entsetzen seine schreckliche Lage.

Dieser Patient – hieß es in dem Bericht weiter – erholte sich wieder, und es schien, als werde er ganz gesunden, da wurde er das Opfer eines medizinischen Experiments. Man wendete die galvanische Batterie bei ihm an, und er verstarb plötzlich in einem Paroxysmus, wie dieses Verfahren ihn manchmal zur Folge hat.

Bei Erwähnung der galvanischen Batterie fällt mir ein wohlbekannter und ganz seltsamer Fall ein, die Tatsache nämlich, daß ihre Anwendung bei einem jungen Londoner Advokaten, der bereits zwei Tage begraben gelegen hatte, diesen wieder ins Leben zurückrief. Das geschah im Jahre 1831 und machte überall, wo davon die Rede war, großes Aufsehen.

Der Patient, Herr Eduard Stapleton, war anscheinend an Typhus gestorben, doch unter eigenartigen Begleitumständen, welche die Neugier seiner Ärzte erregt hatten. Nach seinem Hinscheiden ersuchte man die Verwandten, eine Sezierung der Leiche zu gestatten, was aber abgelehnt wurde. Wie das nach solcher Weigerung oft geschieht, beschlossen die Ärzte, den Leichnam auszugraben und dennoch heimlich zu sezieren. Man einigte sich mit einer Bande von Leichenräubern, wie sie in London nicht selten sind, und in der dritten Nacht nach dem Begräbnis wurde die angebliche Leiche aus ihrem acht Fuß tiefen Grabe hervorgeholt und in das Operationszimmer eines Privathospitals gebracht.

Ein ziemlich großer Schnitt in den Unterleib zeigte, daß das Fleisch noch frisch und unverwest war, und brachte die Ärzte auf den Einfall, die galvanische Batterie anzuwenden. Ein Experiment folgte dem andern und hatte die üblichen Wirkungen, die nur in zwei Fällen den konvulsivischen Zukkungen ein mehr als gewöhnliches Leben gaben.

Es wurde spät. Der Tag dämmerte, und man hielt es für ratsam, endlich die Sektion vorzunehmen. Ein Student jedoch, der gern eine eigene Theorie erproben wollte, bestand darauf, die Batterie auf einen der Brustmuskel anzuwenden. Man machte schnell einen Schnitt und brachte einen Draht in Kontakt mit dem Muskel. Da plötzlich erhob sich der Patient mit einer schnellen, doch keineswegs konvulsivischen Bewegung vom Tisch, schritt in die Mitte des Zimmers, blickte sekundenlang unsicher umher und sprach. Was er sagte, war nicht zu verstehen; aber er äußerte Worte, bildete Silben. Als er gesprochen hatte, fiel er schwer zu Boden.

Einen Augenblick waren alle gelähmt von Entsetzen; doch das Bewußtsein, daß hier rasch eingegriffen werden müsse, gab ihnen bald die Geistesgegenwart zurück. Man entdeckte, daß Herr Stapleton ohnmächtig, aber am Leben war. Nach Anwendung von Äther erwachte er und konnte schnell wiederhergestellt und seinen Verwandten zurückgegeben werden. Ihr Erstaunen – ihre namenlose Verwunderung sei hier verschwiegen.

Das Unerhörteste aber an dem ganzen Ereignis ist das, was Herr Stapleton selbst berichtet. Er erklärt, die ganze Zeit über nie völlig besinnungslos gewesen zu sein, sondern – wenn auch unklar und verwirrt – alles gewußt zu haben, was mit ihm vorging – vom Augenblick an, da die Ärzte ihn für »tot« erklärten, bis zu dem, da er im Hospital ohnmächtig zu Boden sank. »Ich lebe« waren die unverständlichen

Worte, die er, als er vom Seziertisch heruntertaumelte, in seiner äußersten Not herausstieß.

Es wäre ein leichtes, noch viele solcher Geschichten anzuführen; ich unterlasse es aber, denn wir bedürfen ihrer nicht zur Feststellung der Tatsache, daß verfrühte Begräbnisse stattfinden. Wenn wir bedenken, wie selten es naturgemäß in unserer Macht liegt, solche Fälle aufzudecken, so müssen wir zugeben, daß sie häufig genug ohne unser Wissen vorkommen. Tatsächlich finden kaum je in einem Friedhof umfangreiche Umgrabungen statt, ohne daß Skelette aufgefunden werden, deren Haltung die fürchterlichsten Vermutungen rechtfertigt.

Fürchterlich die Vermutung, doch fürchterlicher noch das Schicksal selbst! Es ist nicht zu viel gesagt mit der Behauptung, daß *kein* Ereignis so grauenvoll geeignet ist, Leib und Seele aufs äußerste zu schrecken, wie das Lebendigbegrabensein. Der unerträgliche, atemraubende Druck – die erstickenden Dünste der feuchten Erde – das hemmende Leichengewand – die harte Enge des schmalen Hauses – das Dunkel vollkommener Nacht – die alles verschlingende Woge ewiger Stille – die unsichtbare, doch fühlbare Nähe des Eroberers Wurm – diese Dinge und der Gedanke, daß droben die Gräser im Winde wehn, und die Erinnerung an liebe Freunde, die, wenn sie nur unser Schicksal ahnten, zu unserer Rettung herbeieilen würden, und das Bewußtsein, daß sie dies Schicksal nie erfahren werden – daß wir ohne alle Hoffnung zu den wirklich Toten zählen – diese Betrachtungen, sage ich, tragen in das noch pulsende Herz ein so namenloses Grauen, wie selbst die stärkste Phantasie es nicht beschreiben kann. Gibt es auf Erden ähnlich Grauenvolles – können wir uns selbst für die tiefste Hölle solche Schrecken träumen? Und daher begegnet man derartigen Berichten mit so besonderem Interesse – aber einem Interesse, das ganz von unserem Glauben an die *Wahrheit* des geschilderten Ereignisses abhängig ist. Was ich jetzt erzählen will, habe ich selbst am eigenen Leibe erfahren.

Ich war jahrelang den Anfällen jener seltsamen Krankheit unterworfen, der die Ärzte in Ermangelung einer treffenden Bezeichnung den Namen Katalepsie gegeben haben. Obgleich die mittelbaren und unmittelbaren Ursachen fast unbekannt sind, ja sogar die Krankheitsdiagnose selbst noch dunkel ist, so sind doch ihre äußerlich wahrnehmbaren Merkmale zur Genüge bekannt. Ihre Haupteigenschaft besteht in der Verschiedenartigkeit ihrer Anfälle. Manchmal liegt der Patient nur einen Tag oder selbst kürzere Zeit in vollständiger Lethargie. Er ist gefühllos und regungslos, aber der Herzschlag ist noch schwach fühlbar, der Körper ist noch ein wenig warm, ein leichtes Rot färbt die Wangen, und wenn man den Lippen einen Spiegel nähert, so kann man ein träges, unregelmäßiges Atmen wahrnehmen. Dann wieder dauert dieser Zustand Wochen – ja Monate, und dann vermögen die sorgfältigsten ärztlichen Untersuchungen nicht mehr einen Unterschied festzustellen zwischen dem Zustand des Kranken und dem, was wir als Tod bezeichnen. Sehr häufig wird er nur dadurch vor vorzeitigem Begrabenwerden bewahrt, daß seine Freunde von früheren kataleptischen Anfällen wissen und daher argwöhnisch sind, und vor allem dadurch, daß keine Verwesung eintritt. Die Krankheit macht glücklicherweise nur langsame Fortschritte; schon ihre ersten Anzeichen sind unzweideutiger Natur. Nach und nach werden die Anfälle stärker und dauern von Mal zu Mal länger. Hierin hauptsächlich liegt die Sicherheit vor einem allzufrühen Begrabenwerden. Der Unglückselige, dessen *erster* Anfall bereits die Heftigkeit des letzten hätte, würde unvermeidlich lebendig zu Grabe getragen.

Mein eigener Fall wich in nichts von den in medizinischen Büchern geschilderten Fällen ab. Ohne ersichtliche Ursache überfiel mich hie und da ein ohnmachtartiger Zustand, in dem ich ohne Schmerzen und regungslos, ja ohne Denkvermögen verharrte, immer aber mit dem schwachen Bewußtsein dessen, was an meinem Lager vorging, bis ich ganz plötzlich wieder zu vollem Bewußtsein erwachte. Zu andern Zeiten packte es mich rasch und ungestüm. Mir wurde übel, mich fröstelte, und ein Schwindelanfall warf mich rasch zu Boden. Dann war wochenlang alles um mich her leer und stumm und schwarz, und das Weltall wurde zum Nichts. Es war der vollkommene Tod. Aus diesen letzteren Anfällen aber erwachte ich weit langsamer, als ich davon befallen wurde. Gleichwie dem freund- und heimatlosen Bettler, der die lange einsame Winternacht durch die Straßen irrt, die Morgendämmerung nur zögernd, nur ganz allmählich und doch wie beglückend erscheint – geradeso kehrte das Licht meiner Seele zurück.

Abgesehen von diesen kataleptischen Anfällen schien mein Gesundheitszustand gut und keiner Beeinflussung durch diese Krankheit unterworfen – bis auf eine gewisse Eigentümlichkeit meines gewöhnlichen Schlafes. Wenn ich erwachte, war ich nie sofort Herr meiner Sinne, sondern blieb minutenlang erschreckt und verwirrt; die geistigen Fähigkeiten, besonders das Gedächtnis, waren wie gelähmt.

In all meinem Leiden gab es kaum physische Schmerzen, aber eine unerträgliche seelische Depression. Meine Phantasie sah nichts als Leichen. Ich sprach von Würmern, Grab und Leichenstein. Ich versank in Träumereien über den Tod und war von der düsteren Ahnung erfaßt, einmal lebendig begraben zu werden. Diese gespenstische Gefahr verfolgte mich Tag und Nacht; bei Tag quälten mich grausige Grübeleien, des Nachts war ich dem Wahnsinn nahe. Wenn Dunkelheit sich über die Erde breitete, schreckten mich die Gedanken, und ich bebte – bebte wie die schwankenden Federn auf den Köpfen der Pferde beim Leichenbegängnis. Wenn ich mich nicht mehr wach halten konnte, so kostete es mich einen Kampf, schlafen zu gehen, – denn mir grauste bei dem Gedanken, ich könne mich beim Erwachen im Grabe finden. Und wenn ich schließlich in Schlummer sank, so vermochte ich es nur, um sogleich in einem Meer von Phantasien zu versinken, das überschattet wurde von den riesigen, schwarzen Schwingen jenes einen Grabgedankens.

Aus den zahllosen düsteren Bildern, die mich in Träumen ängsteten, will ich nur eine einzige Vision berichten. Mir war, als läge ich in einer Erstarrung, die tiefer war und länger dauerte als je vorher. Da plötzlich legte sich eine eisige Hand auf meine Stirn, und eine ungeduldige Stimme rasselte mir ins Ohr: »Steh auf!«

Ich saß aufrecht. Es war völlig finster. Ich konnte die Gestalt nicht sehen, die mich geweckt hatte. Ich konnte mich weder erinnern, wann dieser Anfall mich erfaßt hatte noch wo ich mich überhaupt befand. Ich harrte regungslos und mühte mich, meine Gedanken zu sammeln, aber die kalte Faust packte mich wild am Handgelenk und schüttelte mich, und die rasselnde Stimme sagte von neuem:

»Steh auf! Gebot ich dir nicht, aufzustehen?«

»Wer bist du?« fragte ich.

»Ich habe keinen Namen dort, wo ich hause«, erwiderte die Stimme klagend; »ich war sterblich und bin doch Dämon. Ich war unbarmherzig und bin mitleidig. Du fühlst, daß ich schaudere. Meine Zähne klappern – aber nicht, weil die Nacht so frostig ist – die endlose Nacht. Doch dies Grauen, dieser Ekel ist unerträglich! Wie kannst du ruhig schlafen? Ich kann nicht Ruhe finden vor dem Schrei der Todesängste. Diese Seufzer sind mehr, als ich ertragen kann. Steh auf! Komm mit mir hinaus in die Nacht und laß mich dir die Gräber öffnen. Ist dieser Anblick nicht ein furchtbar Weh? – Sieh!«

Ich blickte; und die unsichtbare Gestalt, die mich noch immer an der Hand hielt, hatte die Gräber der ganzen Menschheit aufgeworfen, und aus einem jeden drang ein schwacher Phosphorschein der Verwesung, so daß ich in den tiefsten Schlund hinabsehen und die eingesargten Leichen in ihrem trauervollen Schlafe mit den Würmern schauen konnte. Aber ach! der wirklichen Schläfer waren es Millionen weniger als der Wachenden; und da war ein Kämpfen und Wehren und eine allgemeine schmerzliche Unruhe; und aus den Tiefen der zahllosen Gruben drang das melancholische Rauschen der Totenhemden; und unter denen, die still zu ruhen schienen, sah ich, daß viele mehr oder weniger die kalte, unbequeme Lage, in der man sie hinabgesenkt, verändert hatten. Und wie ich blickte, sagte die Stimme von neuem: »Ist es nicht – oh, ist es nicht ein schmerzlicher Anblick?« Doch ehe ich die Antwort finden konnte, hatte die Gestalt meine Hand losgelassen, der Phosphorschein erlosch, und die Gräber schlossen sich plötzlich; aus ihrem Innern aber hob sich ein Chaos verzweifelter Schreie, und wieder klang es: »Ist es nicht – o Gott! ist es nicht ein schmerzlicher Anblick?«

Solche Nachtphantasien übten auch auf meine wachen Stunden ihren entsetzlichen Einfluß. Meine Nerven waren völlig zerrüttet, und ich war die Beute ewigen Grauens. Ich wagte mich weder zu Fuß noch zu Pferd aus dem Hause, von dem ich mich nicht mehr entfernen wollte, um stets in der Nähe derer zu sein, die meine Neigung zu kataleptischen Anfällen kannten; hätte es sich andernfalls nicht ereignen können, daß ich begraben wurde, ehe mein wahrer Zustand festgestellt werden konnte? Ich fürchtete, ein Anfall von außergewöhnlich langer Dauer könne sie an meinem Wiedererwachen zweifeln lassen. Ich ging sogar so weit, zu argwöhnen, man werde sich freuen, in einem besonders hartnäckigen Anfall willkommene Gelegenheit zu finden, sich meiner zu entledigen. Vergebens versuchten sie mich mit feierlichen Versprechungen zu beruhigen. Ich nahm ihnen die heiligsten Schwüre ab, mich unter keinen Umständen eher zu begraben, als bis die Verwesung so weit fortgeschritten wäre, daß ein längeres Lagern unmöglich sei; und selbst dann noch wollte meine tödliche Angst keiner Vernunft gehorchen, keinen Trost annehmen. Ich traf eine Reihe mühsamer Vorsichtsmaßregeln. Unter anderem ließ ich die Familiengruft so umbauen, daß sie von innen leicht geöffnet werden konnte. Der leiseste Druck auf einen langen Hebel, der tief in die Grabkammer hineinreichte, ließ die eisernen Tore auffliegen. Auch traf ich Vorsorge, daß Luft und Licht freien Zutritt hatten und daß dicht bei dem Sarge, der mich aufnehmen sollte, Gefäße für Speise und Trank bereitstanden. Der Sarg selbst war weich und warm gefüttert und mit einem Deckel versehen, der nach Art der Grufttür eingerichtet war, nur daß hier schon die leiseste Körperbewegung genügte, um den Deckel zu lüften. Überdies hing von der Decke der Grabkammer eine große Glocke herab, deren Seil durch ein Loch im Sarge hineingeführt und an der Hand der Leiche befestigt werden sollte. Aber ach! Was vermag alle Vorsicht gegen das Schicksal. Selbst diese wohlbedachten Maßregeln vermochten nicht, einen Unglücklichen, der dazu vorausbestimmt worden war, vor den unerhörten Schrecken des Lebendigbegrabenwerdens zu bewahren!

Es kam eine Zeit, da ich – wie schon so oft – aus völliger Bewußtlosigkeit zum ersten schwachen Daseinsgefühl wieder erwachte. Langsam – schneckenlangsam – dämmerte meiner Seele der Tag. Träge Unbehaglichkeit; dumpfes Schmerzgefühl; keine Sorgen – kein Hoffen – kein Wollen. Dann, nach langer Pause, Ohrensausen; dann, nach noch längerer Pause, ein stechendes, prickelndes Gefühl in den Gliedern. Dann eine ewiglange Zeit frohen Behagens, während das erwachende Bewußtsein nach Gedanken ringt; dann ein kurzes Zurücksinken ins Nichts; dann wieder plötzliches Erholen. Endlich leises Erbeben der Augenlider und gleich darauf ein Schreck wie elektrischer Schlag, tödlich und endlos, der das Blut von den Schläfen zum Herzen peitscht. Und nun der erste positive Versuch, zu denken. Und nun der Versuch, sich zu erinnern. Und nun habe ich das Gedächtnis so weit zurückerlangt, daß ich mir in gewissem Grade von meinem Zustand Rechenschaft geben kann. Ich fühle, daß es nicht ein gewöhnlicher Schlaf ist, aus dem ich erwache. Ich entsinne mich, einen kataleptischen Anfall gehabt zu haben. Und nun überflutet meine schaudernde Seele wie ein rasendes Meer die *eine* grausige Angst – der *eine* gespenstische und herrschende Gedanke.

Minutenlang, nachdem diese Vorstellung mich erfaßt, verblieb ich regungslos. Und warum? Ich konnte den Mut nicht finden, mich zu rühren. Ich wagte nicht, die Bewegung zu machen, die mir mein Schicksal offenbart hätte, und dennoch flüsterte eine Stimme in meinem Herzen: »Es ist so!« Verzweiflung – wie keine andere Lage sie schaffen kann – Verzweiflung veranlaßte mich nach langer Unentschlossenheit, die schweren Augenlider zu heben. Es war finster – ganz finster. Ich wußte, der Anfall war vorüber. Ich wußte, die Krisis meiner Krankheit war lange vorbei. Ich wußte, daß ich jetzt den vollen Gebrauch meines Gesichtssinnes wiedererlangt hatte – und dennoch war es finster – ganz finster – die tiefe Dunkelheit ewiger Nacht.

Ich versuchte zu schreien, und meine Lippen und meine verdorrte Zunge mühten sich vereint und krampfhaft – aber keine Stimme entrang sich den hohlen Lungen, die, wie von Bergeslast bedrückt, bei jedem mühevollen Atemzug gemeinsam mit dem Herzen grausam aufzuckten.

Die Bewegung der Kinnbacken bei der Anstrengung des Rufenwollens zeigte mir, daß sie von Kinn zu Kopf mit einem Tuch umwunden waren, wie das bei Leichen zu geschehen pflegt. Auch fühlte ich, daß ich auf etwas Hartem lag, und auch meine Seiten wurden von etwas Hartem eingeengt. Bis jetzt hatte ich nicht gewagt, ein Glied zu rühren – nun aber warf ich heftig die Arme empor, die bisher mit gekreuzten Händen dalagen. Sie berührten eine feste Holzmasse, die sich über meinem Körper in einer Höhe von kaum sechs Zoll hinzog. Ich konnte nicht länger zweifeln, daß ich im Sarg lag.

Und nun, inmitten all meines namenlosen Elends, nahte sich mir der süße Engel der Hoffnung – denn ich dachte an meine Vorsichtsmaßregeln. Ich rührte mich und machte krankhafte Versuche, den Deckel aufzuzwängen; er bewegte sich nicht. Ich suchte an meinen Handgelenken nach der Glockenschnur; sie war nicht zu finden. Und nun entfloh der Tröster für immer, und eine noch tiefere Verzweiflung gewann die Oberhand. Ich bemerkte, daß die von mir gewünschte Polsterung fehlte, und in meine Nase stieg der eigenartig herbe Geruch feuchter Erde. Die Schlußfolgerung war unumgänglich: Ich befand mich nicht in der Gruft. Ich war während einer Abwesenheit von zu Hause – unter Fremden – von einem Anfall ergriffen worden; an ein Wann oder Wie wußte ich mich nicht zu entsinnen. Und diese Fremden hatten mich begraben wie einen Hund – in irgendeinen Sarg gesteckt, den sie vernagelt und tief, tief und für immer in ein gewöhnliches und namenloses Grab gesenkt hatten.

Als diese gräßliche Überzeugung sich im geheimsten Fach meiner Seele gebildet hatte, versuchte ich von neuem, laut aufzuschreien; und dieser zweite Versuch gelang. Ein langer, wilder und anhaltender Schrei, ein Todesgellen, echote durch die Reiche der unterirdischen Nacht.

»Hallo, hallo, was gibt's?« gab eine rauhe Stimme Antwort. »Was zum Teufel ist denn los?« sagte eine zweite. »Heraus mit Euch!« sagte eine dritte. »Was soll das heißen, daß Ihr losheult wie ein Kettenhund?« sagte eine vierte. Und hierauf ward ich ergriffen und minutenlang unsanft von einer Gruppe wüstblickender Gesellen geschüttelt. Sie holten mich nicht etwa aus dem Schlaf – denn ich war hellwach, als ich schrie – aber sie setzten mich wieder in den Besitz meines Gedächtnisses.

Dieses Abenteuer ereignete sich in der Nähe von Richmond in Virginia. In Begleitung eines Freundes hatte ich eine Jagdexpedition an den Ufern des James-Flusses unternommen. Die Nacht kam, und ein Sturm überraschte uns. Die Kabine einer kleinen Schaluppe, die im Strom vor Anker lag und mit Gartenerde geladen war, bot uns den einzigen

Schutz. Wir behalfen uns also, so gut es ging, und verbrachten die Nacht an Bord. Ich schlief in einer der zwei einzigen Kojen, die das Schiff aufzuweisen hatte – und die Kojen einer Schaluppe von sechzig bis siebzig Tonnen sind in ihrer Kleinheit kaum zu beschreiben. Die meinige hatte überhaupt kein Lager. Ihre größte Breite betrug achtzehn Zoll. Die Entfernung vom Boden zum Dach war genau dieselbe. Es wurde mir sehr schwer, mich hineinzuzwängen. Trotzdem schlief ich fest, und meine ganze Vision – denn es war kein Traum und kein Alp – entsprang natürlich den eigentümlichen Umständen meiner Lage, meinem gewohnten Gedankengang und der erwähnten Schwierigkeit, unter der ich litt, meine Sinne zu sammeln, besonders nach langem Schlaf das Gedächtnis wiederzuerlangen. Die Männer, die mich schüttelten, waren die Bemannung des Schiffes und ein paar Ladearbeiter. Von der Last selbst rührte der Erdgeruch her. Das Tuch um die Kinnladen war ein seidenes Taschentuch, das ich mir in Ermangelung meiner gewohnten Nachtmütze um den Kopf geschlungen hatte.

Die erduldeten Martern aber waren unzweifelhaft jenen des Lebendigbegrabenseins völlig gleich. Sie waren schrecklich – sie waren unsagbar grauenhaft. Doch der schlimme Umstand hatte eine günstige Folge. Meine Seele bekam Ruhe und Haltung. Ich ging auf Reisen. Ich unterwarf mich körperlichen Anstrengungen. Ich atmete freie Himmelsluft. Ich dachte an andere Dinge als Tod. Ich entfernte meine medizinischen Bücher. »Buchan« verbrannte ich. Ich las keine »Nachtgedanken«, keine bombastischen Kirchhofsmärchen und Schauergeschichten – wie diese hier. Binnen kurzem wurde ich ein neuer Mensch und führte ein männliches Leben. Seit jener denkwürdigen Nacht verlor ich für immer meine Todesgedanken, und mit ihnen verschwanden meine kataleptischen Zustände, von denen sie vielleicht weniger die Folge als die Ursache gewesen waren.

Es gibt Augenblicke, wo selbst dem klugen Auge der Vernunft die Welt unseres traurigen Menschendaseins als Hölle erscheint; aber die Phantasie des Menschen vermag ihre ewigen Grüfte nicht ungestraft zu durchstreifen! Weh! Die grausigen Legionen der Grabesschrecken sind keine Hirngespinste; doch gleich den Dämonen, in deren Gesellschaft Afrasiab den Oxus hinabschiffte, müssen sie schlafen, oder sie verschlingen uns – muß man sie schlummern lassen, oder wir gehen zugrunde.

Die längliche Kiste

Vor einigen Jahren war es, als ich einen Platz auf dem beliebten Paketboot »Independence«, Kapitän Hardy, von Charleston, Süd-Karolina, nach Neuyork belegte. Wir sollten, falls das Wetter es zuließ, am fünfzehnten Juni absegeln; am vierzehnten ging ich an Bord, um in meiner Kabine allerlei vorzubereiten.

Ich sah, daß wir sehr viele Passagiere haben würden, vor allem viele Damen. Die Passagierliste wies mehrere Bekannte von mir auf, und unter anderen Namen entdeckte ich mit Freuden den des Herrn Cornelius Wyatt, eines jungen Künstlers, für den ich warme Freundschaft empfand. Er war auf der Universitätsstadt C. mein Studiengenosse gewesen, und wir waren damals sehr viel zusammen. Wie die meisten begabten Menschen war er ein wenig Menschenfeind, empfindsam und begeisterungsfähig. Mit diesen Eigenschaften verband er das wärmste und treueste Herz, das je in einer Menschenbrust geschlagen hat.

Ich bemerkte, daß *drei* Kabinen mit seinem Namen belegt waren; und als ich nochmals die Passagierliste durchging, fand ich, daß er für sich, seine Frau und seine zwei Schwestern Plätze belegt hatte. Die Kabinen waren ausreichend geräumig, und eine jede hatte zwei Schlafkojen, eine über der anderen. Diese Kojen waren freilich so eng, daß sie nur für eine Person ausreichten; dennoch konnte ich nicht begreifen, warum für diese vier Personen drei Kabinen nötig waren. Ich befand mich zu jener Zeit gerade in solch einer grüblerischen Stimmung, in der man sich über Kleinigkeiten Gedanken macht, und beschämt gestehe ich, daß ich mich mit einer Menge alberner und unangebrachter Vermutungen betreffs der überzähligen Kabine abgab. Selbstredend ging mich die Sache gar nichts an, doch mit um so größerer Hartnäckigkeit versuchte ich, das Rätsel zu lösen. Schließlich fand ich eine Antwort dafür, von der ich nicht begriff, daß sie mir nicht schon früher gekommen war.

»Es ist natürlich ein Dienstbote«, sagte ich, »wie dumm von mir, daß mir so etwas Naheliegendes nicht früher eingefallen ist!« Und dann blickte ich wieder in die Liste – doch hier sah ich deutlich, daß die Familie *keinen* Dienstboten mitzunehmen gedachte, obgleich man zuerst offenbar diese Absicht gehabt hatte – denn die Worte: »und Zofe« waren hingeschrieben und wieder durchgestrichen worden. »Aha, Extragepäck!« sprach ich bei mir – »irgend etwas, das er nicht in den Gepäckraum geben möchte – etwas, das er im Auge behalten möchte ... Ha, ich hab's – ein Bild oder dergleichen – und das ist es wohl auch, worüber er mit Nicolino, dem italienischen Juden, verhandelt hat!« Diese Idee befriedigte mich, und so gab ich also für diesmal meine Neugier auf.

Die beiden Schwestern Wyatts kannte ich recht gut, es waren sehr liebenswürdige und gescheite junge Mädchen. Seine Frau hatte er erst kürzlich geheiratet, und ich hatte sie bisher noch nicht gesehen. Er hatte mir aber oft in seiner üblichen begeisterten Art von ihr erzählt. Er nannte sie hervorragend schön, klug und gebildet. Ich war daher, wie man verstehen kann, sehr begierig, ihre Bekanntschaft zu machen.

Am Tage, da ich das Schiff besuchte (am vierzehnten also), sollten auch Wyatt und Familie zur Besichtigung kommen – so hatte der Kapitän mir gesagt –, und ich brachte eine Stunde mehr als beabsichtigt an Bord zu, in der Hoffnung, der jungen Frau vorgestellt zu werden; doch da kam eine Botschaft, Frau Wyatt fühle sich ein wenig unpäßlich und ziehe es vor, erst morgen zur Stunde der Abfahrt, an Bord zu kommen.

Am anderen Tag begab ich mich von meinem Hotel zum Hafen, als Kapitän Hardy mir begegnete und sagte, er vermute, daß die »Independence« umständehalber (eine dumme, aber gebräuchliche Phrase) erst in ein oder zwei Tagen absegeln werde, und daß er mir Nachricht zukommen lassen wolle, sobald alles in Ordnung sei.

Das schien mir seltsam, denn wir hatten einen steifen Südwind. Da aber die »Umstände« nicht verraten wurden, trotzdem ich mit großer Ausdauer ihnen auf den Grund zu kommen suchte, so konnte ich nichts weiter tun, als wieder nach Hause gehen und meine Ungeduld bezähmen.

Eine Woche lang wartete ich vergeblich auf des Kapitäns versprochene Nachricht. Schließlich kam sie aber, und ich ging sogleich an Bord. Das Schiff wimmelte von Passagieren, und alles war geschäftig bei den letzten Vorbereitungen. Die Familie Wyatt traf etwa zehn Minuten nach mir ein. Da waren die beiden Schwestern, die junge Frau und der Künstler – der letztere in einer seiner menschenfeindlichen Stimmungen. An diese war ich jedoch zu sehr gewöhnt, als daß ich ihnen besondere Aufmerksamkeit geschenkt hätte. Er stellte mich nicht einmal seiner Frau vor, so daß diese Höflichkeitsform notgedrungen seiner Schwester Marianne zufiel – einem sehr lieben und klugen Mädchen, das uns mit wenigen Worten miteinander bekannt machte.

Frau Wyatt war dicht verschleiert; und als sie nun den Schleier hob, um meinen Gruß zu erwidern, erfaßte mich, ich muß es bekennen, große Bestürzung. Diese wäre wohl noch größer gewesen, hätten mich nicht lange Erfahrungen gelehrt, den enthusiastischen Beschreibungen meines Freundes, des Malers, in Hinsicht auf Frauenschönheit keine allzu große Bedeutung beizumessen. Ich wußte gut, daß, wenn es sich um Schönheit handelte, er mit vollen Segeln ins Land der reinen Ideale schiffte.

Um die Wahrheit zu sagen: mir schien Frau Wyatt ein sehr gewöhnliches Äußeres zu haben; wenn sie auch nicht häßlich war, so war sie doch, nach meiner Ansicht, nicht weit davon. Sie kleidete sich indessen äußerst geschmackvoll

– auch zweifelte ich nicht, daß sie meines Freundes Herz wahrscheinlich mehr durch hervorragende Gaben des Geistes und der Seele gewonnen hatte. Sie sprach nur ganz wenige Worte und begab sich sogleich mit Herrn Wyatt in ihre Kabine.

Die Neugier packte mich wieder. Sie hatten *keinen* Dienstboten bei sich – das war Tatsache. Ich forschte also nach dem Extragepäck. Nach einiger Zeit hielt ein Karren am Kai, beladen mit einer länglichen Kiste aus Tannenholz – und das war alles, worauf wir noch gewartet hatten. Gleich nachdem sie verladen war, stachen wir in See, hatten in kurzer Zeit den Hafen hinter uns und segelten ins offene Meer hinaus.

Die fragliche Kiste war, wie ich schon sagte, länglich. Sie war etwa sechs Fuß lang und zweieinhalb Fuß breit; ich betrachtete sie aufmerksam und so genau wie möglich. Diese Form war entschieden *sonderbar,* und kaum hatte ich sie bemerkt, als ich mir zu meinem Scharfsinn gratulierte.

Man wird sich erinnern, daß ich zu der Schlußfolgerung gekommen war, das Extragepäck meines Freundes, des Künstlers, würde aus Bildern oder zum wenigsten aus einem Bilde bestehen; denn ich wußte, daß er wochenlang mit Nicolino in Verhandlungen gestanden hatte. Hier war nun eine Kiste, die ihrer Form nach einfach nichts anderes enthalten *konnte* als eine Kopie von Leonardos »Abendmahl«. Und eine Kopie gerade dieses »Abendmahls«, von Rubini dem Jüngeren aus Florenz, war, wie ich wußte, eine Zeitlang in Nicolinos Besitz gewesen. Diese Sache schien mir also zur Genüge aufgeklärt. Ich frohlockte über meine Scharfsinnigkeit. Es war das erstemal, daß Wyatt in künstlerischen Dingen ein Geheimnis vor mir hatte; aber hier hatte er offenbar vor, mir einen glücklichen Kauf zu verschweigen und vor meinen Augen ein erstklassiges Gemälde nach Neuyork einzuschmuggeln, in der Erwartung, daß ich von der Sache nichts erfahren würde.

Ich beschloß, ihn jetzt und später gehörig damit aufzuziehen.

Etwas jedoch beunruhigte mich nicht wenig. Die Kiste kam nicht in die Extrakabine, sie wurde in Wyatts eigener Kajüte niedergestellt, und dort blieb sie und nahm fast den ganzen Fußboden ein – gewiß eine große Unbequemlichkeit für den Künstler und seine Frau – und dies wohl um so mehr, als der Lack oder die Farbe der Aufschrift auf der Kiste einen strengen, unangenehmen und für *meine* Begriffe geradezu ekelerregenden Geruch ausströmte. Auf dem Deckel standen die Worte: »Frau Adelaide Curtis, Albany, Neuyork. Gepäck von Cornelius Wyatt. Hier öffnen. Vorsicht!«

Nun wußte ich, daß Frau Adelaide Curtis in Albany des Künstlers Schwiegermutter war; doch ich hielt die ganze Aufschrift für eine Mystifikation, durch die besonders *ich* irregeführt werden sollte. Ich sagte mir natürlich, daß die Kiste und ihr Inhalt nie weiter als bis ins Arbeitszimmer meines Freundes, des Misanthropen, in der Chamberstreet, Neuyork, gelangen würden.

Die ersten drei oder vier Tage hatten wir schönes Wetter, aber keinen Wind; wir hatten uns gleich beim Verlassen der Küste dem Norden zugewandt. Die Passagiere waren in heiterer Laune und geneigt, die Bekanntschaften anzuknüpfen. Ich muß jedoch Wyatt und seine Schwestern ausnehmen, die sich zurückhaltend und den Mitreisenden gegenüber fast unhöflich benahmen. Wyatts Betragen beachtete ich weniger. Er war noch griesgrämiger als sonst – aber bei ihm war ich auf Übertriebenheiten gefaßt. Für die Schwestern jedoch fand ich keine Entschuldigung. Sie zogen sich fast während der ganzen Dauer der Fahrt in ihre Kabinen zurück und weigerten sich, obgleich ich ihnen wiederholt zusetzte, mit irgendwem an Bord in Beziehung zu treten.

Frau Wyatt selbst war weit liebenswürdiger, das heißt, sie war *geschwätzig*; und Geschwätzigkeit ist auf See keine schlechte Empfehlung. Sie wurde mit den meisten Damen ganz außerordentlich intim und bezeigte zu meiner tiefsten Bewunderung nicht wenig Lust, mit den Männern zu kokettieren. Sie amüsierte uns alle sehr. Ich sage, amüsierte – und weiß kaum, mich anders auszudrücken. In Wahrheit sah ich bald, daß man weit öfter *über* Frau Wyatt als *mit* ihr lachte. Die Männer sprachen wenig über sie; die Frauen aber nannten sie bald ein gutherziges, doch recht unbedeutendes und unerzogenes Ding – und sehr gewöhnlich. Es war ein Wunder, wie Wyatt eine solche Verbindung hatte eingehen können. Der zunächstliegende Gedanke wäre gewesen, daß es eine Geldheirat sei – aber ich wußte, diese Annahme war irrig; denn Wyatt hatte mir gesagt, daß sie ihm nicht einen Dollar mitgebracht, noch irgendwoher etwas zu erwarten hatte. Er habe, sagte er, aus Liebe und nur aus Liebe geheiratet; und seine Braut sei mehr als seiner Liebe würdig. Wenn ich an diese Äußerungen meines Freundes dachte, so schien mir die Lösung des Rätsels immer verhängnisvoller. Konnte es möglich sein, daß er daran war, den Verstand zu verlieren? Was sonst sollte ich annehmen? Er, der so empfindsam, so geistvoll, so wählerisch war, er, der einen so ausgesprochenen Abscheu vor allem Falschen, Unechten hatte und eine so starke Vorliebe für alles Schöne! Gewiß, sie war sehr eingenommen von ihm – besonders in seiner Abwesenheit – wo sie sich oft lächerlich machte durch die neugierige Frage, was ihr »geliebter Gatte, Herr Wyatt« gesagt habe. Das Wort »Gatte« schien ihr stets – um mit ihren eigenen beliebten Worten zu reden – »auf der Zunge zu liegen«. Indessen hatten alle an Bord bemerkt, daß *er* ihr auswich, so viel er konnte, und die meiste Zeit allein in seiner Kabine verbrachte; ja, man kann sagen, daß er fast ganz dort lebte, indem er seiner Frau alle Freiheit ließ, sich nach Wohlgefallen im großen Salon mit den anderen zu unterhalten. Meine Schlußfolgerung aus dem, was ich sah und hörte, war die: der Künstler hatte aus irgendeiner Laune des Schicksals oder vielleicht in einem Anfall von Begeisterung und toller Leidenschaft die

Dummheit begangen, sich mit einer weit unter ihm stehenden Person zu verbinden, und die natürliche Folge, Abscheu und Ekel, war nun eingetreten. Ich bemitleidete ihn aus tiefstem Herzen – konnte ihm aber aus jenem Grunde doch nicht ganz seine Verschlossenheit in Sachen des »Heiligen Abendmahls« verzeihen. Hierfür beschloß ich Rache zu nehmen.

Eines Tages, als er auf Deck kam, nahm ich ihn beim Arm und schritt mit ihm auf und ab. Er schien – wie ich das unter den vorliegenden Umständen auch nicht anders erwartete – in unverändert düsterer Stimmung. Er sprach nur wenig und mißgelaunt und mit sichtlicher Anstrengung. Ich versuchte zu scherzen, und er machte einen schwachen Versuch zu einem Lächeln. Armer Kerl! Wenn ich an seine Frau dachte, verwunderte es mich geradezu, daß er es überhaupt bis zu dem Versuch eines Lächelns brachte. Schließlich wagte ich einen Vorstoß. Ich beschloß, eine Reihe versteckter Andeutungen oder Vermutungen hinsichtlich der länglichen Kiste fallen zu lassen – gerade ausreichend für ihn, wahrzunehmen, daß ich nicht so völlig die Zielscheibe seiner kleinen, liebenswürdigen Mystifikation geworden war. Zunächst beabsichtigte ich aus dem Hinterhalt vorzugehen. Ich sagte etwas über die »sonderbare Form *jener* Kiste«; und während ich das sagte, lächelte ich verständnisvoll, zwinkerte mit den Augen und stieß ihn sanft mit dem Zeigefinger in die Rippen.

Die Art und Weise, in der Wyatt diesen harmlosen Spaß aufnahm, überzeugte mich sofort, daß er irrsinnig war. Zuerst starrte er mich an, als sei es ihm unmöglich, den Sinn meiner Bemerkung zu erfassen; schließlich aber war er doch allmählich in sein Hirn eingedrungen, und je mehr und mehr das geschah, desto weiter traten seine Augen aus den Höhlen. Dann wurde er sehr rot, dann entsetzlich bleich, dann, als amüsiere mein Ausspruch ihn höchlich, begann er laut und gewaltsam zu lachen – das tat er mit immer größerer

Heftigkeit zehn Minuten lang oder mehr. Endlich fiel er der Länge nach schwerfällig aufs Deck nieder. Als ich hinzueilte, um ihn aufzuheben, schien es, als sei er tot.

Ich rief Hilfe herbei, und mit großer Mühe brachten wir ihn wieder zu sich. Als er erwachte, redete er zunächst irre. Schließlich ließen wir ihn zur Ader und brachten ihn zu Bett. Am andern Morgen hatte er sich wieder ganz erholt – soweit es seine leibliche Gesundheit betraf. Von seinem geistigen Zustand sage ich selbstredend nichts. Auf Anraten des Kapitäns, der meine Anschauung über sein Leiden völlig teilte, mir aber riet, keinem Menschen an Bord etwas davon zu sagen, mied ich für den Rest der Überfahrt seine Gesellschaft.

Kurz nach diesem Anfall Wyatts ereignete sich allerlei, was die Neugier, die mich erfüllte, noch steigerte. Unter anderem dies: ich war sehr nervös gewesen, hatte zu viel starken, grünen Tee getrunken und hatte daher eine schlechte Nacht. – Richtiger gesagt, waren es zwei Nächte, in denen ich fast gar nicht schlief. Nun führte die Tür meiner Kabine in die Hauptkajüte oder den Speisesaal, wie alle einschläfrigen Kabinen an Bord. Wyatts drei Räume befanden sich in der Nebenkajüte, die von dem Hauptraum durch eine leichte Gleittür getrennt war; diese Tür war aber nie verschlossen, selbst des Nachts nicht. Da wir fast immer guten, ja sogar kräftigen Wind hatten, so neigte sich das Schiff sehr erheblich leewärts; und immer, wenn das Steuerbord leewärts lag, glitt die Türe zwischen den zwei Kajüten auf und blieb offen stehn, da niemand sich die Mühe nahm, aufzustehen und sie zu schließen. Wenn nun meine eigene Kajütentür ebenso wie die erwähnte Gleittür offen stand (und meine eigene Tür war wegen der großen Hitze *immer* offen), so konnte ich von meinem Lager aus ganz deutlich die Nebenkajüte überblicken und auch jenen Teil, wo sich die Kabinen Wyatts befanden. Da sah ich nun in zwei *nicht* aufeinanderfolgenden Nächten, wie gegen elf Uhr Frau Wyatt vorsichtig aus der Kabine Herrn Wyatts herauskam und die Extrakabine betrat, wo sie bis Tagesanbruch verblieb. Um diese Zeit wurde sie von ihrem Gatten gerufen und kehrte zu ihm zurück. Daß sie tatsächlich getrennt lebten, war mir nun klar. Sie hatten getrennte Zimmer – zweifellos, weil sie eine dauerndere Trennung beabsichtigten; hier also, dachte ich, liegt das Geheimnis der Extrakabine. Da war noch ein weiterer Umstand, der mich sehr interessierte. In den zwei genannten Nächten und kurz nachdem Frau Wyatt in der Extrakabine verschwunden war, wurde meine Aufmerksamkeit von eigentümlichen, behutsamen, wie absichtlich gedämpften Geräuschen aus dem Zimmer ihres Gatten gefesselt. Nachdem ich eine Zeitlang aufmerksam gelauscht hatte, gelang es mir schließlich, ihre Bedeutung festzustellen. Es waren Geräusche, die der Maler durch Öffnen der länglichen Kiste mit Hilfe von Meißel und Hammer verursachte; die Schläge des letzteren suchte er offenbar dadurch zu dämpfen, daß er das Eisen mit weichem Stoff umhüllt hatte.

Ich glaubte sogar den Augenblick feststellen zu können, in dem er den Deckel völlig abgelöst hatte – auch konnte ich deutlich hören, wie er ihn abhob und auf das untere Bett der Kajüte hinlegte. Letzteres z. B. erriet ich aus dem leichten Anstoßen des Deckels gegen die Holzleisten des Bettes bei den Versuchen, ihn recht leise niederzulegen; auf dem Fußboden war kein Raum dafür. Danach trat Totenstille ein, und bis zum Morgengrauen war nicht das Geringste mehr zu hören – es sei denn ein leises Seufzen und Murmeln, das aber beinahe unhörbar war, falls es nicht überhaupt nur in meiner Einbildung bestand. Ich sage, es schien ein Seufzen oder Schluchzen zu sein, aber natürlich war das ausgeschlossen. Ich glaube eher, daß es ein Klingen in meinen eigenen Ohren war. Herr Wyatt ließ sicherlich nur einem seiner Steckenpferde die Zügel schießen – in irgendeinem Anfall von Kunstbegeisterung. Er hatte seine längliche Kiste geöffnet, um seine Augen auf dem Kunstschatz da drinnen ruhen zu lassen. Und so etwas konnte ihn doch nicht zum Schluchzen bringen! Ich wiederhole daher, daß es lediglich eine Vorspiegelung meiner eigenen Phantasie gewesen sein muß, die Kapitän Hardys grüner Tee allzusehr angeregt hatte. In jeder der beiden erwähnten Nächte hörte ich beim Morgengrauen deutlich, wie Herr Wyatt den Deckel der länglichen Kiste wieder schloß und die Nägel mit Hilfe des umwickelten Hammers wieder in ihre Löcher schlug. Nachdem er dies getan, kam er völlig angekleidet aus seiner Kabine heraus und rief Frau Wyatt aus der ihrigen.

Unsere Seefahrt hatte schon sieben Tage gedauert, und wir ließen nun Kap Hatteras hinter uns, als ein ungemein heftiger Südweststurm einsetzte. Wir waren allerdings darauf vorbereitet gewesen, da das Wetter schon seit einiger Zeit bedrohlich ausgesehen hatte. Oben und unten wurde alles gut festgemacht; und da der Wind ständig zunahm, lagen wir schließlich unter Giek- und Vorbramsegel, beide doppelt gerefft.

In dieser Verfassung schwammen wir, leidlich sicher, achtundvierzig Stunden dahin, und das Schiff bewährte sich in vieler Hinsicht vorzüglich; das eindringende Wasser war nicht von Bedeutung. Nach dieser Zeit aber wurde der Sturm zum Orkan, und unser Hintersegel ging in Fetzen, wodurch wir so tief ins Wasser gerieten, daß wir kurz hintereinander ein paar gewaltige Sturzseen schluckten. Bei dieser Gelegenheit verloren wir drei Mann über Bord, mitsamt der Kambüse, und fast die ganze Backbord-Schanzkleidung. Kaum waren wir wieder bei Sinnen, als das Vormarssegel in Fetzen ging; wir hißten nun ein Notsegel, ein paar Stunden ging alles gut, da das Schiff den Wellen jetzt viel ruhiger als vorher begegnen konnte.

Der Sturmwind blieb jedoch derselbe, und keine Verminderung war wahrzunehmen. Die Takelage war nicht mehr in Ordnung, sondern völlig verwirrt; und am dritten Tage des Sturmes ging gegen fünf Uhr nachmittags bei einem plötzlichen Stoß unser Besan-Mast über Bord. Mehr als eine Stunde mühten wir uns vergeblich, ihn loszubekommen, denn das Schiff schlingerte gewaltig, und ehe wir unsern Zweck erreicht hatten, kam der Zimmermann herbei und verkündete, daß der Schiffsraum vier Fuß unter Wasser stehe. Zum Überfluß waren die Pumpen verstopft und fast unbrauchbar.

Alles war nun Entsetzen und Verwirrung – doch machte man einen Versuch, das Schiff zu erleichtern, indem man alle erreichbare Ladung über Bord warf und die zwei noch übrig gebliebenen Mastbäume absägte. Das gelang uns endlich; an den Pumpen aber konnten wir immer noch nicht arbeiten, und inzwischen nahm das Leck schnell zu.

Bei Sonnenuntergang hatte der Sturm an Heftigkeit nachgelassen, und da auch das Meer sich etwas beruhigte, so gewann die Hoffnung Raum, daß wir uns in den Booten retten könnten. Um acht Uhr zerstreuten sich die Wolken, und wir hatten glücklicherweise Vollmond – ein Umstand, der unsere gesunkenen Lebensgeister wundervoll auffrischte.

Nach unglaublicher Arbeit gelang es uns schließlich, das große Boot ohne wesentlichen Unfall an der Schiffswand herunterzulassen, und die ganze Schiffsmannschaft und der größte Teil der Passagiere drängten sich darin zusammen. Dieses Boot entfernte sich sofort und erreichte schließlich nach vielen Leiden seiner Insassen am dritten Tage nach dem Unfall Ocracoke Inlet.

Vierzehn Passagiere und der Kapitän waren noch an Bord; sie wollten ihr Glück in der kleinen Jolle vom Heck versuchen. Wir brachten sie ohne Schwierigkeiten ins Wasser, wenngleich es uns nur durch ein Wunder gelang, sie so hinunterzubringen, daß sie nicht gleich umschlug. Als sie abstieß, trug sie den Kapitän und seine Frau, Herrn Wyatt und Familie, einen mexikanischen Offizier mit Frau und vier Kindern und mich selbst mit einem Neger, meinem Diener.

Wir hatten natürlich für nichts weiter Raum, als für die allernötigsten Hilfsmittel, etwas Proviant und die Kleider, die wir trugen. Niemand hätte auch nur den Versuch gemacht, irgend etwas anderes zu retten. Man kann sich also das Erstaunen aller denken, als Herr Wyatt, nachdem wir uns ein paar Faden vom Schiff entfernt hatten, von der Bank aufstand und Kapitän Hardy kühl aufforderte, das Boot umkehren zu lassen, um seine längliche Kiste einzunehmen!

»Setzen Sie sich, Herr Wyatt«, erwiderte der Kapitän ziemlich streng; »Sie werden uns umwerfen, wenn Sie nicht ganz still sitzen. Unser Dollbord ist schon beinahe im Wasser.«

»Die Kiste!« rief Herr Wyatt, der noch immer stand – »die Kiste, sage ich! Kapitän Hardy, Sie können, Sie *werden* mir das nicht weigern! Das Gewicht ist eine Kleinigkeit, ein Nichts – wirklich ein Nichts. Bei dem Andenken Ihrer Mutter – bei der Liebe des Himmels – bei Ihrem Glauben – bei Ihrer Hoffnung auf die ewige Seligkeit *beschwöre* ich Sie, umzukehren und die Kiste zu holen!« Für einen Augenblick schien es, als sei der Kapitän von dem ernsten Ersuchen des Künstlers gerührt, aber er gewann seine strenge Haltung zurück und sagte nur:

»Herr Wyatt, Sie sind *toll*! Ich darf Ihnen nicht nachgeben. Setzen Sie sich hin, sage ich, oder Sie werden das Boot zum Kentern bringen. Halt – haltet ihn – greift ihn! Er springt über Bord! Da – ich wußte es, es ist geschehen!«

Bei diesen Worten des Kapitäns war Herr Wyatt tatsächlich über Bord gesprungen; wir befanden uns gerade leewärts vom Wrack, und seinen beinahe übermenschlichen Anstrengungen gelang es, ein Seil zu erfassen, das an der Bordwand herabhing. Einen Moment darauf war er an Bord und stürzte wie rasend in die Kabine hinunter.

Inzwischen waren wir hinter das Schiff und von der Leeseite abgetrieben worden und sahen uns nun ganz dem ungeheuer stürmenden Meer überlassen. Mit letzter Anstrengung versuchten wir zurückzukommen, aber unser kleines Boot war in dem Wüten des Sturms nur wie eine winzige Feder.

Wir übersahen mit einem Blick, daß das Schicksal des Künstlers besiegelt war. Als unsere Entfernung zum Wrack schnell zunahm, sahen wir, daß der Rasende (denn dafür mußten wir ihn halten) die Kajütentreppe heraufkam; mit gigantischer Kraft schleppte er die längliche Kiste mit sich. Während wir in maßlosem Erstaunen hinblickten, ergriff er ein drei Zoll dickes Seil, schlang es um die Kiste und dann um seinen Leib. Im nächsten Augenblick waren beide, Mensch und Kiste, im Meer; sie verschwanden sofort und für immer.

Wir stoppten trostlos die Ruder, und unsere Augen hingen an der Stelle, wo der Mann versunken war. Schließlich ruderten wir fort.

Eine Stunde lang herrschte völliges Schweigen. Endlich wagte ich eine Bemerkung.

„Haben Sie beobachtet, Kapitän, wie plötzlich sie sanken? War das nicht äußerst merkwürdig? Ich gestehe, daß ich ein wenig Hoffnung auf seine Rettung hatte, als ich sah, daß er sich an die Kiste band und dem Meere anvertraute."

»Sie *mußten* sinken«, erwiderte der Kapitän, »und schnell wie ein Schuß. Sie werden aber bald wieder auftauchen, allerdings nicht eher, als bis das Salz sich auflöst.«

»Das Salz?« rief ich aus.

»Still!« sagte der Kapitän, auf Wyatts Frau und Schwestern deutend. »Wir müssen zu gelegenerer Zeit von diesen Dingen reden.«

Wir hatten viel zu erdulden und kamen kaum mit dem Leben davon; doch das Glück war uns günstig, uns wie auch den Kameraden im Langboot. Wir landeten endlich nach vier verzweifelten Tagen mehr tot als lebendig an der Küste gegenüber der Roanoke-Insel. Hier blieben wir eine Woche, wurden von den Stranddieben leidlich gut aufgenommen, und es glückte uns schließlich, eine Überfahrt nach Neuyork zu erlangen.

Etwa einen Monat nach dem Untergang der »Independence« begegnete ich zufällig dem Kapitän Hardy auf dem Broadway. Unsere Unterhaltung drehte sich natürlich um das Unglück und besonders um das traurige Schicksal des armen Wyatt. Danach erfuhr ich folgende Einzelheiten:

Der Künstler hatte für sich, seine Frau, seine zwei Schwestern und eine Dienerin die Überfahrt belegt. Sein Weib war tatsächlich, wie man sie mir geschildert hatte, eine liebreizende und gebildete Frau. Am Morgen des vierzehnten Juni (dem Tag, an dem ich zum erstenmal das Schiff besuchte) erkrankte die Dame plötzlich und starb. Der junge Gatte raste vor Schmerz – zwingende Gründe aber erforderten seine sofortige Abreise nach Neuyork. Es war nötig, den Leichnam seiner angebeteten Frau ihrer Mutter zuzuführen, andererseits aber scheute er das allgemeine Vorurteil, das ihm verbot, dies öffentlich zu tun. Neun Zehntel der Passagiere hätten lieber das Schiff verlassen, als daß sie die Fahrt mit einem Leichnam an Bord gemacht hätten.

In diesem Dilemma ordnete Kapitän Hardy an, der Leichnam solle flüchtig einbalsamiert und mit einer großen Menge Salz in eine passende Kiste gelegt und als Handelsware an Bord geschafft werden. Vom Tode der Frau durfte nichts verlauten; und da es bekannt war, daß Herr Wyatt auch für diese die Überfahrt bestellt hatte, so ergab sich die Notwendigkeit, daß irgend jemand während der Reise ihre Stelle einnehmen mußte. Die Zofe der Verstorbenen war leicht dazu zu bewegen. Die Extrakabine, die ursprünglich für dieses Mädchen bestimmt gewesen war, wurde nun des Nachts als Schlafraum für die Pseudofrau benutzt. Bei Tage spielte sie, so gut sie das eben konnte, die Rolle ihrer Herrin – deren Persönlichkeit, wie man sich vorher vergewissert hatte, niemand an Bord bekannt war. Meine eigenen Fehlschlüsse entsprangen, natürlich genug, einem zu oberflächlichen, zu neugierigen und zu impulsiven Temperament. In letzter Zeit aber habe ich nachts nur noch selten einen festen Schlaf. Was ich auch tue – da ist ein Antlitz, das mich verfolgt, und ein hysterisches Lachen, das mir für immer in den Ohren gellen wird.

Der Engel des Sonderbaren

Es geschah an einem eiskalten Novembernachmittag. Eben hatte ich ein außergewöhnlich reichhaltiges Mahl eingenommen, bei dem schwerverdauliche Trüffeln eine nicht unwesentliche Rolle gespielt hatten, und saß nun einsam im Speisezimmer, die Füße gegen das Kamingatter gestemmt und unter den Ellbogen einen kleinen Tisch, den ich zum Feuer geschoben hatte; auf ihm standen einige entschuldbare Kleinigkeiten zum Nachtisch, darunter auch etliche Flaschen Wein, Schnaps und Likör. Den Vormittag über hatte ich gelesen: Glovers »Leonidas«, Wilkies »Epigoniade«, Lamartines »Pilgrimage«, Barlows »Columbiade«, Tuckermans »Sizilien« und Griswolds »Denkwürdigkeiten«; ich gestehe, daß ich mich von all dem etwas verdummt fühlte. Ich gab mir Mühe, durch reichliche Inanspruchnahme des Lafitte mich wieder auf die Beine zu bringen; als dies nicht half, nahm ich in der Verzweiflung meine Zuflucht zu einem Zeitungsblatt. Voll Aufmerksamkeit las ich die Spalte »Wohnungen zu vermieten« und dann die Spalte »Entlaufene Hunde«, schließlich die beiden Spalten »Entflohene Ehefrauen« und »Dienstboten«. Sodann nahm ich mit jähem Entschluß den redaktionellen Teil in Angriff, und nachdem ich ihn von Anfang bis Ende gelesen hatte, ohne eine Silbe zu begreifen, glaubte ich Grund zu der Annahme zu haben, daß all das chinesisch sei, und so las ich noch einmal von Ende bis Anfang, gelangte aber auch durch dieses Verfahren zu keinem befriedigenderen Ergebnis. Schon stand ich im Begriff, mit einer Geste des Ekels hinwegzuschleudern

Dies Zeitungsblatt, das einzig glückliche Werk,
Das selbst die Kritiker nicht kritisieren,

da ward meine Aufmerksamkeit bis zu gewissem Grade erweckt durch folgende Notiz:

»Mannigfalt und sonderbar sind die Wege zum Tode. Wir entnehmen einem Londoner Blatt den Bericht vom Ableben eines Mannes, das durch eine außergewöhnliche Ursache herbeigeführt wurde. Er spielte ›Blasepfeil‹, ein Spiel, das darin besteht, daß man einen langen Nadelbolzen durch ein Blasrohr nach einer Zielscheibe bläst. Er steckte nun den Bolzen in das verkehrte Ende des Rohres und holte tief Atem, um den Pfeil mit voller Lungenkraft aus dem Blasrohr zu treiben, da fuhr ihm die Nadel in den Schlund. Sie geriet in die Lunge, und schon nach wenigen Tagen war der Mann eine Leiche.«

Als ich dies gelesen hatte, bekam ich einen Wutanfall, ohne recht zu wissen, warum. »Dies«, rief ich, »ist gemeine Tatsachenfälschung – eine Täuschung plumpster Sorte – Abschaum der Phantasie eines jämmerlichen Zeilenschinders, eines elenden Lokalberichtverzapfers von Cockneyland. Diese Burschen spekulieren auf die bekannte Leichtgläubigkeit alter Leute und verlegen sich darauf, in erdichteten, durch Unwahrscheinlichkeit verblüffenden Möglichkeiten zu machen, in ›Sonderbaren Vorkommnissen‹, wie sie das nennen. Jedoch für einen denkenden Geist (wie den meinigen«, fügte ich in Parenthese hinzu und legte instinktiv den Zeigefinger an die Nase), »für einen kritischen Verstand, wie ich ihn besitze, liegt es sofort klar am Tage, daß das Sonderbarste an diesen ›Sonderbaren Vorkommnissen‹ lediglich ihr erstaunliches Überhandnehmen ist. Was mich betrifft, so will ich mir vornehmen, von nun an nichts mehr zu glauben, was den Stempel des ›Sonderbaren‹ an sich hat.«

»Kott, was fir Essel du sein dann!« entgegnete die seltsamste Stimme, die ich je vernahm. Zuerst dachte ich an Ohrensausen, wie man es häufig in einem Stadium schwerer Trunkenheit hat – aber im Verlauf weiteren Nachdenkens schien mir das Geräusch eher Ähnlichkeit mit dem dumpfen Gepolter zu haben, das entsteht, wenn man mit einem dicken Knüttel auf ein hohles Faß schlägt, und ich würde mich wohl mit dieser Feststellung begnügt haben, wenn nicht unverkennbar Silben und Worte vernehmbar gewesen wären. Ich besitze nun keineswegs, was man als nervöse Veranlagung bezeichnet, und außerdem hatten die paar Gläser, die ich getrunken hatte, das ihrige getan, meinen Mut zu heben. So zitterte ich nicht im geringsten, sondern hob unerschrocken und gelassen meinen Blick und durchforschte aufmerksam den Raum nach dem Eindringling. Trotzdem konnte ich niemand entdecken.

»Humph«, machte die Stimme, als ich eben meine Beobachtungen von neuem begonnen hatte, »du muß sein so petrunk wie Schwein, wenn nix seh mir sitz ier bei dein Seite.«

Daraufhin entschloß ich mich, den Blick über meine Nase weg geradeaus zu lenken, und da erblickte ich mit ziemlicher Sicherheit mir gegenüber am Tische eine Persönlichkeit, wie sie bisher noch nirgends geschildert worden ist, wenngleich man sie zur Not beschreiben kann. Ihr Leib war ein Weinfaß, eine Rumtonne oder etwas ähnliches und bot ein durchaus Falstaffsches Ansehen. Am Unterleib befanden sich zwei Fäßchen, die offenbar die Stelle der Beine vertreten sollten. Anstatt der Arme baumelten von der oberen Häfte des Rumpfes zwei Flaschen von ausreichender Länge mit den Hälsen nach unten an Stelle von Händen. Was ich für den Kopf des Scheusals halten mußte, war eine jener hessischen Schnapstrinkerflaschen, die wie Schnupftabaksdosen mit einem Loch in der Mitte des Deckels aussehen. Diese Schnapstrinkerflasche (obenauf saß ein Trichter, der wie eine Sportmütze ins Gesicht gezogen war) stand mit der Kante auf der Tonne, die Mündung mir zugekehrt; und durch diese Öffnung, die verkniffen schien wie die Lippen einer sehr empfindsamen alten Jungfer, stieß das Geschöpf jene rumpelnden und brummelnden Töne aus, die ohne Zweifel eine verständliche Redeweise darstellen sollten.

»Ick mein«, sagte es, »du muß sein so petrunk wie Schwein, wenn ick sitz da und du nix seh mir sitz. Und ick sag noch, du bise noch bledsinniger als der Kans, wenn nix klaub, was ise kedruck in Zeitung. Sein bewies – woll ja – jede Wort von das.«

»Wer sind Sie denn, bitte?« fragte ich mit Würde, wenngleich etwas verlegen. »Wie kommen Sie hierher? Und wovon sprechen Sie?«

»Wo von wie ick komm«, erwiderte die Erscheinung, »das ise nix, von was dir angeh, – und wo von was ick spreck – ick spreck von was mick paß, – und wo von wer ick sein, ise kerade, für was ick komm, damit du selber sieh.«

»Sie sind ein bezechter Landstreicher«, rief ich. »Ich werde läuten und Sie durch meinen Kammerdiener an die Luft setzen lassen.«

»He! he! he!« lachte der Bursche, »hu! hu! hu! Das pring du nix fertik.«

»Nicht fertigbringen, ich!« rief ich. »Wie meinen Sie das? Was soll ich nicht fertigbringen?«

»Leitte du nur«, meinte er und machte den Versuch eines Grinsens mit dem häßlichen kleinen Mundloch.

Ich bemühte mich nun, mich in möglichst aufrechter Haltung zu erheben, um meinen Plan zur Ausführung zu bringen, aber der Strolch langte gelassen und zielsicher über den Tisch und versetzte mir mit einem der langen Flaschenhälse einen Stoß vor die Stirn, der mich in den Sessel zurückbeförderte, von dem ich mich halbwegs erhoben hatte. Ich war vollkommen sprachlos und wußte für den Augenblick nicht, was ich tun sollte. Indessen fuhr er fort, zu reden.

»Keseh!« sagte er. »Ise immer noch Best, still sitz, und nun du palde sieh, wer ick sein. Mal sieh! Na! Ick sein der Engel von das Sonderbare.«

»Sonderbar genug, stimmt!« gab ich zur Antwort. »Aber bisher hatte ich die Vorstellung, daß ein Engel Flügel trage.«

»Fliggel!« brüllte er außer sich. »Was soll ick denn anfang mit Fliggel? Kott! Tenken du, ick sein eine Enn?«

»Nein – gewiß nicht!« entgegnete ich bestürzt. »Sie sind keine Henne – gewiß nicht!«

»Kutt, dann innsitz anständik und kutt petrak, oder ick auen dick nock eins mit Faust auf Scheddel. Ise sick so: die Enne abb der Fliggel, und das Obberteiffel abb der Fliggel. Engel abb nix der Fliggel, und ick sein der Engel von das Sonderbare.«

»Und was haben Sie mit mir zu schaffen – was?«

»Schaff!« gab das Wesen von sich. »Was fir Laffe alpgerauchtes muß du sein, wenn fragg eine Tschentelmann und ein Engel nach was schaff!«

Solche Sprache überschritt denn doch das Maß dessen, was ich mir bieten lassen konnte, selbst von einem Engel; ich nahm meinen Mut zusammen, ergriff ein Salzfaß, das gerade in Reichweite stand, und warf es dem ungebetenen Gast an den Kopf. Aber entweder duckte sich der, oder ich hatte nicht gut gezielt, kurz, ich erreichte nur die Zertrümmerung der Kristallglasscheibe über dem Zifferblatt der Standuhr auf dem Kaminsims. Der Engel aber gab seiner Denkweise über meinen Angriff dahin Ausdruck, daß er mir zwei oder drei Stöße vor die Stirn versetzte wie vorhin. Diese brachten mich alsbald zur Räson, und zu meiner Schande mußte ich gestehen, daß mir vor Schmerz und Wut die Tränen ins Auge traten.

»Kott«, sagte der Engel des Sonderbaren, durch meine Niederlage offensichtlich sehr besänftigt, »Kott, was ise Mann serr petrunk oder serr petribt! Du muß nix trink so stark – du muß mack Wasser in Wein. Da, trink dies und dise kuttes Jung und nix mehr heul – verstand?«

Damit füllte der Engel des Sonderbaren meinen Becher, der etwa zu einem Drittel mit Portwein gefüllt war, mit einer farblosen Flüssigkeit voll, die er aus einer seiner Armflaschen ausgoß. Ich bemerkte, daß diese Flaschen Etiketten um die Hälse trugen, auf denen geschrieben stand: ›Kirschwasser‹.

Diese offensichtliche Freundlichkeit des Engels des Sonderbaren besänftigte mich sehr, und unter Beihilfe des Wassers, mit dem er meinen Portwein mehr als einmal verdünnte, gelangte ich allmählich in eine entsprechende Verfassung, um seinem höchst merkwürdigen Gespräch folgen zu können. Freilich kann ich mich nicht darauf einlassen, alles wiederzugeben, was er sagte, aber so viel erhellte mir aus seiner Rede, daß er der Geist war, der die Widerstände des bewußt Menschlichen lenkte, und daß seine Tätigkeit darin bestand, all die »sonderbaren Vorkommnisse« in Szene zu setzen, die immer die Verwunderung des Skeptikers hervorrufen. Ein- oder zweimal machte ich den Versuch, meinem völligen Unglauben hinsichtlich seiner Behauptungen Ausdruck zu verleihen, aber dies erboste ihn dermaßen, daß ich es schließlich für das klügste hielt, überhaupt den Mund zu halten und ihn nur fortreden zu lassen. Und er erzählte nun ein langes und breites, während ich mit geschlossenen Augen im Sessel lehnte und micht damit vergnügte, Rosinen zu knabbern und die Stielchen davon im Zimmer umherzuschnippen. Nach einer Weile aber legte der Engel diese meine Tätigkeit als den Ausdruck meiner Mißachtung aus. Er erhob sich in großer Erregung, stülpte den Trichter auf sein Gesicht herab, stieß einen furchtbaren Fluch aus, murmelte eine Drohung, deren Sinn mir indes nicht klar wurde, machte mir endlich eine kurze Verbeugung und verschwand, indem er mir mit den Worten des Erzbischofs im Gil Blas »beaucoup de bonheur et un peu plus de bon sens« wünschte.

Sein Abgang ließ mich erleichtert aufatmen. Diese paar kleinen Gläser Lafitte, die ich getrunken hatte, machten mich schlaftrunken, und ich fühlte mich geneigt, einen kleinen Nicker von fünfzehn bis zwanzig Minuten zu tun, wie dies so nach dem Essen meine Gewohnheit ist. Um sechs Uhr hatte ich eine wichtige Verabredung, die ich auf keinen

Fall versäumen durfte. Die Versicherung meines Wohnbaues war nämlich gestern abgelaufen, und da sich einige strittige Punkte ergeben hatten, war abgemacht worden, daß ich um sechs Uhr mit den Direktoren der Gesellschaft zusammentreffen sollte, um mit ihnen die neuen Bedingungen abzumachen. Ich warf einen Blick auf die Uhr auf dem Kaminsims (denn ich fühlte mich zu müde, meine Taschenuhr hervorzuziehen) und stellte mit Vergnügen fest, daß mir noch fünfundzwanzig Minuten übrig blieben. Es war jetzt halb sechs Uhr; zu den Geschäftsräumen der Versicherungsgesellschaft konnte ich leicht in fünf Minuten gelangen, und meine Siesta hatte sich bekanntermaßen nie über fünfundzwanzig Minuten ausgedehnt. Ich fühlte mich also vollkommen sicher und überließ mich den Fittichen des Schlummers.

Als ich mir darin Genüge getan hatte, warf ich wieder einen Blick auf den Zeitmesser und war nahe daran, an die Möglichkeit eines jener »sonderbaren Vorkommnisse« zu glauben, als ich feststellen mußte, daß ich an Stelle meiner gewohnten fünfzehn oder zwanzig Minuten nur ihrer drei geschlummert hatte, denn noch immer fehlten siebenundzwanzig Minuten an der festgesetzten Stunde. Ich legte mich wieder aufs Ohr und erwachte schließlich zum zweitenmal. Und da waren es zu meinem sprachlosen Staunen noch immer siebenundzwanzig Minuten bis Sechs. Ich sprang auf und untersuchte die Uhr und bemerkte, daß sie stand. Meine Taschenuhr klärte mich darüber auf, daß es halb acht Uhr war; und somit war es natürlich, nachdem ich zwei Stunden lang geschlafen hatte, zu spät für die Verabredung. »Das macht nichts«, sagte ich mir, »ich kann ja morgen früh in das Bureau gehen und mich entschuldigen. Indessen, was mag wohl mit der Uhr los sein?« Ich betrachtete sie, und da entdeckte ich, daß eines der Rosinenstielchen, die ich während der Unterhaltung mit dem Engel des Sonderbaren im Zimmer umhergeschnippt hatte, durch das zerbrochene Uhrglas geflogen war und nun – wie seltsam – im Schlüsselloch steckte, so daß ein Ende noch eben heraussah, das dann den Minutenzeiger angehalten hatte.

»Ah«, sagte ich, »nun verstehe ich. Dies erklärt alles. Ein ganz natürlicher Zufall, wie er sich dann und wann ereignet.«

Ich schenkte der Sache weiter keine Aufmerksamkeit und ging zu gewohnter Stunde zu Bett. Auf das Lesepult zu Häupten meiner Lagerstatt steckte ich eine Kerze und versuchte, einige Seiten der »Allgegenwart Gottes« zu studieren, aber unglücklicherweise schlief ich in weniger als zwanzig Sekunden ein und ließ das Licht brennen.

Durch meine Träume verfolgten mich Visionen des Engels des Sonderbaren. Es schien mir, als stünde er zu Füßen des Bettes, schlüge die Vorhänge zur Seite und drohte mir mit dem hohlen, bangen Gedröhne einer Tonne seine furchtbare Rache für die verächtliche Art und Weise an, mit der ich ihn behandelt hatte. Er schloß seine lange Ansprache, indem er den Trichter abnahm und mir das Rohr in den Schlund stieß, und nun überschwemmte er mich mit einem Ozean von Kirschwasser, das er in ununterbrochenem Strom aus einer der langhalsigen Flaschen ausgoß, die bei ihm die Stelle der Arme vertraten. Auf die Dauer stieg die Pein ins Unerträgliche, und ich erwachte gerade rechtzeitig, um zu sehen, wie eine Ratte mit der brennenden Kerze vom Lesepult rannte, aber leider nicht früh genug, um zu verhindern, daß sie mit ihrer Beute in ihr Loch entkam. Alsbald stieg mir ein scharfer, brenzlicher Geruch in die Nase; ich sah klar, das Haus brannte. Gleich darauf brachen die Flammen mit aller Macht hervor, und in unglaublich kurzer Zeit brannte das ganze Gebäude lichterloh. Jeder Ausweg aus meinem Zimmer außer dem durchs Fenster war abgeschnitten. Jedoch eilten sogleich Leute zu Hilfe und legten eine lange Leiter an. Auf dieser stieg ich schleunigst hinab und fühlte mich schon geborgen, als ein riesenhafter Kerl, an dessen rundlichem Mund, Haltung und Gesichtsausdruck etwas war, was mich an den Engel des Sonderbaren erinnerte – als dieser Kerl, sage ich, es sich plötzlich in den Kopf setzen mußte, daß es Zeit sei, sich an der linken Schulter zu kratzen. Und keinen anderen Pfosten konnte er finden, um sich daran zu scheuern, als ausgerechnet den Fuß der Leiter. Sogleich fiel ich herab und hatte das Unglück, den Arm zu brechen.

Dieser Unglücksfall, verbunden mit dem Verlust meiner Versicherungssumme und dem noch schmerzlicheren Verlust meiner Haare, die die Flammen versengt hatten, veranlaßte mich zu eingehenden Betrachtungen, und ich faßte den Entschluß, zu heiraten.

Da war eine reiche Witwe, die den Verlust ihres siebenten Gatten beweinte; ihrer wunden Seele bot ich den Balsam meiner Liebesschwüre, und nach einigem Widerstreben schenkte sie meinem Flehen Gehör. Ich kniete zu ihren Füßen, und errötend neigte sie ihre üppigen Locken über die, mit denen Grandjean mich inzwischen ausgestattet hatte. Ich verstehe nicht, wie sie sich verwickeln konnten, aber sie verwickelten sich. Ich erhob mich mit kahlem Schädel und ohne Perücke, sie mit Verachtung und Wut, unter falschem Haar halb begraben. So endeten meine Hoffnungen auf die Witwe durch ein Geschehnis, das nicht vorauszusehen war; es verdankte seine Entstehung eben einer ganz natürlichen Folge von Zufällen.

Trotz alledem verzweifelte ich nicht und machte mich an die Belagerung eines weniger unversöhnlichen Herzens. Und wiederum waren mir die Parzen lange Zeit günstig gesinnt, bis ein geringfügiger Zufall dazwischen kam. Ich begegnete meiner Geliebten in einer Straße, in der sich die vornehme Gesellschaft der Stadt bewegte, und beeilte mich eben, sie mit einer meiner anmutigsten Verbeugungen zu begrüßen, da mußte gerade ein winziger Fremdkörper in mein Auge geraten und mich für einen Augenblick erblinden lassen. Ehe ich wieder sehen konnte, war die Dame meines Herzens verschwunden, zweifelsohne rettungslos erbost, da sie es für eine absichtliche Unhöflichkeit halten mußte, wenn ich ohne Gruß an ihr vorüberschritt. Betroffen über den plötzlichen Eintritt dieses Ereignisses (das natürlich jedem unter der Sonne hätte zustoßen können) stand ich da, und während ich noch unfähig war, zu sehen, trat der Engel des Sonderbaren auf mich zu und bot mir mit einer Höflichkeit, die vorauszusehen ich wirklich keinen Grund hatte, seine Hilfe an. Er unterzog das betroffene Auge mit großer Zartheit und Geschicklichkeit einer Untersuchung, erklärte mir, daß ich einen Tropfen darin hätte (was das wohl für ein Tropfen war?), wischte ihn weg und schuf mir so Erleichterung.

Nunmehr erachtete ich es für hohe Zeit, zu sterben (da das Schicksal mich dermaßen zu verfolgen schien), und trat den Weg zum nächsten Flusse an. Hier entledigte ich mich meiner Kleider (denn ich sehe keinen Grund, warum man nicht sterben sollte, wie man geboren wurde) und stürzte mich kopfüber in den Strom. Einzige Zeugin meiner Tat war eine einsame Krähe, die sich hatte verleiten lassen, Branntweinkorn zu fressen, und nun von ihren Kameraden fortgewankt war. Kaum war ich im Wasser, da hatte dieser Vogel den Gedanken, mit dem unentbehrlichsten meiner Kleidungsstücke auf und davon zu fliegen. Ich verschob also für den Augenblick mein selbstmörderisches Vorhaben, steckte meine unteren Extremitäten in die Ärmel meines Rocks und machte mich an die Verfolgung des Verbrechers mit aller Behendigkeit, die der Fall erforderte und die Umstände zuließen. Aber noch immer lastete mein böses Geschick auf mir. Als ich so mit voller Geschwindigkeit dahinrannte, die Nase in die Luft erhoben und den Blick ohne Unterlaß auf den Räuber meiner Habe gerichtet, fühlte ich plötzlich, daß meine Füße keinen Grund mehr unter sich hatten; und tatsächlich stürzte ich in einen Abgrund und wäre unweigerlich zu Atomen zerschellt, wenn mich nicht mein gutes Geschick noch das Ende eines langen Schlepptaus hätte ergreifen lassen, das von einem vorüberfliegenden Luftballon herabhing.

Kaum hatte ich mich so weit erholt, um zu erfassen, in welch gräßlicher Gefahr ich schwebte oder vielmehr hing, da strengte ich alle Kraft meiner Lunge an, um den über meinem Kopf befindlichen Luftschiffer von meiner Lage in Kenntnis zu setzen. Aber lange Zeit blieben meine Bemühungen fruchtlos. Entweder konnte oder wollte der Narr mich nicht bemerken. Derweil erhob sich der Ballon mit großer Schnelligkeit, während meine Kräfte mit noch größerer Schnelligkeit abnahmen. Ich war nicht mehr weit davon entfernt, mich in mein Schicksal zu ergeben und ruhig ins Meer stürzen zu lassen, als meine Lebensgeister plötzlich neue Belebung erfuhren, indem sie eine hohltönende Stimme aus der Höhe vernahmen, die in Gemütsruhe eine Opernarie zu summen schien. Ich blickte empor und erkannte den Engel des Sonderbaren. Mit verschränkten Armen lehnte er sich über den Rand des Korbes mit einer Pfeife im Mundwinkel, aus der er gemütlich schmauchte wie einer, der im besten Einvernehmen mit sich selbst und der Welt steht. Ich war zu ermattet, um zu sprechen, und sah ihn nur mit flehendem Gesichtsausdruck an.

Eine Weile sagte er nichts, obschon er mir voll ins Gesicht blickte. Schließlich aber schob er gemächlich seinen Meerschaum vom rechten in den linken Mundwinkel und geruhte zu sprechen.

»Wer bise du?« fragte er, »und was Teiffel treib du dort?«

Auf dieses Stück Unverschämtheit, Grausamkeit und Falschheit hatte ich nur ein kurzes Wort zu erwidern: »Hilfe!«

»Ilffe!« äffte mich der Flegel nach. »Ife sick nix für mick. Da ise Flasch. Ilffe dick selbst und fahren zu Teiffel!«

Mit diesen Worten ließ er eine schwere Flasche voll Kirschwasser fallen, die mich genau auf die Mitte des Scheitels traf, so daß ich meinte, das Gehirn wäre mir aus dem Schädel gefahren. Unter diesem Eindruck war ich eben im Begriff, loszulassen, um meinen Geist in würdiger Weise aufzugeben, als mir ein Ruf des Engels Einhalt gebot.

»Aalt du!« sagte er. »Nix pressier du! Will du andres Flasch oder sein du nichtern und bise gekomm zu Verstand?«

Ich beeilte mich, daraufhin zweimal den Kopf zu bewegen – einmal in Verneinung, womit ich ausdrücken wollte, daß ich unter den obwaltenden Umständen auf die zweite Flasche verzichte, und dann bejahend, indem ich begreiflich machen wollte, daß ich jetzt nüchtern und zu Besinnung gekommen sei. Durch diese Äußerungen besänftigte ich den Engel einigermaßen.

»Und du klaup also«, fragte er, »an der Megglichkeit von das Sonderbare?«

Wieder nickte ich mit dem Kopfe Zustimmung.

»Und du gibse zu, du bise Trunkenpold und große Essel?«

Ich nickte.

»Steck recktes Hand in linkes Osetasch zum Zeicken von dein voll Unterwerfung unter den Engel von das Sonderbare.«

Dies erachtete ich aus sehr naheliegenden Gründen für vollkommen unmöglich. Einmal war mein linker Arm beim Sturz von der Leiter gebrochen, wollte ich also meine rechte Hand freimachen, so stürzte ich ab. Zum zweiten konnte ich meine Hose nicht eher haben, als bis ich die Krähe erwischt hatte. Ich war also zu meinem Leidwesen genötigt, den Kopf verneinend zu schütteln, und beabsichtigte damit, dem Engel begreiflich zu machen, daß es für mich ein Ding der Unmöglichkeit sei, für den Augenblick seinem übrigens sehr vernünftigen Ansinnen zu entsprechen. Kaum hatte ich den Kopf zu Ende geschüttelt, da –

»Keh zu Teiffel, du!« brüllte der Engel des Sonderbaren. Und damit fuhr er mit einer scharfen Messerklinge über das Tau, an dem ich hing, und als wir zufällig gerade über meinem Hause schwebten (das während meiner Irrfahrt recht hübsch wieder aufgebaut worden war), geschah es ganz zufällig, daß ich kopfüber in den weiten Kamin fiel und mitten im Speisezimmer landete.

Als ich wieder zur Besinnung kam (der Sturz hatte mich etwas betäubt), stellte ich fest, daß es vier Uhr morgens war. Ich lag ausgestreckt da, wie ich vom Ballon gefallen war. Mein Kopf steckte in der Asche eines erloschenen Feuers, und meine Beine baumelten über dem Wrack eines kleinen Tisches, der umgestürzt war, inmitten von Fragmenten unterschiedlicher Leckereien, einer Zeitung, etlichen zerbrochenen Gläsern und umgestürzten Flaschen und einem leeren Krug Schiedamer Kirschwasser. So war die Rache des Engels des Sonderbaren.

Die Tausendundzweite Nacht
der Scheherazade

Wahrheit ist seltsamer als Dichtung.
Altes Sprichwort

Forschungen auf orientalischem Boden ließen mich einen Blick in das »Sagan Wiewares« werfen, ein Werk, das in der Alten und der Neuen Welt so gut wie unbekannt ist; und da mußte ich zu meinem Befremden die Entdeckung machen, daß die literarisch gebildete Welt sich bisher auf Grund der Ausführungen in den »Märchen aus Tausendundeiner Nacht« in grobem Irrtum über das Schicksal der Scheherazade, der Tochter des Veziers, befunden hat; der an dieser Stelle gegebenen Lösung kann, will man sie nicht schlechtweg als unwahr bezeichnen, der Vorwurf nicht erspart bleiben, einen wichtigen Teil der Geschichte unterschlagen zu haben.

Wissensdurstige Leser, die sich eingehend mit dieser Sache befassen wollen, verweise ich auf den Urtext des »Wiewares«; mir selbst sei gestattet, eine Darstellung in groben Umrissen von dem zu entwerfen, was ich erkundete.

Die geläufige Version der Märchen berichtet bekanntlich von einem Herrscher, dem eines Tages seine Gattin Grund zur Eifersucht gab. Es war ihm nicht genug, sie aus der Welt zu schaffen; er schwor auch noch bei seinem Bart und dem Propheten, von nun an Nacht um Nacht die schönste Jungfrau seines Reiches zur Genossin seines Lagers zu erküren und sie am nächsten Morgen in die Hand des Henkers zu liefern. Viele Jahre lang hatte er sein Gelübde nach dem Buchstaben mit frommer Treue und Gewissenhaftigkeit schon erfüllt, so daß er in den Ruf eines Mannes von wahrhafter Gottesfurcht und unwandelbarer Sinnesart gekommen war. Da erhielt er eines Nachmittags (er war wohl ohne

Zweifel gerade in Gebete vertieft) den Besuch seines Großveziers, dessen Tochter, wie es scheint, einen Entschluß gefaßt hatte.

Sie hieß Scheherazade. Und ihr Entschluß war der, entweder das Land von der verheerenden Fron der Schönheit zu befreien oder aber, nach dem bekannten Vorbild aller Heldentöchter, ihr Wagnis mit dem Tode zu büßen. In diesem Sinne hatte sie – obschon kein Schaltjahr war, in dem die Opfer höheres Verdienst erwerben – ihren Vater, den Großvezier, beauftragt, dem Kalifen ihre Hand anzutragen. Und der Kalif nimmt auch das Angebot auf der Stelle an – er hatte ja ohnedies die Absicht gehabt, Scheherazade zu fordern, und nur mit Rücksicht auf den Vezier hatte er die Angelegenheit von einem Tag auf den andern verschoben – aber in unzweideutiger Weise gibt er gleichzeitig zu verstehen, daß er, ob Großvezier oder nicht Großvezier, nicht die leiseste Absicht habe, auch nur um Haaresbreite von seinem Gelübde und seinen Rechten abzuweichen. Wenn also die schöne Scheherazade darauf bestand, die Gattin des Kalifen zu werden, wenn sie ihren Kopf durchsetzte trotz dem wohlmeinenden Abraten ihres Vaters, so geschah es – ich muß gestehen, ob ich nun will oder nicht –, nachdem ihr die wundervollen schwarzsamtnen Augen weit genug geöffnet worden waren.

Es scheint nun, daß dieses uneigennützige Mädchen (sie muß Machiavelli gelesen haben) einen höchst geistreichen kleinen Feldzugsplan in ihrem Kopf zurecht gelegt hatte. Unter irgendwelchem Vorgehen setzte sie durch, daß in der Hochzeitsnacht ihre Schwester in einem Bett nahe dem des fürstlichen Paares schlafen durfte, so daß man sich von Bett zu Bett ohne Mühe unterhalten konnte. Und kurz vor dem ersten Hahnenschrei weckte sie ihren Gatten, den wackern Kalifen, aus dem Schlummer (er hatte dank seinem vorzüglichen Gewissen und seiner leichten Verdauung einen gesunden Schlaf) durch eine überaus spannende Geschichte (ich glaube, sie handelte von einer Ratte und einer schwarzen Katze), die sie ihrer Schwester (doch sicher im Flüsterton) erzählte. Nun war aber diese Geschichte zufällig noch nicht zu Ende, als der Morgen graute, und Scheherazade mußte, so wie die Dinge nun einmal lagen, im besten Zuge aufhören, denn es war hohe Zeit, daß sie aufstand und sich erdrosseln ließ – eine Sache, die kaum vergnüglicher genannt werden kann als das Hängen, nur um eine Nuance eleganter.

Indes die Neugierde – es schmerzt mich, dies feststellen zu müssen – trug den Sieg über die bisher unerschütterlichen religiösen Grundsätze des Kalifen davon. Diesmal ausnahmsweise sah sich der Kalif veranlaßt, die Erfüllung seines Gelübdes auf den nächsten Morgen zu verschieben, denn er war voll Begierde, in der kommenden Nacht zu erfahren, wie die Geschichte mit der schwarzen Katze und der Ratte noch ausgehen würde (ich denke doch, daß es sich um eine schwarze Katze gehandelt hat).

Die Nacht brach an; da erzählte die Dame Scheherazade die Geschichte von der schwarzen Katze und der Ratte (sie war nämlich blau, die Ratte) zu Ende, und ehe sie wußte, wie das so kam, steckte sie mitten in den Verwicklungen einer neuen Erzählung, in der (wenn mich nicht alles täuscht) ein rosafarbenes Pferd (mit grünschillernden Schwingen) vorkam, das von einem Uhrwerk in rasende Gangart versetzt wurde und mit einem himmelblauen Schlüssel aufgezogen werden mußte. Diese Geschichte fesselte den Kalifen noch mehr als die erste; und als nun der Tag erwachte, noch ehe sie zu Ende war (obschon sich Scheherazade redlich bemühte, mit ihr fertig zu werden, damit sie noch rechtzeitig zur Erdrosselung käme), blieb eben wiederum nichts andres übrig, als die Zeremonie um vierundzwanzig Stunden aufzuschieben. Nun aber ereignete sich in der folgenden Nacht dieselbe Sache und in der nächstfolgenden auch und in der dritten wiederum ... schließlich fand der gute Kalif in einem Zeitraum von nicht weniger als tausendundeiner Nacht keine

Gelegenheit, sein Gelübde einzulösen. Und da vergaß er es wohl im Lauf der Zeit oder ließ sich auf dem vorgeschriebenen Dienstweg davon entbinden, oder er brach es schlankweg und den Hals seines Beichtvaters dazu. Auf jeden Fall trug Scheherazade den Sieg davon – sie stammte ja in gerader Linie von Frau Eva ab – und wer weiß, ob sie nicht jene sieben Körbe der Beredsamkeit geerbt hat, die jene Dame bekanntlich unter den Bäumen des Paradieses einsammelte; die Fron des schönen Geschlechts ward aufgehoben.

So ist der Schluß, wie er uns von dem Buch der Märchen vorgesetzt wird, und er ist ja an sich recht gut und schön, aber leider Gottes heißt es von ihm wie von den meisten schönen Dingen auf der Welt: zu schön, um wahr zu sein! Dem »Wiewares« verdanke ich nun die Fingerzeige, wie die Sache einzurenken ist. Es gibt im Französischen ein Sprichwort: »LE MIEUX EST L'ENNEMI DU BIEN«; wenn ich vorhin sagte, Scheherazade habe die sieben Körbe der Beredsamkeit geerbt, so will ich noch hinzufügen, daß sie sie mit Wucherzinsen ausgeliehen hatte, bis siebenundsiebzig aus den sieben geworden waren.

»Meine liebe Schwester«, begann Scheherazade in der tausendundzweiten Nacht (ich zitiere hier wörtlich aus dem Text »Wiewares«), »meine liebe Schwester, nun, da ich nicht mehr vor der seidenen Schnur zu bangen habe und die unmenschliche Fron glücklich von uns genommen ist, bekenne ich mich einer groben Unterlassungssünde schuldig, die ich dadurch beging, daß ich dir und dem Kalifen (leider Gottes schnarcht er wieder einmal – als ob ein Mann von Bildung schnarchen könnte!) den wahren Schluß der Lebensgeschichte Sindbads des Seefahrers vorenthalten habe. Dieser Mann erlebte nämlich noch eine Unmenge anderer und noch viel unglaublicherer Abenteuer als die, von denen ich euch erzählt habe; in der Nacht, als ich bei dieser Geschichte war, fühlte ich mich etwas müde und unterlag so der Versuchung, zu kürzen – eine Abscheulichkeit, die mir Allah vergeben möge. Aber noch ist es ja nicht zu spät, mein Vergehen wieder gutzumachen, und ich will jetzt nur geschwind den Kalifen etwas kneifen, daß er sein entsetzliches Sägewerk abstellt, und dir dann (das heißt auch ihm, wenn er zuhören will) die Fortsetzung jener hervorragenden Geschichte erzählen.«

Daraufhin äußerte Scheherazades Schwester nach dem Text des »Wiewares« keine sonderliche Dankbarkeit; doch hörte der Kalif, nachdem er zur Genüge gekniffen worden war, schließlich auf zu schnarchen und sagte »Hum!« und dann »Hoo!« (Worte, die ohne Zweifel aus dem Arabischen stammen). Scheherazade deutete sie aber als Versicherung, daß ihr Gemahl nunmehr ganz Ohr sei und sein möglichstes tun werde, um nicht mehr zu schnarchen, und nachdem so die Vorbereitungen zu ihrer Befriedigung gediehen waren, kam sie ohne Verzug auf die Geschichte Sindbads des Seefahrers zurück und erzählte in der Rolle des Helden:

»Späterhin, in meinem hohen Alter, nachdem ich so manches Jahr in der Heimat der Ruhe gepflegt, kam mich wieder die Lust an, fremde Länder zu bereisen. Ohne meine Familie über mein Vorhaben in Kenntnis zu setzen, packte ich eines Tages einige Bündel mit Waren, die hohen Wert in sich bargen und doch wenig Beschwerlichkeit verursachten, mietete einen Träger dafür und begab mich mit ihm hinab an das Gestade des Meeres, um auf ein Fahrzeug zu harren, das mich, gleichviel wie seine Bestimmung auch lautete, aus der Heimat in ein mir fremdes Land entführen möchte.

Wir legten unser Gepäck auf dem Ufersande nieder, lagerten uns im Schatten einer Baumgruppe und hielten Ausschau über den Spiegel des Ozeans in der Hoffnung, ein Schiff zu erspähen; allein wir mühten unsre Augen lange Zeit vergeblich. Sodann bedeuchte mir, als hörte ich ein sonderbares Brummen und Summen, und auch der Träger erklärte, nachdem er eine Weile gelauscht, daß er das Geräusch vernähme. Mählich nahm es an Stärke zu, und lauter, immer lauter wurde es; es war kein Zweifel möglich, daß das Wesen, das solches Getöse verursachte, sich uns näherte. Schließlich entdeckten wir denn auch am Horizont einen dunklen Punkt, der rasch an Größe zunahm, und bald erkannten wir ein gigantisches Ungetüm, das da einherschwamm, denn ein großer Teil seines Körpers ragte über die Oberfläche des Wassers empor. Mit unfaßlicher Schnelligkeit kam es uns näher; Wogen von Gischt umschäumten seine Brust, und ein feuriger Schweif, der sich in weiter Ferne verlor, bezeichnete auf dem Wasser den Weg, den es durchmessen hatte.

Nun war das Ungeheuer so nahe, daß wir jede Einzelheit unterscheiden konnten. Es war so lang, als wenn man drei der höchsten Bäume der Erde aufeinanderstellte, und so breit wie der große Prunksaal eures Schlosses, erhabenster und großmütigster der Kalifen! Sein Leib hatte nichts mit dem der Fische gemein, sondern war massig wie ein Felsblock und schwarz wie Pech an den über Wasser sichtbaren Flanken; nur ein schmaler, blutroter Streif lief rundum wie ein Gürtel. Der Bauch, der unter dem Wasserspiegel lag, so daß wir nur ab und zu, wenn das Untier sich mit den Wogen hob und senkte, einen flüchtigen Blick darauf werfen konnten, war über und über mit metallischen Schuppen gepanzert, die wie Mondschein bei nebligem Wetter schimmerten. Der Rücken endlich war flach und von heller Farbe; von ihm starrten sechs Stacheln empor, halb so lang wie der ganze Rumpf.

Das Scheusal hatte, soweit wir feststellen konnten, kein Maul, aber dafür war es, als ob damit der Mangel ausgeglichen werden könnte, mit mindestens achtzig Augen ausgestattet, die aus ihren Höhlen ragten wie die Augen der grünschillernden Libelle; sie waren in zwei Reihen übereinander angeordnet und liefen parallel zu den blutroten Streifen rund um den Leib, so daß es den Anschein erweckte, als diene der Streif als Augenbraue. Zwei oder drei dieser furchtbaren Augen waren viel größer als die andern und leuchteten wie echtes Gold.

Das Untier näherte sich uns, wie ich schon sagte, mit rasender Geschwindigkeit, doch mußte wohl ein Zauber am Werke sein, daß es überhaupt von der Stelle kam, denn es hatte weder Flossen wie ein Fisch noch Ruderfüße wie die Ente noch die Flügel der Seemuschel, die sich wie ein Segelboot vom Winde treiben läßt, auch wand es sich nicht dahin wie ein Aal. Kopf und Schwanz glichen sich bei ihm ums Haar, nur befanden sich an jenem zwei kleine Löcher, die für Naslöcher gelten mußten, denn durch sie stieß das Ungetüm mit fabelhafter Kraft und unter ohrenzerreißendem Gekreische seinen dicken Atem aus.

Solcher Anblick versetzte uns in nicht geringe Furcht; und doch ward die Empfindung des Schreckens noch übertrumpft durch unser Staunen, als wir bei näherem Hinschauen auf dem Rücken des Ungetüms ein Gewimmel von Wesen erblickten, die in Haltung und Gebaren Menschen glichen, nur trugen sie keine Kleider wie wir, sondern steckten (wohl von Natur) in höchst unbequemen Hüllen, die allerdings mit unserm Tuche einige Ähnlichkeit hatten. Jedoch umschlossen sie die Körper so eng, daß die armen Kobolde einen gar lächerlichen und häßlichen Anblick boten; offensichtlich litten sie schwere Qual darunter. Oben auf ihren Köpfen waren seltsame Kisten von quadratischer Form angebracht; ich hielt diese erst für eine Art Turbane, aber bald erkannte ich, daß sie überaus schwer und starr waren, und schloß daraus, daß es Vorrichtungen wären, die durch ihr Gewicht die Köpfe jener Tiere sicher und dauerhaft auf den Schultern festhalten sollten. Um die Hälfte der Geschöpfe lagen schwarze Binden (ohne Zweifel Abzeichen der Sklaverei), ähnlich wie sie bei uns die Hunde tragen, nur viel breiter und steifer. Infolgedessen konnten die beklagenswerten Opfer den Kopf nicht zur Seite drehen, wenn sie nicht zugleich mit dem ganzen Körper eine Wendung machten; sie waren gezwungen, ständig ihre Nasen zu betrachten.

Das Ungetüm hatte beinahe das Ufer erreicht, wo wir standen, da riß es plötzlich eines seiner Augen weit auf und schleuderte aus ihm mit Donnergepolter einen furchtbaren Feuerstrahl, dem eine dicke Rauchwolke entstieg. Als der Qualm sich verzogen hatte, sah ich einen der häßlichen Tiermenschen auf dem Kopf der riesenhaften Bestie stehen mit einer Trompete in der Hand. Die setzte er an den Mund und pustete etliche laute, harte, widerlich klingende Akzente zu uns herüber, die wir vielleicht für eine Art Sprache gehalten hätten, wenn sie nicht durch die Nase gekommen wären.

Da wir nun einmal sonder Zweifel angerufen worden waren, geriet ich in nicht geringe Verlegenheit, wie ich antworten sollte, denn ich verstand doch keine Silbe von dem, was der Rufer von sich gegeben hatte. So wandte ich mich an den Träger, der vor Angst einer Ohnmacht nahe war, und fragte ihn, zu welcher zoologischen Gattung das Ungetüm seiner Ansicht nach gehörte, was es im Schilde führte und welcher Art wohl die Geschöpfe sein könnten, die da auf seinem Rücken umherschwärmten. Schlotternd vor Angst gab der Träger zu verstehen, daß er noch nie von diesem Seeschreck gehört hätte; es müßte ein grauenhafter Dämon sein, der den Bauch voll Schwefel und die Adern voll Feuer hätte und von einer Horde Teufel erschaffen worden wäre, um der Menschheit Schaden zu tun. Die Wesen auf seinem Rücken aber wären wohl Flöhe, ähnlich denen, die den Katzen und Hunden bisweilen nachstellten, nur etwas größer und auch viel blutgieriger. Diese Flöhe würden wohl gleichfalls teuflischen Zwecken dienen, denn durch die Qual, die sie dem Ungetüm mit Nagen und Stechen zufügten, würde es in solche Wut versetzt, daß es brüllte und Unheil stiftete und so den Rache- und Vernichtungszweck der Geister des Hasses erfüllte.

Nachdem ich dieses vernommen, hielt ich es für ratsam,

meine Beine in Bewegung zu setzen. Ohne mich umzublicken, rannte ich in wilder Hast davon, den Bergen zu. Und der Träger bewegte sich mit gleicher Behendigkeit dahin, allerdings nach der entgegengesetzten Himmelsrichtung. Durch solche List gelang es ihm, mitsamt meinen Bündeln zu entkommen, die er, wie ich hoffe, treu bewahrt hat. Freilich kann ich darüber keine bestimmte Auskunft geben, denn ich sah den Mann niemals wieder.

Was mich anlangt, so wurde ich von einem ganzen Schwarm der Flohmenschen (sie waren in Booten ans Ufer gefahren) so hitzig verfolgt, daß ich bald eingeholt war; an Händen und Füßen gebunden wurde ich zu dem Seeungetüm geschleppt, und gleich darauf schwamm es davon, auf die hohe See hinaus.

Bitterlich bereute ich da den verrückten Einfall, mein trautes Heim verlassen zu haben, um mein Leben mit Abenteuern wie diesem aufs Spiel zu setzen. Doch die Reue kam zu spät, und so versuchte ich, mir meine Lage so gut als eben möglich zu gestalten, und bemühte mich, die Gunst des Tiermenschen mit der Trompete zu erlangen, denn er schien bei seinen Genossen in Ansehen zu stehen. Mein Streben hatte den Erfolg, daß mir das Geschöpf schon nach wenigen Tagen unterschiedliche Zeichen seiner Huld gab, schließlich unterzog es sich gar der Mühe, mir die Anfangsgründe seiner – es war aufgeblasen genug zu sagen – ›Sprache‹ beizubringen, so daß ich nach einiger Zeit imstande war, mich regelrecht mit ihm zu unterhalten. Ich machte ihm begreiflich, daß ich das brennende Verlangen in mir trug, die Welt zu durchforschen.

›Waschisch squaschisch squiek, Sindbad, hey diddel diddel grunt unt grumbel hiß fiß wiß‹, äußerte er sich eines Tages nach Tisch zu mir – Verzeihung, ich hatte vergessen, daß Euer Hochwohlgeborener der Redeweise der Cockneys (dies war der Name der Tiermenschen; vermutlich, weil ihre Sprache ein Zwischending zwischen Pferdegewieher und dem Krähen des Hahnes vorstellte) nicht mächtig sind. Mit dero gütiger Erlaubnis will ich übersetzen. Waschisch squaschisch und so fort bedeutet: ›Ich stelle mit Vergnügen fest, mein lieber Sindbad, daß du ein ganz famoser Bursche bist. Wir befassen uns eben mit einer Sache, die man Weltumsegelung nennt, und da du so begierig danach bist, die Welt zu sehen, so will ich mich deiner gern annehmen und dir gestatten, nach Belieben auf dem Rücken des Ungetüms umherzugehen.‹«

Als die Dame Scheherazade bei diesem Punkt ihrer Erzählung angelangt war, drehte sich – nach dem Text des »Wiewares« – der Kalif von der linken Seite auf die rechte und meinte: »Es ist in der Tat höchst merkwürdig, liebe Frau, wie du früher gerade diese Abenteuer Sindbads auslassen konntest. Ich finde sie nämlich ganz besonders spannend und phantastisch.« Nachdem der Kalif sich in solcher Weise zu äußern geruht hatte, nahm die schöne Scheherazade den Faden ihrer Erzählung wieder auf und sprach:

»Sindbad berichtete weiter: ›Ich drückte dem Tiermenschen meine Dankbarkeit für seine freundliche Gesinnung aus und fühlte mich gar bald auf dem Ungetüm heimisch. Mit fabelhafter Schnelligkeit schwamm es über den Ozean dahin, obschon der Meeresspiegel in jener Gegend nicht eben, sondern rund wie ein Granatapfel war, so daß es gleichzeitig bergauf und bergab schwimmen mußte, wenn ich mich so ausdrücken darf.‹«

»Höchst eigentümlich«, unterbrach der Kalif.

»Und doch die Wahrheit«, erwiderte Scheherazade.

»Ich bezweifle das«, sprach der Kalif. »Aber, erzähle weiter.«

»Gerne«, sagte Scheherazade. »›Das Ungeheuer‹ – fuhr Sindbad fort – ›schwamm, wie gesagt, gleichzeitig bergauf und bergab, bis wir zu einer Insel gelangten, die viele hundert Meilen im Umkreis maß; und doch war sie hier mitten im Weltmeer einzig und allein von einem Volke winzig kleiner Wesen erbaut worden, die einige Ähnlichkeit mit Raupen hatten.‹« (1)

»Hum!« bemerkte der Kalif.

»›Wir verließen dieses Eiland‹ – fuhr Sinbad fort – (Scheherazade nahm nämlich von dem unhöflichen Zwischenruf ihres Gatten keine Notiz), ›und erreichten eine andre Insel, auf der die Wälder von Stein waren; und zwar von so hartem Gestein, daß die bestgehärteten Äxte zersplitterten, als wir den Versuch machten, einen der Bäume zu fällen.‹« (2)

»Hum!« ließ sich der Kalif von neuem vernehmen. Aber Scheherazade hörte nicht darauf, sondern fuhr in Sinbads Erzählung also fort:

»›Wir ließen auch diese Insel hinter uns und kamen in ein Land, wo eine Höhle war, die dreißig oder vierzig Meilen weit in das Innere der Erde führte. In dieser Höhle standen Paläste ... zahlreicher, stolzer und herrlicher als alle Paläste zu Damaskus und Bagdad. Myriaden von Diamanten und Edelsteinen, größer als ein ausgewachsener Mann, funkelten von den Dächern dieser Paläste. Und an den Fronten der Türme und Pyramiden und Tempel hin glitten gewaltige Ströme, schwarz wie Ebenholz und belebt von Fischen, die blind waren.‹« (3)

»Hum!« bemerkte der Kalif.

»›Darnach gelangten wir in eine andre Gegend und entdeckten einen hohen Berg, von dessen Schroffen sich Ströme glutflüssigen Metalls ergossen; etliche von diesen Strömen waren zwölf Meilen breit und sechzig Meilen lang. (4) Plötzlich erhob sich aus einem Krater auf dem Gipfel des Berges eine Aschenwolke, die die Sonne am Himmel verfinsterte. Tiefere Finsternis noch als die um Mitternacht umgab uns; obschon wir von dem Berge hundertundfünfzig Meilen entfernt waren, konnten wir die hellsten Gegenstände nicht mehr erkennen, auch wenn wir sie dicht vor die Augen hielten.‹« (5)

»Hum!« brummte der Kalif.

»›Das Meeresungetüm verließ die Küste und setzte die Reise fort bis zu einem Lande, in dem die Naturgeschichte auf dem Kopf zu stehen schien. Wir fanden da nämlich einen großen See, auf dessen Grund in einer Tiefe von über hundert Fuß ein Wald von mächtigen Bäumen üppig grünte.‹« (6)

»Hoo!« machte der Kalif.

»›Und etliche hundert Meilen Weges weiter gelangten wir in einen Himmelsstrich, in dem die Luft so dick war, daß sie Eisen und Stahl trug, als ob das leichte Flaumfedern wären.‹« (7)

»Blödsinn!« sagte der Kalif.

»›Wir setzten unsere Fahrt in derselben Richtung fort und erreichten das herrlichste Land der Erde. Ein Fluß von wundersamer Pracht zog sich in vielen Windungen etliche tausend Meilen weit dahin. Er war durchsichtiger als Amber, und seine Tiefe war unermeßlich. An Breite schwoll er von drei auf sechs Meilen an; zu beiden Seiten stiegen die Ufer zwölfhundert Fuß hoch senkrecht empor und waren von immerblühenden Bäumen und ewig duftenden Blumen überwuchert, so daß das ganze Land den Eindruck eines köstlichen Gartens machte. Der Name dieses Paradieses aber war – Reich des Schreckens. Wer es betrat, war rettungslos dem Tode verfallen.‹« (8)

»Hum!« machte der Kalif.

»›Eilends kehrten wir diesem Lande den Rücken und nahten uns nach einigen Tagen einer andern Küste, wo wir zu unserm Staunen viele gewaltige Raubtiere erblickten, die sichelförmige Hörner auf dem Kopfe trugen. Jedes dieser häßlichen Tiere wühlte sich eine ungeheure, trichterartige Höhle in das Erdreich und überkleidete die Böschung mit lose aufgetürmten Felsblöcken. Sobald nun ein anderes Tier mit dem Fuß die Felsblöcke berührte, kollerten sie augenblicklich übereinander und rissen das unglückliche Geschöpf mit sich in die Höhle des Ungeheuers hinab. Hier wurde ihm das Blut ausgesogen und hernach der Leichnam ohne jede Pietät weit fortgeschleudert aus der Höhle des Todes.‹« (9)

»Puh!« seufzte der Kalif.

»›Wir setzten die Reise fort und stießen auf ein Land, in dem eine Wirrnis von Pflanzen war, doch hatten diese Pflanzen ihre Wurzeln nicht in der Erde, sondern in der Luft. (10) Wir fanden auch Arten, die den Leibern andrer Pflanzen entsproßen (11), und solche, die ihre Nahrungssäfte aus den Körpern lebendiger Tiere sogen. (12) Und dann waren da noch andre, die weithin helles Licht verbreiteten (13), und wieder andre, die sich nach Belieben von der Stelle bewegen konnten. (14) Schließlich entdeckten wir noch viel verwunderlichere Gebilde: Pflanzen, die lebten und atmeten und ihre Ranken bewegen konnten, wie sie wollten; außerdem hatten sie die verabscheuungswürdige Gewohnheit der Menschen angenommen, andre Geschöpfe einzufangen und in häßliche, entlegene Gefängniszellen zu sperren, bis sie eine ihnen auferlegte Fron geleistet hatten.‹« (15)

»Pah!« machte der Kalif.

»›Wir verließen dies Gestade und besuchten ein Land, wo die Bienen und die Vögel über ein so geniales mathematisches Wissen verfügen, daß sie den Gelehrten in jenem Reiche täglich Unterricht in Geometrie erteilen. Der regierende Fürst hatte einst eine Belohnung ausgesetzt für die Lösung zweier verwickelter Aufgaben: sie waren im Handumdrehen gelöst – die eine von den Bienen, die andre von den Vögeln; aber der Fürst hielt ihre Lösungen geheim, und es begab sich, daß nach langwieriger Forschung und Arbeit, nachdem im Verlauf vieler Jahre eine Unmenge dickleibiger Bände geschrieben worden war, die menschlichen Mathematiker schließlich zur selben Lösung gelangten, die die Bienen und die Vögel auf der Stelle gefunden hatten.‹« (16)

»Du lieber Himmel!« rief der Kalif aus.

»›Wir hatten dieses Land kaum aus der Sicht verloren, da befanden wir uns schon vor einem andern, von dessen Ufer her ein Schwarm von Vögeln über uns hinflog, der eine Meile breit und zweihundertvierzig Meilen lang war. Obschon aber die Tiere in jeder Minute nicht weniger als eine Meile zurücklegten, währte es doch nicht weniger als vier Stunden, bis der ganze Schwarm über uns weggeflogen war, in dem sich viele Millionen Vögel befanden.‹« (17)

»Pfui doch!« sagte der Kalif.

»›Eben waren die Vögel, die uns auf die Dauer etwas lästig gefallen waren, verschwunden, da entdeckten wir zu unserm Schreck einen Vogel, der jene Märchenvögel aus meinen früheren Fahrten an Größe weit übertraf; er war größer als der höchste Turm deines Serails, o erhabenster aller Kalifen! Dieser furchterregende Vogel hatte, wie wir deutlich sehen konnten, keinen Kopf, sondern war nur Bauch, ein überaus fetter, praller Bauch, der aus feinem, sammetweichem und durchscheinendem Stoff zu bestehen schien und eine Streifung von allerlei Farbe aufwies. In seinen Klauen trug das Ungetüm ein ganzes Haus zu seinem Horst irgendwo in den Lüften empor, ein Haus, von dem es offenbar das Dach abgebrochen hatte. Wir erkannten genau, daß sich menschliche Wesen darin befanden, die ohne Zweifel in einem Zustand dumpfer Verzweiflung dem entsetzlichen Los, das ihrer harrte, entgegenblickten. Wir erhoben laut unsre Stimmen in der Hoffnung, der Vogel möchte erschrecken und seine Beute fallen lassen, aber er gab nur – offenbar aus Wut – ein knarrendes Geräusch von sich und ließ über unsern Köpfen einen Sack fallen, der sich als mit Sand gefüllt erwies.‹«

»Schwindel!« bemerkte der Kalif.

»›Bald nach diesem Erlebnis erreichten wir einen Erdteil von unermeßlicher Ausdehnung und unwägbarer Schwere; trotzdem ruhte er einzig und allein auf dem Rücken einer himmelblauen Kuh, die nicht weniger als vierhundert Hörner hatte.‹« (18)

»Dies kann ich nun glauben«, sprach der Kalif, »denn ich habe früher ähnliches in einem Buch gelesen.«

»›Wir schwammen unter diesem Erdteil durch (zwischen den Beinen jener Kuh), und nach einigen Stunden befanden wir uns in einem Lande, von dem mir der Tiermensch sagte, es sei seine Heimat und werde von Wesen seiner Gattung bewohnt. Diese Tatsache ließ den Tiermenschen sehr in meiner Achtung steigen, und ich machte mir Vorwürfe, daß ich ihn mit einer gewissen herablassenden Vertraulichkeit behandelt hatte. Denn ich sah, daß die Tiermenschen ein Volk von gewaltigen Zauberkünstlern waren; sie hatten nämlich Würmer im Gehirn (19), die sie ohne Zweifel durch ihr Schmerz verursachendes Umherkriechen, Bohren und Winden zu diesen wunderbaren Taten und Erfindungen anregen sollten.‹«

»Unsinn!« sagte der Kalif.

»›Bei diesen Zauberern lebten höchst eigentümliche Haustiere. Zum Beispiel war da ein ungeheures Pferd, dessen Gebeine aus Eisen und dessen Blut aus kochendem Wasser bestand. An Stelle des Hafers erhielt es schwarze Steine zur Nahrung, und doch war es trotz dieser schwerverdaulichen Kost so stark und schnell, daß es eine Last, die schwerer war als der größte Tempel dieser Stadt, mit einer Schnelligkeit von der Stelle bewegte, die den Flug der meisten Vögel noch übertraf.‹« (20)

»Quatsch!« bemerkte der Kalif.

»›Sodann sah ich eine Henne ohne Gefieder, die größer war als ein Kamel. An Stelle von Fleisch und Gebein hatte sie Eisen und Ziegelsteine; ihr Blut bestand wie das des Pferdes, mit dem sie nahe verwandt zu sein schien, aus kochendem Wasser, auch fraß sie gerade wie das Pferd nur Holz und schwarze Steine. Diese Henne brütete an einem Tag nicht selten hundert Kücken aus. Nach ihrer Geburt aber lebten die Kücken mehrere Wochen lang im Bauch ihrer Mutter.‹« (21)

»Erlogen!« bemerkte der Kalif.

»›Einer aus dem Volk der mächtigen Beschwörer schuf einen Menschen aus Messing, Holz und Leder und hauchte ihm solchen Geist ein, daß er im Schachspiel alle Menschen besiegte mit Ausnahme des großen Kalifen Harun al Raschid. (22) Ein andrer Magier stellte aus ähnlichem Stoff ein Wesen her, das sogar das Genie seines Schöpfers beschämte. Denn es war mit solchen Vernunftkräften begabt, daß es in einer Sekunde Berechnungen bewältigte, die die vereinigten Kräfte von fünfzigtausend Menschen von Fleisch und Blut ein ganzes Jahr hindurch beansprucht haben würden. (23) Ein Zauberer, der noch höhere Macht besaß, baute ein gewaltiges Ding, das weder Mensch noch Tier war. Es hatte ein Gehirn von Blei und einer schwarzen Masse, die wie Pech aussah, und Finger, die es mit so unglaublicher Schnelligkeit und Sicherheit bewegen konnte, daß es ihm leicht gefallen wäre, in einer Stunde zwanzigtausend Abschriften des Koran zu liefern, und zwar Abschriften von solcher Genauigkeit, daß man unter den zwanzigtausend nicht *eine* hätte finden können, die von den andern auch nur um Haaresbreite abgewichen wäre. Die Macht dieses Geschöpfes war ungeheuer; es konnte nämlich mit *einem* Atemzug mächtige Reiche aufrichten und wieder zerstören. Aber seine Kräfte wurden gleichviel zum Bösen wie zum Guten verwandt.‹«

»Zum Totlachen!« sagte der Kalif.

»›Unter dem Volk der Zauberkünstler war auch einer, in dessen Adern das Blut des Salamanders floß. Er machte sich nichts daraus, sich in einen rotglühenden Backofen zu setzen und da seinen Tschibuk zu rauchen, bis oben auf der Herdplatte sein Essen gargekocht war. (24) Ein andrer besaß die Fähigkeit, gewöhnliche Metalle in Gold zu verwandeln; er brauchte nicht einmal hinzusehen, wenn die Verwandlung sich vollzog. (25) Wieder einer hatte einen derart verfeinerten Tastsinn, daß er Drähte ziehen konnte, die so dünn waren, daß man sie gar nicht sah. (26) Ein andrer besaß solche Schnelligkeit der Auffassung, daß er die einzelnen Bewegungsphasen eines Körpers zählen konnte, solange dieser mit seiner Geschwindigkeit von neunhundert Millionen Malen in der Sekunde elastisch auf und nieder schwirrte.‹« (27)

»Unmöglich!« rief der Kalif.

»›Sodann war da ein Magier, der mit Hilfe einer Strömung, die niemand sah, seine Freunde zwang, die Arme zu schwingen, die Beine zu werfen, zu kämpfen oder gar nach seinem Willen zu tanzen. (28) Ein andrer brachte es mit seiner Stimme so weit, daß er sich vom einen Ende der Erde zum andern verständlich machen konnte. (29) Wieder einer hatte einen so langen Arm, daß er, wenn er sich in Damaskus hinsetzte, einen Brief in Bagdad, oder wo er wollte, schreiben konnte. (30) Einer befahl sogar dem Blitz, vom Himmel herabzufallen, und der Blitz kam auf seinen Wunsch und diente ihm als Spielzeug. Ein andrer nahm zwei laute Töne und machte Stille daraus. Und wieder einer machte Finsternis aus zwei hellfarbigen Strahlen. (31)

Einer machte Eis in einem rotglühenden Tiegel. (32) Wieder ein andrer gab der Sonne auf, sein Bildnis zu malen, und die Sonne tat so. (33) Der nächste beschäftigte sich mit dem Mond und den Planeten; er stellte ihr Gewicht mit peinlicher Genauigkeit fest, drang in ihr Inneres ein und erforschte die Dichte des Stoffes, aus dem sie gemacht sind. Im übrigen besitzt das ganze Volk die Gabe des Hellsehens; weder den Kindern noch den gewöhnlichsten Katzen und Hunden bereitet es Schwierigkeit, Dinge wahrzunehmen, die in Wirklichkeit gar nicht da sind oder die zwanzig Millionen Jahre, bevor das Volk geboren worden war, aus dem Angesicht der Schöpfung getilgt worden waren.‹« (34)

»Wahnsinn!« sagte der Kalif.

»Die Frauen und Töchter dieser unvergleichlich großen und weisen Magier«, fuhr Scheherazade fort, ohne sich irgendwie durch die häufigen und banalen Zwischenrufe ihres Gatten stören zu lassen, »sind in jeder Hinsicht gebildet und wohlerzogen, und sie wären auch überaus geistreich und schön zu nennen, wenn nicht ein unglückseliger Wahn sie befallen hätte, vor dem sie selbst die wunderbaren Kräfte ihrer Gatten und Väter bis heute nicht retten konnten. Unglück kommt in mannigfacher Gestalt; das, von dem hier die Rede ist, erschien in Form einer fixen Idee.«

»Einer was?« fragte der Kalif.

»Einer fixen Idee«, sprach Scheherazade. »Einer der Teufel, die beständig auf der Lauer liegen, um Übles zu tun, hat in die Köpfe der hochgebildeten Damen gepflanzt, daß das, was wir als körperliche Schönheit bezeichnen, in nichts anderem bestünde als in der mehr oder weniger ansehnlichen Rundung des gewissen Körperteils, der nicht weit unterhalb der schmalsten Stelle des Rückens liegt. Der Gipfel der Anmut, behaupten sie, sei, den üppigsten P... zu haben. Seit langer Zeit schon sind sie von dieser Idee besessen, und es ist allgemeine Sitte geworden, jenen Köperteil zu polstern. Und so sind die Tage längst vergessen, da man in jenem Land noch eine Frau von einem Dromedar unterscheiden konnte.« –

»Schluß!« rief da der Kalif. »Ich kann und will das nicht mehr länger anhören. Deine Lügen haben mir üble Kopfschmerzen bereitet. Ich sehe, der Tag bricht eben an. Wie lange waren wir doch nun verheiratet? – Mein Gewissen plagt mich wieder. Und nun gar die Sache mit dem Dromedar! Hältst du mich denn für einen Narren? Ich meine, du solltest jetzt aufstehen und dich erdrosseln lassen.«

Solche Worte – ich habe es aus dem »Wiewares« – betrübten und verblüfften Scheherazade gleichermaßen; aber da sie den Kalifen als einen Mann von Grundsätzen kannte und wußte, daß er schwerlich sein Wort zurücknehmen würde, so trug sie ihr Schicksal mit Würde. Ein großer Trost war ihr der Gedanke (während sich die seidene Schnur enger und enger um ihren Hals schloß), daß noch ein guter Teil der Geschichte nicht erzählt war. Die Laune dieses Scheusals von einem Gatten rächte sich von selber in gebührendem Maße, denn sie brachte ihn um gar viele unbegreifliche Abenteuergeschichten.

Erklärungen

1. Die Korallentiere. [»Mag den Orkan Tausende ungeheurer Bruchstücke losreißen; was hat das zu bedeuten gegenüber der sich häufenden Arbeit von Myriaden kleiner Architekten, die Tag und Nacht, Jahr um Jahr bei der Arbeit sind? So sehen wir, wie der weiche, gallertartige Körper eines Polypen durch die Wirksamkeit der Gesetze des Lebens die große mechanische Kraft der Meereswogen besiegt, denen weder die Kunst des Menschen noch die unbelebten Werke der Natur erfolgreich widerstehen können.« Darwin, »Reise eines Naturforschers«. Anm. d. Übers.]

2. »Zu den seltsamsten Naturmerkwürdigkeiten in Texas zählt ein versteinerter Wald nahe den Quellen des Pasignoflusses. Er besteht aus etlichen hundert aufrechtstehenden Stämmen, die allesamt versteinert sind. Einige der Bäume, die noch im Wachstum begriffen sind, weisen teilweise Versteinerung auf. Diese Tatsache muß verblüffend auf die Naturforscher wirken und wird sie wohl veranlassen, die bestehende Theorie über das Wesen der Versteinerung umzubauen.« Kennedy. [Nach Berdrow geschah die »Versteinerung« der Stämme durch kieselsäurehaltige Wasserströme, die die von Tonschichten und Sand bedeckten Wälder durchtränkten und unter Beibehaltung der Struktur gewissermaßen kristallisierten. Die Bloßlegung erfolgte in der vierten Erdperiode, dem Zeitalter der Verwitterung, dem die verkieselten Hölzer besser als der sie umgebende Tonsandstein widerstanden. H. C. Hovey, ein amerikanischer Geologe, nimmt an, daß Aschenschichten vulkanischer Ausbrüche die Wälder begruben. In späterer Zeit sei dann diese Schicht überflutet worden mit Wasser, das reich an Kieselsäure war und vermutlich von Geisern (heißen Springquellen) herrührte. Das Holz sei von ihm durchtränkt worden und schließlich im Laufe sehr ausgedehnter Zeiträume »versteinert«. Anm. des Übers.]

Diese Mitteilung, die erst auf geringen Glauben stieß, wurde inzwischen ergänzt durch die Entdeckung eines völlig versteinerten Waldes am Oberlauf des Chayenne- oder Chienneflusses, der in den Black Hills im Felsengebirge entspringt.

Es gibt wohl auf der ganzen Erde sowohl vom geologischen als vom malerischen Gesichtspunkt aus kein eindrucksvolleres Bild als das, das der versteinerte Wald bei Kairo bietet. Der Reisende läßt die Gräber der Kalifen vor den Toren der Stadt hinter sich und wendet sich fast im rechten Winkel zu der Straße, die durch die Wüste nach Suez führt, gen Süden. Er durchwandert ungefähr zehn Meilen weit ein unfruchtbares Tal, dessen Boden aus Sand, Kies und Muscheln besteht, als sei erst gestern Ebbe eingetreten, übersteigt sodann eine niedrige Kette von Sandhügeln, die sich eine Strecke weit parallel zu seinem Weg hinzieht. Und jetzt bietet sich dem Reisenden ein unbeschreiblich seltsamer und trostloser Anblick. Meilenweit in der Runde steht ein entseelter, abgestorbener Wald von Baumüberresten, die zu Stein verwandelt sind und wie Gußeisen klirren, wenn der Huf des Reittieres sie trifft. Das Holz ist dunkelbraun und hat in der Versteinerung seine Struktur beibehalten. Die Stämme, die 1–15 Fuß an Länge messen, liegen so dicht, daß der ägyptische Esel nur mit Mühe seinen Weg zwischen ihnen findet. Das Ganze macht einen so natürlichen Eindruck, daß man, wäre man in Schottland oder Irland, an ein ungeheures entwässertes Moor denken könnte, in dem die ausgegrabenen Baumstämme im Sonnenschein verfaulen. Die Wurzeln und Aststümpfe sind in manchen Fällen fast unbeschädigt erhalten; bei einigen sind noch die Gänge, die die Würmer einst unter der Rinde genagt haben, deutlich wahrzunehmen. Die zartesten Saftgefäße und alle empfindlichen Teile im Innern des Holzes sind noch zu erkennen und halten selbst einer Prüfung durch das stärkste Vergrößerungsglas stand. Das Ganze ist durch und durch mit Kieselsäure

getränkt, ritzt Glas und kann zu Hochglanz poliert werden.
– Asiatic Magazine.

3. Die Mammuthöhle in Kentucky.

4. In Island, 1783.

5. »Beim Ausbruch des Hekla im Jahre 1766 entstand infolge einer Wolkenbildung durch Asche solche Finsternis, daß die Einwohner von Glaumba, das über 150 englische Meilen vom Berge entfernt liegt, auf allen Vieren kriechend mit Fackeln ihren Weg suchen mußten. Beim Ausbruch des Vesuv im Jahre 1794 war es in Caserta, zwölf englische Meilen weit entfernt, nur mit Licht möglich, zu gehen. Am 1. Mai 1812 senkte sich aus einem Vulkan der Insel St. Vincent ein Aschenregen über die ganze Barbadosgruppe und verdunkelte um Mittagszeit den Himmel derart, daß man im Freien Bäume und dicht vor Augen befindliche Gegenstände nicht wahrnehmen konnte, nicht einmal ein weißes Taschentuch, das in einer Entfernung von 6 Zoll vor die Augen gehalten wurde.« Murray, S. 215, Phil. Edit.

6. »Im Jahre 1790 senkte sich bei einem Erdbeben in Caraccas eine Strecke des granitischen Erdreichs und bildete einen See von 800 Yards Breite und 80–100 Fuß Tiefe. Ein Teil des Waldes von Aripao sank dabei unter; die Bäume blieben unter dem Wasserspiegel noch mehrere Monate lang grün.« Murray, S. 221.

7. Der härteste Stahl kann durch ein Gebläse in unfühlbaren feinen Staub verwandelt werden, der von der Luft davongetragen wird. [Das Wasserstoff-Sauerstoff-Gebläse wurde 1801 von Dr. Hare erfunden und ist imstande, sogar Diamanten zu verbrennen. Anm. des Übers.]

8. Das Flußgebiet des Niger. Siehe Simmonds »Colonial Magazine«.

9. Der Ameisenlöwe (MYRMELEON). Der Ausdruck »Raubtier« ist wohl ebensogut im kleinen wie im großen zu gebrauchen, dagegen haben Beiworte wie »ungeheuer« und ähnliche proportionale Bedeutung. Der Trichter des

Ameisenlöwen ist »ungeheuer« im Vergleich zu der Höhle der gemeinen roten Ameise. Vom gleichen Gesichtspunkt aus wird ein Sandkorn zum »Felsblock«. [Aus der Darstellung Poes geht nicht hervor, daß der Ameisenlöwe sein Opfer mit Sand (»Felsblöcken«) bewirft, um es dadurch zum Absturz zu bringen. A. J. Rösel von Rosenhof schreibt 1755 in seiner »Insektenbelustigung« hierüber: »Auf dem Grunde des Trichters harrt nun der Ameisrauber unter dem Sande verborgen auf eine Beute. Sobald sich eine Ameise am obern Rande zeigt, so wirft er mit seinem breiten Kopf den Sand weit heraus. Das Insekt, das auf dem leicht beweglichen Sande der Trichterwand keinen Halt findet und nicht schnell genug entfliehen kann, rutscht unter dem wiederholt auf es geschleuderten Sandhagel immer rascher abwärts, bis es in die geöffnete Zange seines Raubers fällt.« Anm. d. Übers.]

10. Das EPIDENDRON FLOS AERIS, eine zur Orchideenfamilie zählende Pflanze, klammert seine Wurzeln an einen Baum oder sonstwo an, ohne jedoch dem Substrat Nahrung zu entziehen. Es lebt also in der Tat von der Luft. [Luftwurzeln sind nicht nur Haftorgane, sondern auch Nahrungseinnehmer, die sich Lebensmittel auf verschiedene Weise verschaffen. In den dichten Filzen und Schöpfen dieser Wurzeln verfängt sich Erde und Humus in oft ansehnlichen Mengen, so daß die Pflanze Gelegenheit findet, ihre Wurzeln in normaler Weise zur Aufnahme mineralischer und humoser Nährstoffe zu verwenden. Einige Arten wie die Bandaorchideen treiben ihre Luftwurzeln bis hinab auf den Boden, wo sich dann aus dem silberschimmernden, lockern, schwammigen Gebilde der Luft eine Wurzel wie jede andre Erdwurzel entwickelt. Die Luftwurzeln vermögen auch durch ihr Velamen, eine mehrfache Schicht luftführender Zellen, aus feuchter Luft Wasser zu kondensieren. Anm. d. Übers.]

11. Parasiten ähnlich der prachtvollen RAFFLESIA ARNALDII. [Die Rafflesia schmarotzt auf Lianen (Cissusarten), in

deren Holz sie zahlreiche, vielverzweigte Fäden bildet. Anm. d. Übers.]

12. Schouw erwähnt eine Pflanzengattung, die auf Tieren vegetiert – die PLANTAE EPIZOAE. Zu dieser gehören einige Fuci und Algae.

Mr. J. B. Williams von Salem, Mass., reichte dem National Institut ein Insekt von Neuseeland ein unter Beifügung folgender Beschreibung: »Die Hotte«, eine ausgesprochene Raupe oder Made, lebt auf den Wurzeln des Rautabaumes. Auf ihrem Kopf gedeiht eine Pflanze. Dieses höchst seltsame und außergewöhnliche Insekt wandert an den Rata- und Perriribäumen empor, nagt sich oben in den Stamm ein und frißt sich durch den ganzen Stamm bis zur Wurzel durch. Hier kommt es dann zum Vorschein und stirbt oder verfällt in Schlaf, während die Pflanze aus seinem Kopf wächst. Der Körper der Raupe bleibt unversehrt erhalten, nur ist er jetzt härter als zu Lebzeiten des Tieres. Die Eingeborenen machen aus dem Insekt Farbe zum Tätowieren.

13. In Bergwerken und auch in natürlichen Höhlen findet sich eine Art Pilze, die ein helles, phosphoreszierendes Licht austrahlen. [Es handelt sich hier wohl um den Vorkeim des Leuchtmooses, SCHISTOSTEGA OSMUNDACEA. Anm. d. Übers.]

14. Orchideen, Skabiosen und Vallisneria.

15. Der Blütenkelch dieser Pflanze (ARISTOLOCHIA CLEMATITIS) ist röhrenförmig und läuft in einen zungenförmigen Sporn aus, der am Grunde retortenartig aufgeblasen ist. Der Sporn ist innen mit steifen Haaren bewachsen, die nach unten gerichtet sind. Der kugelförmige Auswuchs enthält den Stempel, der aus Fruchtknoten und Narbe besteht, und die ihn umgebenden Staubgefäße. Nun sind aber die Staubgefäße kürzer als selbst der Fruchtknoten, können also nicht von sich aus den Blütenstaub auf die Narbe befördern, da die Blüte immer aufrecht steht bis nach der Befruchtung. Ohne Eingriff von außen muß der Blütenstaub naturgemäß auf den

Boden des Blütenkelches fallen. Dieser Eingriff erfolgt nun auf eine von der Natur bestimmte Weise durch die TIPUTA PENNICORNIS, ein kleines Insekt, das sich in die Blütenröhre zwängt, um Honig zu suchen, und bis in die Retorte vordringt. Hier läuft es umher, bis es über und über mit Blütenstaub bepudert ist, und nun kann es nicht mehr heraus, weil die Stellung der Haare nach innen gerichtet ist; sie wirken also wie die Drähte einer Mausefalle. Nun wird das Insekt ungeduldig über seine Haft, drängt vorwärts und rückwärts, versucht überall hinauszukommen, streift dabei die Narbe mehrmals, bringt Blütenstaub darauf und bewirkt so die Befruchtung. Bald darauf neigt sich die Blüte, die Haare im Sporn verdorren und lassen das Insekt entkommen. – Rev. P. Keith »System of Physiological Botany«. [Auch die übrigen Arten der Osterluzeifamilie, ARISTOLOCHIA, und der Aronstab, ARUM MACULATUM, zählen zu den »Kesselfallenblumen«. Anm. d. Übers.]

16. Die Bienen haben von jeher ihre Zellen in genau der Form, der Anzahl und der Anordnung gebaut, die allein – wie mathematisch nachgewiesen wurde – die Lösung des Problems ermöglichte: größter Raum verbunden mit größter Stabilität des Baues. [Der Vollständigkeit halber sei hier eine Stelle aus Maeterlinck »VIEDES ABEILLES« angeführt: »Réaumur hatte dem berühmten Mathematiker König folgendes Problem gestellt: Unter allen sechskantigen Zellen mit pyramidalem, aus drei gleichen und ähnlichen Rhomben bestehendem Boden die zu bestimmen, die am wenigsten Baustoff erfordere. König antwortete, es wäre diejenige, deren Boden aus drei Rhomben bestünde, deren große Winkel je 109° 26' und die kleinen je 70° 34' betrügen. Nun aber hat ein andrer Gelehrter, Maraldi, die Winkel der Rhomben in den Bienenzellen so genau wie möglich nachgemessen und gefunden, daß die großen 109° 28', die kleinen 70° 32' betragen. Zwischen beiden Lösungen bestand also nur ein Unterschied von zwei Minuten! Und es ist wahrscheinlich, daß der Irr-

tum nicht von den Bienen, sondern von Maraldi begangen wurde, denn es gibt kein Instrument, das die Zellwinkel, die nicht so scharf hervortreten, mit untrüglicher Sicherheit nachzumessen erlaubte.« Anm. d. Übers.]

Gegen Ende des verflossenen Jahrhunderts wurde von Mathematikern die Frage aufgeworfen, welches die beste Form für Windmühlenflügel sei unter Berücksichtigung der verschieden großen Entfernung vom Mittelpunkt der Drehbewegung. Es ist dies ein sehr verwickeltes Problem, das in andern Worten bedeutet, die nutzbar angepaßte Form zu einer unbegrenzten Strecke verschieden großer Abstände vom Mittelpunkt zu finden. Tausende von fruchtlosen Versuchen rief jene an die berühmtesten Mathematiker gestellte Frage hervor. Und als man schließlich die brauchbare Lösung gefunden hatte, entdeckte einer, daß die Flügelform eines Vogels die Antwort hätte auf der Stelle mit unfehlbarer Sicherheit geben können, seit nur je ein Vogel durch die Luft flog.

17. »Man sah einen Schwarm Tauben zwischen Frankfort [gemeint ist wohl Frankfort am Michigansee, nicht Frankfort in Indiana. Anm. d. Übers.] und Indiana-Territory, der mindestens eine Meile breit war! Daraus ergibt sich bei einer Fluggeschwindigkeit von einer Meile in der Minute eine Länge von 240 Meilen für den Schwarm. Rechnet man nun drei Tauben auf ein Quadrat-Nord, so findet man eine Summe von 2 230 272 000 Tauben.« – »TRAVELS IN CANADA AND THE UNITED STATES« von Lieut. F. Hall.

18. »Die Erde wird getragen von einer Kuh von blauer Farbe, die vierhundert Hörner hat.« – Sales Koran.

19. Die ENTOZOA oder Eingeweidewürmer sind oft in den Muskelgeweben und im Gehirn des Menschen festgestellt worden. Siehe Wyatts Physiologie, S. 143.

20. Bei der Great-Western-Railway zwischen London und Exeter wurde eine Geschwindigkeit von 71 Meilen in der Stunde erreicht. Ein 90 Tonnen schwerer Zug wurde von

Paddington nach Didcot (53 Meilen) in 51 Minuten befördert.

21. Das Eccolabeion (Brutofen, künstliche Glucke).
22. Maelzels automatischer Schachspieler.
23. Babbages Rechenmaschine.
24. Chabert – und nach ihm hundert andre.
25. Galvanoplastik.
26. Wollaston machte für Fadenkreuze in Fernrohren aus Platin einen Draht von $\frac{1}{18000}$ Zoll [ein amerik. Zoll = 2,54 cm] Dicke. Dieser Draht konnte nur mit Hilfe des Mikroskops wahrgenommen werden.
27. Newton wies nach, daß die Netzhaut (RETINA) des menschlichen Auges unter dem Einfluß des violetten Strahles im Spektrum 900 millionenmal in der Sekunde vibriert.
28. Die Voltasche Säule.
29. Der Telegraph vermittelt Gedanken augenblicklich nach allen Teilen der Erde.
30. Der Drucktelegraph [Morseapparat, erfunden 1837. Anm. d. Übers.].
31. Geläufige Experimente aus dem Gebiet der Naturkunde. Wenn man von zwei Lichtquellen aus zwei rote Strahlen in einer Dunkelkammer auf einen weißen Schirm fallen läßt und sie sind in der Länge um 0,0000167 Zoll verschieden, so wird ihre Intensität verdoppelt. Ebenso, wenn der Längenunterschied ein gerades Vielfaches dieses Bruches beträgt. Die Multiplikation mit 2¼, 3¼ usw. gibt eine Intensität, die nur *einem* Strahl entspricht, aber die Multiplikation mit 2½, 3½ usw. verursacht völliges Dunkel. Bei violetten Strahlen werden gleiche Resultate erzielt, wenn der Längenunterschied der Strahlen 0,0000167 Zoll beträgt. Ebenso ist es mit allen andern Strahlen – die Längenunterschiede vergrößern sich entsprechend der Lage im Spektrum von Violett nach Rot hin.

Ähnliche Versuche mit Schallwellen haben zu ähnlichen Ergebnissen geführt.

32. Stelle einen Platintiegel über einen Spiritusbrenner und erhitze ihn bis zur Rotglut, sodann gieße etwas schweflige Säure hinein, und du entdeckst, daß sie, obschon ein bei normaler Temperatur rasch verdampfender Stoff, in dem heißen Schmelztiegel unvermindert erhalten bleibt; nicht ein Tropfen verdampft. Denn die eigene Verdunstung hüllt sie ein, so daß sie den Boden des Tiegels nicht berührt. Nun aber werden ein paar Tropfen Wasser hineingeträufelt; die Säure kommt in Berührung mit den glühenden Wänden des Tiegels und verflüchtigt sich als schwefliger Dampf. Das geht so schnell, daß die Wärme des Wassers mit ihm entflieht und die Tropfen als Eisklümpchen auf den Grund des Tiegels sinken. Wenn man nun den Augenblick erfaßt, ehe es wieder schmilzt, kann man Eis aus dem rotglühenden Tiegel fischen. [Es handelt sich um den sphäroidalen Zustand, in den die schweflige Säure in dem glühenden Tiegel bei einer Temperatur noch unter ihrem Siedepunkt, der bei −10° liegt, gerät. Träufelt man auf dieses Sphäroid Wasser, so gefriert es. Anm. d. Übers.]

33. Die Daguerreotypie.

34. Obwohl das Licht 167000 Meilen in der Sekunde zurücklegt, ist die Entfernung zu den 61 Sternen des Schwans (dem einzigen Sternbild, dessen Entfernung wir kennen) so groß, daß ihre Lichtstrahlen mehr als 10 Jahre brauchen, um zur Erde zu gelangen. Für weiter entfernte Sterne sind 20 oder 1000 Jahre eine mäßige Bemessung. Wären sie nun vor 20 oder 1000 Jahren untergegangen, so würden wir sie heute noch am Himmel mit dem Licht leuchten sehen, das vor 20 oder 1000 Jahren von ihnen ausging. Daß viele von den Sternen, die wir heute sehen, in Wahrheit nicht mehr sind, ist nicht unmöglich, nicht einmal unwahrscheinlich.

Herschel behauptet, daß das Licht der schwächsten Nebelflecke, die wir durch ein großes Fernrohr wahrnehmen können, 3 Millionen Jahre brauchte, um zur Erde zu gelangen. Einige, die erst durch das Instrument des Lord Roß sichtbar gemacht wurden, brauchten dazu 20 Millionen Jahre. [Im Sternbild des Schwans befindet sich der Fixstern, bei dem Bessel zum erstenmal eine Messung der Entfernung gelang. Anm. d. Übers.]

Das System des Dr. Teer und Prof. Feder

Im Herbst des Jahres 18.. führte mich eine Reise durch die südlichen Provinzen Frankreichs auch in die Nähe eines Maison de Santé, einer Privat-Irrenanstalt, von der einige mir bekannte Mediziner in Paris mir viel erzählt hatten. Da ich eine derartige Anstalt noch nie besichtigt hatte, wollte ich die günstige Gelegenheit nicht ungenutzt vorübergehen lassen; ich machte daher meinem Reisegefährten – einem Herrn, den ich kurz vorher kennengelernt hatte – den Vorschlag, einen Abstecher von wenigen Stunden zu machen, um die Anstalt zu besichtigen. Er lehnte aber ab: erstens habe er Eile weiterzukommen, und zweitens habe er ein ganz erklärliches Grauen vor dem Anblick Wahnsinniger. Indessen bat er mich, nicht etwa aus Rücksicht auf ihn von meinem Vorhaben abzusehen, er werde langsam weiterreiten, so daß ich ihn im Laufe des Tages, spätestens aber des darauffolgenden, einholen könne. Als er sich verabschiedete, fiel mir ein, man werde mir möglicherweise gar nicht die Erlaubnis zur Besichtigung der Anstalt erteilen, und ich machte eine diesbezügliche Bemerkung. Er erwiderte, falls ich keine persönlichen Beziehungen zu dem Direktor, Herrn Maillard, noch irgendeinen Ausweis, etwa ein Empfehlungsschreiben habe, so könne ich allerdings auf Schwierigkeiten stoßen, da bei solchen Privatanstalten der Zutritt nicht so leicht zu erlangen sei wie bei öffentlichen Instituten dieser Art. Er selbst, fügte er hinzu, habe vor einigen Jahren die Bekanntschaft Maillards gemacht und wolle mir gern den Gefallen tun, mich bis ans Tor zu begleiten und einzuführen, wenngleich seine Antipathie gegen den Anblick Wahnsinniger ihm den Eintritt in das Haus selbst unmöglich mache.

Ich dankte ihm, und wir verließen also die Landstraße und

schlugen einen grasbewachsenen Seitenpfad ein, der sich nach einer halben Stunde in einem dichten Walde am Fuße eines Berges fast verlor. Durch diesen düstren Wald waren wir an die zwei Meilen geritten, als wir die Maison de Santé vor uns sahen. Es war ein phantastisches, halb verfallenes Schloß, das durch Alter und Verwahrlosung kaum mehr bewohnbar schien. Sein Anblick erfüllte mich geradezu mit Grausen, ich hielt mein Pferd an und wollte umkehren. Dann schämte ich mich jedoch meiner Schwäche und ritt weiter.

Als wir ans Tor kamen, sah ich, daß es ein wenig offen stand und ein Mann durch den Spalt spähte. Einen Augenblick später trat er heraus, nannte meinen Begleiter beim Namen, schüttelte ihm freundschaftlich die Hand und bat ihn abzusteigen. Es war Herr Maillard selber, ein würdiger, vornehmer älterer Herr mit ernster, überlegener Miene, die auf mich Eindruck machte.

Mein Freund stellte mich vor, sprach von meinem Wunsch, die Anstalt zu besichtigen, und erhielt von Herrn Maillard die Versicherung, daß er meinem Verlangen bereitwillig Rechnung tragen werde. Hierauf verabschiedete er sich und ritt davon.

Als er fort war, nötigte mich der Direktor in ein kleines, sehr hübsches Empfangszimmer, das neben anderen Zeichen eines vornehmen Geschmacks viele Bücher, Zeichnungen, blumengefüllte Vasen und Musikinstrumente aufwies. Ein behagliches Feuer brannte im Kamin. Am Klavier saß eine schöne, junge Dame und sang eine Arie von Bellini; bei meinem Eintritt hielt sie inne und begrüßte mich mit anmutiger Höflichkeit. Sie hatte eine sanfte Stimme, und ihr ganzes Wesen war weich und schwermütig. Ich glaubte auch in ihrem Antlitz, das ungewöhnlich bleich war, einen Zug von Trauer zu finden. Sie war tiefschwarz gekleidet und erregte in meinem Herzen ein Gefühl von Respekt, Teilnahme und Bewunderung.

Ich hatte in Paris davon gehört, in dem Institut des Herrn Maillard werde das sogenannte »Besänftigungssystem« angewendet, d. h. Strafen wurden vermieden, und selbst Einzelhaft nur selten verhängt – vielmehr ließ man den Patienten, die nur heimlich überwacht wurden, möglichst viel Freiheit; die meisten durften in Haus und Garten frei umhergehen, als seien sie bei voller Vernunft.

Dieser Information erinnerte ich mich jetzt und nahm mich daher in meinem Gespräch mit der jungen Dame in acht; ich wußte nicht, ob sie nicht zu den Kranken zähle; und tatsächlich hatte ihr glänzendes Auge etwas Rastloses, Flackerndes, das mir verdächtig vorkam. Ich beschränkte meine Bemerkungen daher auf gleichgültige Dinge, von denen ich dachte, daß sie einem Irren weder mißfallen noch ihn aufregen könnten. Sie antwortete auf alles, was ich sagte, vollkommen vernünftig, und sogar ihre selbständigen Äußerungen trugen den Stempel klarer Vernunft. Indessen hatte mich eingehende Kenntnis der Geisteskrankheit und ihrer Wandlungen gelehrt, diesen scheinbaren Beweisen von Gesundheit nicht zu trauen, und ich setzte die Unterhaltung ebenso vorsichtig fort, wie ich sie begonnen hatte.

Ein Diener in hübscher Livree trat ein und brachte ein Tablett mit Obst, Wein und sonstigen Erfrischungen, die ich mir schmecken ließ; bald darauf verließ die Dame das Zimmer. Als sie gegangen, blickte ich meinen Gastgeber fragend an.

»Nein«, sagte er, »o nein – die Dame ist ein Glied meiner Familie – meine Nichte, eine höchst gebildete Dame.«

»Ich bitte tausendmal um Verzeihung für den Verdacht«, erwiderte ich, »Sie werden aber gewiß eine Entschuldigung für mich finden. Das ausgezeichnete System, mit dem Sie Ihre Anstalt leiten, ist in Paris bekannt, und ich hielt es daher gut für möglich – Sie verstehen . . .«

»Ja, ja – es bedarf keiner Worte – oder vielmehr sollte ich Ihnen danken für die liebenswürdige Klugheit, mit der Sie vorgingen. Wir finden selten so viel Verständnis bei jungen Leuten, und mehr als einmal kam es infolge der Gedankenlosigkeit unserer Besucher zu unerquicklichen Szenen. Als mein früheres System noch ausgeübt wurde und meine Patienten die Erlaubnis hatten, frei umherzugehen, wurden sie oft durch unvernünftige Leute, die das Haus besichtigen wollten, zu gefährlicher Wut gereizt. Seitdem habe ich mich genötigt gesehen, für strenge Abgeschlossenheit zu sorgen, und keiner erhielt Einlaß, auf dessen Bedachtsamkeit ich mich nicht verlassen konnte.«

»Als Ihr *früheres* System angewandt wurde?« wiederholte ich seine Worte. »Soll ich das dahin verstehen, daß das ›Besänftigungssystem‹, von dem ich schon so viel gehört habe, jetzt nicht mehr in Anwendung kommt?«

»Seit einigen Wochen«, erwiderte er, »haben wir beschlossen, es endgültig aufzugeben.«

»In der *Tat*? – Sie setzen mich in Erstaunen!«

Er seufzte. »Es erwies sich leider als dringend nötig, mein Herr, zu den alten Gebräuchen zurückzukehren. Die *Gefahren* des Besänftigungssystems waren immer sehr große und seine Vorteile sind entschieden überschätzt worden. Wenn je – so ist es gerade in diesem Hause reichlich zur Anwendung gekommen; wir haben alles getan, was vernunftgemäße Rücksichtnahme tun konnte. Es tut mir leid, daß Sie uns nicht schon früher einmal besucht haben, um sich selbst ein Urteil zu bilden. Ich vermute aber, Sie kennen das Besänftigungssystem – seine praktische Anwendung?«

»Nicht ganz. Was ich davon weiß, habe ich aus dritter, vierter Hand.«

»Das System läßt sich also gemeinhin als eines bezeichnen, das den Patienten rücksichtsvoll behandelt. Wir widersprachen den Einbildungen der Irren nicht. Im Gegenteil: wir duldeten sie nicht nur, sondern unterstützten sie sogar, und wir haben auf diese Weise unsere erfolgreichsten Kuren zustande gebracht. Kein Argument wirkt so nachhaltig auf die schwache Vernunft des Irren, wie das Ad-absurdum-geführt-Werden. Zum Beispiel hatten wir Leute, die sich für Hühner hielten. Die Kur bestand nun darin, dies als Tatsache zu nehmen, den Patienten, der diese Tatsache nicht genügend anerkannte, für dumm zu erklären und ihm eine Woche lang jede andere Nahrung als die den Hühnern angemessene zu verweigern. Auf diese Weise konnte ein wenig Korn und Sand Wunder vollbringen.«

»Doch war diese Nachgiebigkeit alles?«

»Keineswegs. Wir hielten viel auf harmlose Zerstreuungen, wie Musik, Tanz, gemeinsame gymnastische Übungen, Kartenspiel, Lektüre usw. Wir behandelten einen jeden auf irgendein physisches Leiden hin, und das Wort ›Irrsinn‹ wurde nie gebraucht. Ein Hauptpunkt bestand darin, daß man jeden Irren anhielt, das Tun der andern zu überwachen. Dies Vertrauen in das Verständnis und die Diskretion eines Wahnsinnigen ist es, womit man ihn ganz gewinnen kann. Auf diese Weise konnten wir das kostspielige Wächterpersonal beschränken.«

»Und Sie hatten keinerlei Strafen?«

»Keine.«

»Und Sie haben die Patienten nie isoliert?«

»Sehr selten. Hie und da, wenn es bei irgendeinem zu einer Krisis oder einem Wutanfall kam, sperrten wir ihn in eine abgelegene Zelle, damit er die andern nicht mitreiße, und hielten ihn dort so lange, bis wir ihn den andern wieder zuführen konnten. Mit eigentlichen Tobsüchtigen haben wir nämlich nicht zu tun; die werden gewöhnlich den staatlichen Irrenanstalten zugeführt.«

»Und alles dies haben Sie nun geändert – und wie Sie meinen, zum Guten geändert?«

»Ganz entschieden. Das frühere System hatte seine Nachteile, ja sogar Gefahren. Man hat es nun glücklicherweise in allen Maisons de Santé Frankreichs fallen lassen.«

»Ich bin außerordentlich erstaunt über Ihre Mitteilung«,

sagte ich, »da man mir versichert hat, daß es heutzutage im ganzen Lande keine andere Methode der Behandlung Geisteskranker gebe.«

»Sie sind noch jung, mein Freund«, erwiderte mein Wirt, »und die Zeit wird kommen, da Sie sich über das, was in der Welt vorgeht, ein eigenes Urteil bilden und das Gerede anderer nicht beachten werden. – Glauben Sie nichts von dem, was Sie hören, und nur die Hälfte von dem, was Sie sehen. Was unsere Irrenanstalten anlangt, so ist es klar, daß irgendein Unwissender Ihnen etwas vorgeredet hat. Ich werde mich aber freuen, Sie nach Tisch, wenn Sie sich genügend von Ihrem ermüdenden Ritt erholt haben werden, durch das Haus zu führen und Ihnen ein System zu weisen, das sowohl mir selbst als einem jeden, der es angewendet sah, als das bei weitem erfolgreichste erschienen ist.«

»Ihr eigenes System?« fragte ich – »Ihre eigene Erfindung?«

»Ich bin stolz«, erwiderte er, »Ihre Frage bejahen zu können – wenigstens in gewissem Maße.«

In dieser Weise unterhielt ich mich mit Herrn Maillard ein bis zwei Stunden, während er mich in Hof und Garten herumführte.

»Ich kann Ihnen gegenwärtig meine Patienten nicht zeigen«, sagte er. »Ein empfindliches Gemüt wird von solchem Anblick stets etwas erschüttert; und ich möchte Ihnen den Appetit vor Tisch nicht verderben. Lassen Sie uns zuerst speisen. Ich kann Ihnen Kalb à la Sainte Ménéhould mit Blumenkohl in Sauce velouté vorsetzen – dann ein Glas Clos Vougeot – das wird Ihre Nerven genügend stärken.«

Um sechs Uhr rief man zu Tisch, und mein Gastgeber führte mich in einen langen Speisesaal, wo ich eine große Gesellschaft versammelt fand – etwa fünfundzwanzig bis dreißig Personen. Es schienen Leute von Rang – wenigstens von guter Herkunft – wenngleich ihre Kleidung mir etwas überladen schien; sie hatte die aufdringliche Eleganz der

Bourbonenzeit. Ich bemerkte, daß mindestens zwei Drittel der Gäste Damen waren, von denen einige sich keineswegs so trugen, wie es heutigen Tages in Paris zum guten Ton gehört. Manche z. B., deren Alter kaum unter siebzig sein konnte, waren mit Juwelen, Ringen, Armbändern und Ohrschmuck geradezu überladen, und ihr Taillenausschnitt war von bedenklicher Tiefe. Ich sah ferner, daß nur wenige der Kleider einen guten Schnitt hatten – wenigstens kleideten sie ihre Trägerinnen nicht gut. Während ich Umschau hielt, entdeckte ich das interessante junge Mädchen, mit dem Herr Maillard mich zuvor bekannt gemacht hatte; doch mein Erstaunen war groß, sie nun in Reifrock und Stöckelschuhen und einer Haube aus Brüsseler Spitzen zu sehen, einer Haube, die nicht nur unsauber, sondern so übertrieben groß war, daß sie das Gesicht lächerlich klein erscheinen ließ. Als ich die Dame zuerst gesehen hatte, trug sie ein geschmackvolles Trauerkleid. Kurzum, die Kleidung der ganzen Gesellschaft hatte etwas so Wunderliches, daß mir das »Besänftigungssystem« wieder einfiel und gleichzeitig der Gedanke kam, Herr Maillard habe mich bis nach Tisch im unklaren lassen wollen, damit mich bei der Mahlzeit nicht etwa die Vorstellung störe, mit Geisteskranken zu speisen. Ich erinnerte mich aber auch, daß in Paris die Rede ging, welch ein exzentrisches Völkchen die Bewohner der südlichen Provinzen seien und welch veraltete Anschauungen sie hätten. Nachdem ich mit einigen aus der Gesellschaft nur eine kurze Weile geplaudert hatte, schwanden bald meine Zweifel gänzlich.

Das Speisezimmer war, obschon geräumig und praktisch eingerichtet, keineswegs elegant; so hatte es z. B. keinen Teppich, was allerdings in Frankreich nicht selten ist. Die Fenster waren ohne Vorhänge. Die Schalter waren geschlossen und mit diagonalen Eisenstangen verriegelt, wie es bei uns die Kaufläden sind. Der ganze Raum bildete, wie ich nun sah, einen besonderen Flügel des Schlosses und hatte daher an drei Seiten Fenster, nicht weniger als zehn; an der vierten war die Türe.

Der Tisch war prächtig gedeckt. Er war mit Schüsseln überladen und mehr als überladen mit Delikatessen. Der Überfluß war geradezu geschmacklos. Nie in meinem Leben sah ich eine solche Verschwendung, ja Mißachtung der köstlichen Dinge. Die Anordnung des Ganzen war übrigens sehr wenig anmutig. Meine an sanftes Licht gewöhnten Augen mußten nun den Glanz zahlloser Wachskerzen ertragen, die in silbernen Armleuchtern überall im Zimmer verteilt waren. Mehrere Diener warteten auf; und auf einem großen Tisch in einer entfernten Ecke des Saals saßen sieben bis acht Leute mit Geigen, Pfeifen, Blasinstrumenten und einer Trommel. Diese Burschen quälten mich während der ganzen Mahlzeit mit ihrem andauernden Lärm, der wohl Musik sein sollte und alle Anwesenden mit Ausnahme von mir sehr zu unterhalten schien.

Alles in allem konnte ich nicht umhin, vieles von dem, was ich sah, recht bizarr zu finden – aber es gibt so vielerlei Menschen, mit so vielerlei Gedanken und so vielerlei Gewohnheiten! Auch war ich weit genug in der Welt herumgekommen, daß mir das »NIL ADMIRARI« zur Selbstverständlichkeit geworden war. Ich nahm also gelassen an der rechten Seite meines Wirtes Platz und sprach mit viel Appetit den guten Speisen zu, die man mir reichte.

Die Unterhaltung war allgemein und angeregt; wie immer, sprachen besonders die Damen viel. Ich fand bald, daß fast alle Versammelten eine gute Erziehung genossen hatten; und mein Wirt selber erzählte einen launigen Witz nach dem andern. Er schien geneigt, von seiner Stellung als Leiter der Irrenanstalt zu reden, und überhaupt war das Thema »Wahnsinnn« zu meiner Überraschung ein beliebter Gesprächsstoff. Man erzählte eine Menge lustiger Stückchen von der Tollheit einzelner Patienten.

»Wir hatten mal einen Menschen hier«, sagte ein dicker,

kleiner Herr an meiner rechten Seite – »einen Menschen, der sich für einen Teekessel hielt. Nebenbei bemerkt, ist es nicht sonderbar, wie oft gerade diese Vorstellung bei Wahnsinnigen herrscht? Gibt es doch kaum eine Irrenanstalt in Frankreich, die nicht einen menschlichen Teekessel aufzuweisen hätte. *Unser* Mann war ein Teekessel aus Britannia-Metall und war eifrig bemüht, sich jeden Morgen mit Putzkreide und einem Lederlappen zu polieren.«

»Und dann«, sagte ein langer Mensch mir gegenüber, »hatten wir vor einiger Zeit einen Mann hier, der es sich in den Kopf gesetzt hatte, ein Esel zu sein – was, wie Sie sagen werden, wohl seine Richtigkeit hatte. Er war ein beschwerlicher Kranker, und wir hatten viel zu tun, ihn zu überwachen. Lange Zeit wollte er nichts als Disteln essen; von diesem Gedanken brachten wir ihn aber dadurch ab, daß wir ihm auch keine andere Nahrung mehr gaben. Ferner schlug er immer mit den Füßen aus – so – so –«

»Herr de Rock! Bitte, betragen Sie sich anständig!« unterbrach ihn hier eine alte Dame, die an seiner Seite saß. »Behalten Sie Ihre Füße, bitte, bei sich! Sie haben mir meinen Brokat beschmutzt. Ist es denn nötig, eine Bemerkung gleich auf solche Weise zu illustrieren? Unser Freund hier kann Sie sicher auch so begreifen. Mein Wort, Sie sind entschieden geradeso ein Esel, wie der arme Kranke zu sein wähnte. Sie benehmen sich durchaus angemessen.«

»MILLE PARDONS! Mamselle!« erwiderte Herr de Rock – »ich bitte tausendmal um Verzeihung! Ich wollte Sie nicht verletzten. Mamselle Laplace – Herr de Rock gibt sich die Ehre, mit Ihnen anzustoßen.«

Herr de Rock verbeugte sich tief, küßte der Dame zeremoniös die Hand und stieß mit ihr an.

»Erlauben Sie mir, mein Freund«, wandte sich jetzt Herr Maillard an mich – »erlauben Sie mir, Ihnen ein Stück Kalbsbraten à la St. Ménéhould anzubieten – Sie werden es sehr schmackhaft finden.«

Gerade war es drei kräftigen Dienern gelungen, eine ungeheure Platte auf den Tisch niederzustellen, die nach meiner Ansicht ein »MONSTRUM HORRENDUM, INFORME, INGENS, CUI LUMEN ADEMPTUM« enthielt. Näheres Zusehen zeigte mir allerdings, daß es nur ein im ganzen gebratenes kleines Kalb war, das man auf die Knie gesetzt und dem man einen Apfel ins Maul gesteckt hatte, ähnlich wie man in England einen Hasen serviert.

»Danke, nein«, erwiderte ich; »ich muß gestehen, ich bin eigentlich kein Liebhaber von Kalb à la Sainte – wie war's doch gleich? – Es ist nicht so recht nach meinem Geschmack. Ich möchte aber den Teller wechseln und ein Stück von dem Kaninchen dort versuchen.«

Einige kleinere Platten, die auf dem Tische standen, schienen mir nämlich Kaninchenbraten zu enthalten – ein ganz prächtiges Fleisch, das ich nur empfehlen kann.

»Pierre«, rief der Wirt, »gib dem Herrn einen anderen Teller und ein Mittelstück dieses Kaninchens au-chat.«

»Dieses was?«

»Dieses Kaninchens AU-CHAT.«

»Ach, nein, danke – ich habe mir's überlegt. Ich will mir doch lieber etwas Schinken nehmen.«

Man weiß doch nie, was man von diesen Provinzlern vorgesetzt bekommt, dachte ich bei mir selber. Ich mag nichts von ihrem Kaninchen AU-CHAT und ebensowenig von ihrem Katzen-Kaninchen.

»Und dann«, nahm am unteren Ende der Tafel ein leichenblasser Mensch den Faden der Unterhaltung wieder auf, – »und dann hatten wir neben andern Tollheiten auch einen Patienten, der eigensinnig dabei blieb, er sei ein Kordova-Käse, und der mit einem Messer in der Hand herumlief und die andern bat, eine schöne Scheibe aus der Mitte seines Beins zu versuchen.«

»Er war unbedingt ein großer Narr«, fiel irgendeiner ein, »immerhin aber nicht zu vergleichen mit einem gewissen

Jemand, den wir alle kennen – mit Ausnahme dieses fremden Herrn natürlich. Ich meine den Mann, der sich für eine Sektflasche hielt und immer knallte und sprudelte, nämlich so ...«

Hier steckte der Sprecher höchst unziemlich den Daumen in den Mund, klemmte ihn gegen die rechte Backe und machte damit ein knallendes Geräusch, ähnlich dem eines springenden Pfropfens, dann ließ er die Zunge zwischen den Zähnen vibrieren, was einen zischenden, sprudelnden Laut hervorbrachte, wie eine aufschäumende Sektflasche.

Ich sah, daß dies Benehmen Herrn Maillard nicht sehr gefiel; er sagte aber nichts, und die Unterhaltung wurde durch ein kümmerliches Männchen mit einer großen Perükke weitergeführt.

»Da war auch ein Dummkopf«, sagte er, »der hielt sich für einen Frosch; dem er übrigens gar nicht so unähnlich war. Ich wollte, Sie hätten ihn sehen können, Herr,« – wandte sich der Sprecher an mich – »es hätte Sie wirklich erquickt, zu sehen, wie natürlich er sich benahm. Herr, wenn der Mensch *kein* Frosch war, so kann ich nur sagen, daß es zu bedauern ist, daß er keiner war. Sein Gequake – so: kroax ... kroax! – war das schönste von der Welt – B-Moll! Und wenn er ein oder zwei Glas Wein getrunken hatte und dann die Ellbogen auf den Tisch stützte – so – und den Mund aufriß – so – und mit den Augen rollte – so – und ganz schnell mit den Lidern zwinkerte – so – nun, mein Herr, ich stehe dafür ein, Sie wären ganz Bewunderung für diesen Mann gewesen.«

»Ich zweifle nicht daran«, sagte ich.

»Und dann«, sagte jemand anders, »dann war da Petit Gaillard, der sich für eine Prise Schnupftabak hielt und ganz verzweifelt war, weil er sich nicht selbst zwischen Daumen und Zeigefinger nehmen konnte.«

»Und da war auch Jules Desoulières, wirklich ein eigenartiger Geist, der den verrückten Gedanken hatte, ein Kürbis zu sein. Er verfolgte den Koch mit dem Anliegen, einen Pudding aus ihm zu machen – was der Koch entrüstet ablehnte. Ich meinesteils zweifle keineswegs, daß ein Kürbispudding à la Desoulières ein vorzügliches Gericht gewesen wäre!«

»Sie setzen mich in Erstaunen!« sagte ich; und ich blickte fragend auf Herrn Maillard.

»Ha, ha, ha!« lachte dieser – »He, he, he! – Hi, hi, hi! – Ho, ho, ho! – Hu, hu, hu! – Sehr gut, sehr gut! Sie dürfen nicht erstaunt sein, mon ami! Unser Freund hier ist ein Witzbold – ein Spaßmacher – Sie dürfen ihn nicht wörtlich nehmen.«

»Und dann«, sagte ein anderer aus dem Kreise, »hatten wir Bouffon le Grand – in seiner Weise auch ein sehr origineller Mensch. Er war aus unglücklicher Liebe verrückt geworden und bildete sich nun ein, zwei Köpfe zu haben. Einen davon hielt er für den Kopf des Cicero; der andere war zusammengesetzt: von der Stirn bis zum Mund Demosthenes und vom Mund bis zum Kinn Lord Brougham. Vielleicht irrte er sich, aber er hätte Sie davon überzeugt, daß er im Rechte sei; denn er war ein Mann von großer Rednergabe. Er hatte eine Leidenschaft für das Reden und stellte sich gern zur Schau. Er sprang zum Beispiel auf den Speisetisch – so – und ...«

Hier legte einer, der an seiner Seite saß, ihm die Hand auf die Schulter und flüsterte ihm etwas ins Ohr, worauf er ganz plötzlich schwieg und in seinen Stuhl zurücksank.

»Ferner«, sagte der, der geflüstert hatte, »war da Boullard, der Kreisel. Ich sage Kreisel, weil er die seltsame, aber gar nicht so unvernünftige Grille hatte, in einen Kreisel verwandelt worden zu sein. Sie hätten gebrüllt vor Lachen, wenn Sie ihm zugesehen hätten. Er drehte sich wohl eine Stunde lang auf einem Bein, in dieser Weise – so –«

Hier fiel ihm der, den er vorhin zurechtgewiesen hatte, im gleichen Flüsterton in die Rede.

»Ach«, kreischte eine alte Dame, »Ihr Herr Boullard war eben verrückt – dumm und verrückt! Denn bitte, wer hätte jemals von einem menschlichen Kreisel gehört? Das ist

absurd. Da war Frau Joyeuse, wie Sie wissen, eine vernünftigere Person. Sie hatte auch ihre Grille, aber es war eine sinnvolle Grille und unterhaltend für alle, die die Ehre hatten, mit ihr bekannt zu sein. Sie fand nach reiflicher Überlegung, daß sie durch irgendeinen Unfall in einen Hahn verwandelt worden war; und als solcher benahm sie sich mit Anstand. Es war bewunderungswürdig, wie sie mit den Flügeln schlug – so – so – so, und ihr Krähen war einfach entzückend! Ki–ke–riki! – Ki–ke–ri–kiii! – Ki–ke–ri–ki–
–i–i–i–i!«

»Frau Joyeuse«, fiel unser Wirt hier ärgerlich ein, »benehmen Sie sich anständig, wie es einer Dame zukommt, oder Sie müssen vom Tisch fernbleiben. – Wählen Sie!«

Die Dame (wie erstaunte ich, daß sie anscheinend selber die so launig beschriebene Frau Joyeuse war) errötete bis zu den Haarwurzeln und schien von der Zurechtweisung empfindlich getroffen. Sie ließ den Kopf hängen und entgegnete kein Wort. Aber eine andere, jüngere Dame setzte die Unterhaltung fort. Es war mein schönes Mädchen aus dem Sprechzimmer.

»Frau Joyeuse war wirklich eine Närrin«, rief sie aus; »da hatte der Spleen von Eugenie Salsafette mehr Sinn. Sie war ein sehr hübsches und zurückhaltendes junges Mädchen, dem die übliche Kleidertracht anstößig erschien; sie versuchte deshalb, statt in die Kleider hineinzuschlüpfen, aus ihnen herauszukommen. Das geht übrigens ganz leicht. Man braucht nur so – zu machen – und dann so – so – so – und dann so – und so – und so – und dann –«

»Mein Gott! Fräulein Salsafette!« riefen ein Dutzend Stimmen. »Was fällt Ihnen ein! – Gott bewahre! Genug, genug! – Wir sehen deutlich genug, wie es gemeint ist! – Halt, halt!« Und einige sprangen schon von ihren Sitzen, um Fräulein Salsafette davon abzuhalten, sich in das Kostüm der Mediceischen Venus zu werfen.

Da wurde die allgemeine Verwirrung noch durch laute,

gellende Schreie gesteigert, die aus einem inneren Teil des Schlosses zu dringen schienen.

Meine Nerven wurden von diesen Schreien nicht wenig erschüttert, für die andern aber hatten sie geradezu eine bedauernswerte Wirkung. Nie in meinem Leben sah ich vernünftige Leute so fürchterlich erschrecken. Sie wurden alle leichenblaß, sanken in ihrem Stuhl zusammen und lauschten, bebend vor Angst, auf eine Wiederholung jener Töne. Sie kamen – näher und lauter – und dann ein drittes Mal *sehr* laut, und dann ein viertes Mal mit anscheinend verminderter Heftigkeit. Bei diesem offenbaren Nachlassen des Lärmens gewann die Gesellschaft schnell ihre Fassung zurück, und wie vorher war alles voll Leben und Heiterkeit. Ich wagte jetzt eine Frage nach der Ursache jener sonderbaren Störung.

»Nichts von Bedeutung«, sagte Herr Maillard. »Wir sind dergleichen gewohnt und kümmern uns nicht viel darum. Hie und da brechen die Irren in ein gemeinsames Geheul aus; einer steckt den andern damit an, ähnlich wie Hunde des Nachts einander zum Bellen reizen. Es kommt jedoch gelegentlich vor, daß diesem Schreien ein allgemeiner Versuch, auszubrechen, folgt, was natürlich nicht ganz gefahrlos wäre.«

»Und wieviel Pfleglinge haben Sie?«

»Gegenwärtig nicht mehr als zehn.«

»Hauptsächlich Frauen, wie ich schätze?«

»O nein – lauter Männer, und kräftige dazu, kann ich Ihnen sagen.«

»Wirklich! Ich habe immer angenommen, die Mehrzahl der Irrsinnigen sei weiblichen Geschlechts.«

»Meistens ist es so, aber nicht immer. Vor einiger Zeit hatten wir hier siebenundzwanzig Patienten und darunter nicht weniger als achtzehn Frauen; in letzter Zeit hat sich aber, wie Sie sehen, vieles geändert.«

»Ja – vieles geändert, wie Sie sehen«, fiel der Herr ein, der vorhin Mamselle Laplace auf den Brokat getreten hatte.

»Ja – vieles geändert, wie Sie sehen!« brüllte die ganze Gesellschaft auf einmal.

»Haltet den Mund!« rief mein Gastgeber aufgebracht. Worauf minutenlang vollkommene Stille herrschte. Eine der Damen nahm Herrn Maillards Befehl wörtlich und hielt sich bis zum Ende des Gesprächs den großen Mund gehorsam mit beiden Händen zu.

»Und jene Dame«, sagte ich und beugte mich zu Herrn Maillard, »die gute alte Dame, die uns das Kikeriki vormachte – sie ist, wie ich annehme, harmlos – ganz harmlos, wie?«

»Harmlos?« sagte er mit unverhohlenem Staunen. »Wie – wie – wie meinen Sie das?«

»Nur ein leichter Fall«, sagte ich und tippte mit dem Finger an die Stirn. »Ich nehme an, es ist kein schwerer, kein gefährlicher Fall, wie?«

»Mein Gott! Was denken Sie denn! Diese Dame, meine liebe alte Freundin, Frau Joyeuse, ist so gesund wie ich. Gewiß, sie hat ihre kleinen Eigenheiten – aber, Sie wissen ja: alle alten Frauen – alle *sehr* alten Frauen sind mehr oder weniger sonderbar!«

»Gewiß«, sagte ich – »gewiß – und die andern Herren und Damen hier –«

»Sind meine Freunde und Beamten«, fiel mir Herr Maillard ins Wort und richtete sich abweisend in die Höhe – »meine besten Freunde und Gehilfen.«

»Wie, allesamt?« fragte ich, »die Frauen und alle die übrigen?«

»Allerdings«, sagte er – »wir könnten ohne die Frauen gar nicht auskommen; sie sind die besten Irrenwärterinnen, die es gibt; sie haben so ihre eigene Weise, wissen Sie; ihre strahlenden Blicke haben eine ganz besondere Wirkung – so ähnlich wie der Zauber der Schlange, verstehen Sie.«

»Gewiß«, sagte ich – »ganz gewiß! Aber sie benehmen sich ein wenig sonderbar, wie? – Sie sind nicht *so ganz* richtig, wie? – Meinen Sie nicht?«

»Sonderbar! – Nicht ganz richtig! – Ist das Ihr Ernst? Gewiß, wir hier im Süden sind nicht sehr zimperlich – lassen uns ein wenig gehen – genießen das Leben, wissen Sie...«

»Gewiß«, sagte ich; »gewiß!«

»Und dann ist vielleicht der Wein, der Clos de Bougeot, ein wenig schwer, wissen Sie – ein wenig *stark* – verstehen Sie, eh?«

»Gewiß«, sagte ich; »gewiß! Beiläufig gesagt, mein Herr, ist meine Annahme richtig, daß Sie sagten, statt des berühmten Besänftigungssystems hätten Sie nun ein System rücksichtsloser Strenge eingeführt?«

»Keineswegs. Die Kranken befinden sich zwar in strengem Gewahrsam, aber die Behandlung – die ärztliche Behandlung, meine ich – ist geradezu eine angenehme.«

»Und das neue System ist Ihre eigene Erfindung?«

»Nicht ganz. Zum Teil geht es auf Dr. Teer zurück, von dem Sie sicher gehört haben; andrerseits habe ich aber Modifikationen eingeführt, die, wie ich mit Vergnügen feststelle, von dem berühmten Professor Feder stammen, mit dem Sie, wenn ich mich recht erinnere, die Ehre haben, näher bekannt zu sein.«

»Ich muß leider bekennen«, erwiderte ich, »daß ich bisher nicht einmal den Namen eines der Herren gehört habe.«

»Gütiger Himmel!« rief mein Wirt, schob seinen Stuhl zurück und erhob die Arme zum Himmel. »Ich habe mich wohl verhört! Wie? Sie wollen doch nicht sagen, Sie hätten von dem bekannten Dr. Teer und dem berühmten Professor Feder *nie gehört*?«

»So ist es, wie ich beschämt gestehe«, entgegnete ich. »Aber Wahrheit ist die Hauptsache! Und ich bin tief unglücklich, mit den Werken dieser zweifellos hervorragenden Männer nicht vertraut zu sein. Ich werde das aber sogleich nachholen und Ihre Schriften sorgsam durcharbeiten. Herr Maillard, Sie haben mich – ich muß es bekennen – Sie haben mich wirklich tief beschämt.«

Und das war Tatsache.

»Nichts mehr davon, lieber junger Freund«, sagte er liebenswürdig und drückte mir die Hand – »trinken wir ein Glas Sauterne miteinander.«

Wir tranken. Die Gesellschaft tat ein Gleiches: alle tranken maßlos. Sie schwatzten – scherzten – lachten – verübten tausend Tollheiten. Die Fiedeln kreischten, die Trommel dröhnte, die Blasinstrumente gellten und bellten – und die ganze, durch die Wirkung des Alkohols immer wüster werdende Szene artete aus in höllische Raserei. Herr Maillard und ich, einige Flaschen Sauterne und Clos Bougeot vor uns, setzten indessen mit aller Kraft unserer Lungen die Unterhaltung fort. Ein mit normaler Stimme gesprochenes Wort hatte nicht mehr Aussicht, vernommen zu werden, als die Stimme eines Fisches vom Grunde der Niagara-Fälle.

»Sie erwähnten vor Tisch«, brüllte ich ihm ins Ohr, »die Gefahren, welche das alte Besänftigungssystem mit sich brachte. Würden Sie mir darüber Aufschluß geben?«

»Ja«, erwiderte er. »Es hat gelegentlich große Gefahren. Die Launen Wahnsinniger sind unberechenbar, und sowohl ich als auch Dr. Teer und Professor Feder sind der Ansicht, daß es *niemals* ratsam ist, sie unbewacht herumgehen zu lassen. Ein Irrer mag für einige Zeit ›besänftigt‹ werden, wie man so sagt, im Grunde aber ist er immer geneigt, in Tobsucht auszubrechen. Seine Verschlagenheit ist groß, ja sprichwörtlich. Wenn er einen Plan hat, so verbirgt er seine Absicht mit bewunderungswürdiger Schlauheit, und die Gewandtheit, mit der er ein Geheiltsein vortäuscht, bietet den Psychiatern eines der seltsamsten Probleme. In der Tat: wenn ein Geisteskranker *vollkommen* gesund erscheint, ist es hohe Zeit, ihn in die Zwangsjacke zu stecken.«

»Aber die *Gefahr*, mein lieber Herr – von der Sie sprachen, sie als Leiter der Anstalt aus eigener Erfahrung kennengelernt zu haben – war es irgendein praktischer Fall, der Sie dahin brachte, die Freiheit eines Geisteskranken für gefährlich zu halten?«

»Hier? – Aus eigener Erfahrung? – Ja, allerdings! Vor gar nicht langer Zeit ereignete sich hier im Hause ein eigentümlicher Fall. Das ›Besänftigungs-System‹ war damals noch in Anwendung, und die Kranken gingen frei umher. Sie betrugen sich gut, ausnehmend gut – ein kluger Mann hätte gerade daraus den Schluß ziehen müssen, daß irgendein teuflischer Anschlag geplant war. Und natürlich, eines schönen Morgens sahen sich die Wärter an Händen und Füßen gebunden und in die Zellen geworfen, wo sie von den Geisteskranken, die sich das Amt der Wärter angemaßt hatten, bewacht wurden, als seien sie die Kranken.«

»Nicht möglich! Nie im Leben hab' ich etwas so Tolles gehört!«

»Tatsache! – Alles war das Werk eines kühnen Dummkopfs – eines Wahnsinnigen –, der es sich irgendwie in den Kopf gesetzt hatte, ein besseres System zur Behandlung Geisteskranker gefunden zu haben, als je dagewesen war. Er wollte vermutlich einen Versuch damit machen und überredete die andern Kranken zu einer Verschwörung gegen die herrschende Gewalt.«

»Und er hatte Erfolg?«

»Vollständig! Wärter und Kranke mußten ihre Rollen vertauschen. Das stimmt allerdings nicht ganz, denn die Irren waren frei gewesen, die Wärter aber wurden von nun ab in Zellen gesperrt und – leider, muß ich sagen – sehr unhöflich behandelt.«

»Doch ich vermute, daß bald eine Gegenrevolution eintrat? Jener Zustand kann nicht lange gedauert haben. Die Landleute aus der Nachbarschaft – Besucher der Anstalt – würden Alarm geschlagen haben.«

»Da irren Sie. Der Rädelsführer war viel zu schlau. Er ließ keine Besucher ein – mit Ausnahme eines einzigen, sehr einfältig aussehenden jungen Mannes, den er nicht zu fürchten brauchte. Er ließ ihn ein, sich die Anstalt zu besehen – ließ ihn ein, aus Spaß – der Abwechslung halber. Und als er ihm dann genug weisgemacht hatte, ließ er ihn wieder hinaus und schickte ihn weiter.«

»Und wie lange regierten die Irrsinnigen?«

»O, lange Zeit – wenigstens einen Monat –; wieviel länger, kann ich nicht genau sagen. Sie hatten eine gute Zeit, die Wahnsinnigen – das können Sie mir glauben! Sie legten ihre eigenen schäbigen Kleider ab und schmückten sich mit den Gewändern und Juwelen der Familie des Anstaltsleiters. In den Kellereien des Schlosses lag ein großer Weinvorrat; und diese Tollen sind gerade die Rechten zum Saufen. Sie lebten gut, sag' ich Ihnen!«

»Und die Behandlung – welcher Art war die Behandlung, die der Rädelsführer den Gefangenen angedeihen ließ?«

»Nun, was das anlangt – ein Geisteskranker ist nicht immer ein Narr, wie ich schon sagte; und es ist meine ehrliche Überzeugung, daß seine Behandlungsweise bei weitem besser war als die vorhergegangene. Ja wirklich – es war ein ganz prächtiges System – einfach – klar – ohne viel Umstände – kurzum, ein großartiges – – – –«

Hier wurde meinem Gastgeber das Wort abgeschnitten durch eine Wiederholung jener wilden Schreie, wie sie sich schon einmal hatten hören lassen. Diesmal aber schienen sie von Leuten ausgestoßen zu werden, die eilig näher kamen.

»Herr des Himmels!« schrie ich auf, »die Wahnsinnigen sind ausgebrochen!«

»Ich fürchte sehr, daß es so ist«, sagte Herr Maillard, der furchtbar blaß wurde. Er hatte kaum ausgesprochen, als man unter den Festern laute Rufe und Verwünschungen hörte; und gleich darauf stellte es sich heraus, daß man von draußen versuchte, in den Saal einzudringen. Hammerschläge sausten gegen die Tür, und auch die Fensterläden wurden mit aller Kraft bearbeitet.

Eine entsetzliche Verwirrung war die Folge. Herr Maillard kroch zu meiner höchsten Verwunderung unter den Servierschrank. Ich hätte von ihm mehr Entschlossenheit erwartet. Die Mitglieder des Orchesters, die während der letzten Viertelstunde anscheinend zu betrunken gewesen waren, um ihren Pflichten nachzukommen, sprangen nun alle auf einmal zu ihren Instrumenten, kletterten auf ihren Tisch und brachen in den »Yankee Doodle« aus, den sie, wenn auch nicht ganz im Takt, doch mit übermenschlicher Energie während des ganzen Aufruhrs wieder und wieder spielten.

Den Speisetisch mit seinen zahllosen Flaschen und Gläsern hatte inzwischen jener Herr erklommen, den man vorher so schwer von diesem Tun zurückhalten konnte. Kaum hatte er oben Fuß gefaßt, so begann er eine Rede, die zweifellos glänzend war, wenn man sie nur hätte verstehen können. Gleichzeitig begann der Mann mit der Kreiselmanie sich mit Kraft und Ausdauer durchs Zimmer zu drehen; seine Arme hatte er in rechtem Winkel von sich gestreckt, so daß er wirklich wie ein Kreisel aussah und jeden niederwarf, der ihm in den Weg kam. Plötzlich hörte ich ein seltsames Knallen und Sprudeln wie von einer Sektflasche und entdeckte schließlich, daß es von jenem Manne herrührte, der vorhin bei Tisch die Sektflasche nachgeahmt hatte; und der Froschmensch quakte, als hinge sein Seelenheil an jedem Ton, den er zum besten gab. Und über das alles erhob sich das laute I-ah eines Esels. Was meine alte Freundin, Frau Joyeuse, anlangte, so hätte ich aus Mitgefühl fast Tränen vergossen, so furchtbar erschrocken schien sie. Alles, was sie jedoch tat, war, daß sie sich beim Kamin in einen Winkel stellte und ununterbrochen mit kreischender Stimme Ki-ke-ri-ki-i rief.

Und nun kam der Höhepunkt, die Katastrophe des Dramas. Da den Leuten draußen kein anderer Widerstand als Schreien und Quaken und Krähen entgegengesetzt wurde, so waren die zehn Fenster sehr rasch und fast gleichzeitig eingeschlagen. Nie werde ich das Staunen und Entsetzen vergessen, mit dem ich diese Wesen anstarrte, die da durch die Fenster sprangen und sich stampfend und heulend und schlagend und kratzend unter uns stürzten. Sie glichen einem Heer von Schimpansen, Orang-Utans oder schwarzen Pavianen vom Kap der guten Hoffnung.

Ich bekam einen furchtbaren Hieb, der mich unter das Sofa beförderte. Dort lag ich wohl fünfzehn Minuten und horchte angespannt auf die Vorgänge im Saal und fand schließlich die Lösung der Tragödie. Herr Maillard, der mir die Geschichte von dem Wahnsinnigen erzählte, der seine Genossen zur Rebellion verleitete, hatte nichts als seine eigenen Taten berichtet. Dieser Herr war tatsächlich vor zwei oder drei Jahren Leiter der Anstalt gewesen, wurde aber selbst verrückt und also den Kranken eingereiht. Diese Tatsache war meinem Reisegefährten, der mich hier einführte unbekannt gewesen. Die Wärter, zehn an der Zahl, waren plötzlich überwältigt worden; dann hatte man sie mit *Teer* bestrichen, in *Federn* gewälzt und in unterirdische Zellen eingesperrt.

Mehr als einen Monat waren sie so gefangen gehalten worden, während welcher Zeit Herr Maillard ihnen großmütigerweise nicht nur Teer und Federn (die sein »System« ausmachten), sondern auch etwas Brot und viel Wasser zukommen ließ. Mit letzterem wurden sie täglich übergossen. Einer von ihnen, der durch einen Abzugskanal entkommen war, befreite dann die andern.

Das »Besänftigungssystem« ist, mit bedeutenden Einschränkungen, im Schlosse wieder aufgenommen worden; dennoch muß ich Herrn Maillard zustimmen, daß seine eigene »Behandlungsmethode« in ihrer Art ganz hervorragend war. Wie er richtig bemerkte, war sie »einfach und klar und machte gar keine Umstände – durchaus keine«.

Ich habe nur hinzuzufügen, daß ich alle Buchhandlungen Europas nach den Werken des Dr. Teer und des Prof. Feder abgesucht habe, daß aber bis auf den heutigen Tag meine Bemühungen vergeblich waren.

Mellonta Tauta

An Bord der »Himmelslerche«

1. April 2848

Nun, mein lieber Freund – kommt die Strafe Deiner Sünden: ein langer Plauderbrief. Ich verkünde Dir feierlich: für all Deine üblen Angewohnheiten will ich Dich strafen. Für Deine Langweiligkeit, für Deine Unbeständigkeit, Dein Faseln und ödes Schwatzen. Außerdem bin ich hier mit ein- oder zweihundert Subjekten in ein schmutziges Luftschiff gesperrt, die alle vorhaben, eine Vergnügungstour zu machen. (Was für einen merkwürdigen Begriff doch gewisse Leute von Vergnügen haben!) Einen Monat wird es wohl mindestens währen, ehe ich den Fuß wieder auf festes Land setzen darf. Kein vernünftiges Wesen, mit dem man sich unterhalten kann! Keine Möglichkeit, etwas zu tun! Nun, und wenn der Mensch keine Arbeit hat, dann ist es an der Zeit, mit den Freunden zu korrespondieren. Merkst Du jetzt, warum ich diesen Brief schreibe? Meiner Langweile und Deiner Sünden wegen!

Setze also Deine Brille auf und mache Dich gefaßt, angeödet zu werden. Ich habe vor, Dir jeden Tag zu schreiben, so lange diese abscheuliche Reise dauert.

Heiho! Wann wird der Menschenschädel endlich einer vernünftigen Erfindung zugänglich sein? Werden wir in alle Ewigkeit zu den tausend Unannehmlichkeiten einer Ballonfahrt verdammt bleiben? Wird nie jemand eine flottere Art der Beförderung ausfindig machen? Dieser Schlendrian ist meiner Meinung nach beinahe eine Tortur. Auf Ehre, seit unserem Aufstieg haben wir nicht viel mehr als hundert Meilen in der Stunde zurückgelegt. Sogar von den Vögeln werden wir überholt – wenigstens von manchen. Ich versichere Dir, ich übertreibe durchaus nicht. Freilich erscheint unsere

Vorwärtsbewegung langsamer, als sie tatsächlich ist; wohl weil wir keine Gegenstände neben uns haben, die uns zur Schätzung unserer Schnelligkeit dienen könnten, und weil wir mit dem Winde fliegen. Nur wenn wir einem Ballon begegnen, ist eine Möglichkeit vorhanden, unsere Fluggeschwindigkeit zu bemessen, und dann sieht, wie ich zugebe, die Sache besser aus. Übrigens: trotz meiner Gewöhnung an diese Art des Reisens kann ich mich eines Schwindels nicht erwehren, sobald ein anderer Ballon, vor starkem Winde treibend, dicht über uns dahinfliegt. Das erscheint mir immer, als ob ein ungeheurer Raubvogel auf uns herunterstoßen und uns in seinen Fängen forttragen wolle. Einer flog heute früh bei Sonnenaufgang so dicht über uns weg, daß sein Schlepptau das Netzwerk berührte, an dem unsere Gondel aufgehängt ist. Da weiß man, was Besorgnis heißt. Unser Kapitän behauptete, wenn der Stoff unserer Ballonhülle dieselbe Schundseide gewesen wäre, die vor fünfhundert bis tausend Jahren in Gebrauch war, so würden wir unrettbar Schiffbruch gelitten haben. Wie der Mann mir erklärte, war diese Seide aus den Eingeweiden einer Art von Würmern gefertigt. Der Wurm wurde sorgfältig mit Maulbeeren (einer der Wassermelone ähnlichen Frucht) gefüttert und, wenn genügend gemästet, in einer Mühle zerquetscht. Die so entstehende Paste wurde in ihrem Urzustand Papyrus genannt und hatte eine Reihe von Behandlungen durchzumachen, bis sie schließlich zur »Seide« wurde. Unglaublicherweise wurde dieses Gewebe für Frauenkleider außerordentlich bevorzugt! Doch wurde es ziemlich allgemein auch zur Herstellung von Ballons gebraucht. Später wurde, wie es scheint, ein besseres Material entdeckt, nämlich eine Art von Flaumwolle, welche die Samenkapsel einer Pflanze umgab, die vulgär Euphorbium hieß und botanisch Wolfsmilch genannt war. Diese Art Seide nannte man wegen ihrer großen Dauerhaftigkeit »Buckinghamseide«, sie wurde in der Regel vor dem Gebrauch mit einer Lösung von Kautschukgummi überzogen. Dies ist eine Substanz, die in mancher Beziehung dem heute allgemein verwendeten Guttapercha ähnlich gewesen sein muß. Dieser Kautschuk hieß India Rubber oder Rubber of Twist und war zweifellos einer der häufigen Schwämme. Laß mich nicht wieder hören, daß ich nicht im tiefsten Herzen ein Altertumsforscher bin.

Da ich eben von Schlepptau spreche – unser eigenes hat, wie es scheint, soeben von einem der kleinen magnetischen Dampfer, die im Ozean unter uns massenhaft herumschwärmen, einen Mann über Bord geschleudert. Diese Dampfer sind Schiffe von etwa sechstausend Tonnen und immer außerordentlich überfüllt. Es sollte verboten werden, daß sie mehr als eine bestimmte Anzahl von Passagieren aufnehmen dürfen. Natürlich wartete man nicht, bis der Mann wieder an Bord steigen konnte, und bald war er mitsamt seinem Rettungsgürtel außer Sicht. Ich freue mich, mein lieber Freund, in einem so aufgeklärten Zeitalter zu leben, wo man sich um ein einzelnes Individuum nicht mehr kümmert. Wahre Humanität rechnet eben nur mehr mit Massen. Übrigens, da ich gerade von Humanität spreche, weißt Du, daß unser unsterblicher Wiggins in seinen Ansichten über soziale Zustände durchaus nicht so originell ist, wie seine Zeitgenossen glauben? Pundit* versichert mir, daß dieselben Gedanken fast in derselben Form vor etwa tausend Jahren von einem irischen Philosphen namens Furrier ausgesprochen und in die Wirklichkeit umgesetzt wurden, indem er einen Kleinhandel mit Katzenfellen und Pelzen betrieb. Pundit weiß Bescheid, Du weißt's; also muß es wohl stimmen. Wie wunderbar sehen wir täglich die tiefsinnige Bemerkung des Hindu Aries Trotteles bestätigt, der nach Pundit sagte: »Wir müssen also behaupten, daß dieselben Ansichten nicht nur einmal, zweimal oder wenige Male, sondern in immerwährender Wiederkehr den Kreislauf wiederholen.«

---

* Name eines gelehrten Brahmanen.

2. April. – Wir sprachen heute mit dem magnetischen Kutter, der die eine Abteilung der schwebenden Telegraphendrähte zu beaufsichtigen hat. Ich erfuhr, daß es damals, als diese Art von Telegraphie zuerst durch Horse eingeführt wurde, für absolut unmöglich galt, die Drähte über die See zu spannen. Jetzt ist es allerdings unverständlich, wo die Schwierigkeit gelegen hat! So ändert sich die Welt. TEMPORA MUTANTUR – entschuldige, daß ich Etruskisch zitiere. Was würden wir heute ohne den atlantischen Telegraphen anfangen? (Pundit sagt, atlantisch sei ein altes Adjektiv.) Wir drehten ein paar Minuten lang bei, um dem Kutter ein paar Fragen zu stellen, und hörten unter anderen wichtigen Neuigkeiten, daß in Afrika Bürgerkrieg wüte und in Europa und Asien die Pest ihr nützliches Werk in prachtvoller Weise vollbringe. Ist es nicht wirklich merkwürdig, daß die Menschheit, bevor die Humanität ihr blendendes Licht auf die Philosophie warf, Krieg und Seuche als schwere Plagen ansah? Weißt Du, daß tatsächlich in den früheren Tempeln Andachten abgehalten wurden, um diese Plagen (!) von der Menschheit abzuwenden? Ist es nicht wirklich schwer zu verstehen, aus welchen Beweggründen unsere Vorväter so handelten? Waren sie so blind, nicht zu erkennen, daß die Vernichtung einer Myriade von Individuen der größte Vorteil für die Masse sei?

3. April. – Es ist wirklich ein großartiges Vergnügen, die Strickleiter hinaufzuklettern, die auf die Plattform der Ballonhülle führt, und von dort die Umgebung zu betrachten. Von der Gondel unten, weißt Du, ist die Aussicht nicht so umfassend; Du kannst in vertikaler Richtung wenig sehen. Wenn man jedoch hier auf der elegant gepolsterten offenen Plattform sitzt, wo ich Dir eben dies schreibe, kann man nach jeder Richtung hin alles sehen, was vorfällt. Gerade jetzt ist ein ganzer Schwarm von Ballons in Sicht. Sie bieten einen sehr munteren Anblick, und der Luftraum hallt wider von dem Durcheinander so vieler Millionen menschlicher

Stimmen. Ich habe gehört, daß die Zeitgenossen dem Cello (Pundit behauptet, er habe Viola geheißen), der für den ersten Luftschiffer gilt, kaum zuhörten, als er die Möglichkeit feststellte, die Luft nach allen Richtungen zu durchkreuzen, indem man einfach auf- oder absteige, bis man einen günstigen Luftstrom erreicht hätte. Sie hielten ihn für einen genialen Narren, weil die Philosophen (?) jener Zeit die Sache für unmöglich erklärten. Uns erscheint es jetzt umgekehrt unglaublich, wie etwas so selbstverständlich Ausführbares dem Verständnis der früheren Gelehrten entgehen konnte. Doch sind ja zu allen Zeiten dem Fortschritt der Künste und Wissenschaften die größten Schwierigkeiten gerade von den sogenannten Wissenschaftlern bereitet worden. Allerdings sind unsere heutigen Wissenschaftler nicht ganz so verblendet wie die früheren. – Übrigens habe ich Dir zu diesem Punkt noch etwas Sonderbares zu erzählen. Weißt Du, daß noch nicht tausend Jahre vergangen sind, seit die Metaphysiker sich dazu verstanden haben, die Menschen von der merkwürdigen Einbildung zu befreien, daß nur zwei Wege zur Erkenntnis der Wahrheit führten? Glaube es, wenn Du kannst! Vor langer, langer Zeit, scheint es, lebte im Dunkel der Vergangenheit ein türkischer oder Hindu-Philosoph, der schon erwähnte Aries Trotteles, der für jene Art der Forschung eintrat, die man damals als die deduktive oder aprioristische bezeichnete. Er ging von dem, was er Grundsätze oder »selbstverständliche Wahrheiten« nannte, aus und schritt dann »logisch« zu Schlußfolgerungen fort. Seine berühmtesten Schüler waren ein gewisser Neuklid und ein gewisser Cant. Aries Trotteles fand größten Anklang, bis ein gewisser Hog mit dem Beinamen »Ettrick Shepherd« auftauchte, der ein ganz anderes System verkündete, welches er das A POSTERIORI oder induktive nannte. Sein System geht hauptsächlich auf die Empfindung zurück; er ging durch Beobachtung, Analysierung und Klassifizierung der Tatsachen – INSTANTIAE NATURAE, wie sie in gekünstelter Weise damals genannt wurden – vor und brachte sie in allgemeine Gesetze. Mit einem Wort: Aries Trotteles' Methode war auf Noumena, Hogs' Methode auf Phaenomena gegründet. So groß war damals die Bewunderung, die diese letztere Methode erregte, daß bei ihrem ersten Bekanntwerden Aries Trotteles in Verruf geriet. Schließlich gewann er aber wieder Boden und konnte so das Reich der Wahrheit mit seinem moderneren Rivalen teilen. Jetzt behaupteten die Gelehrten, daß die Wege nach Aristoteles und Bacon die beiden einzigen zur Erkenntnis seien. Bacon aber, mußt Du wissen, bedeutet Hog*, nur klingt es besser und etwas gewählter.

Nun kann ich Dir, mein lieber Freund, aufs bestimmteste versichern, daß ich diese Frage in billiger Weise und mit wirklicher Autorität behandle. Du kannst Dir wohl denken, wie eine so sichtlich absurde Vorstellung den Fortschritt alles wahren Wissens hemmen mußte, das doch fast ausnahmslos in intuitiven Sprüngen vorwärtsgeht. Das alte Prinzip beschränkte die Forschung auf Kriechen und Schleichen. Besonders für Hog war man hundert Jahre lang so sehr eingenommen, daß allem Denken, soweit es diesen Namen mit Recht verdient, definitiv ein Ende gemacht wurde. Niemand wagte eine Wahrheit auszusprechen, die er nur in seiner eignen Seele empfunden hatte. Es kam durchaus nicht darauf an, ob die Wahrheit auch als solche nachweisbar war. Denn die gelehrten Dickschädel jener Zeit sahen nur auf den Weg, der zur ihr geführt hatte. Das Ende wollten sie sich nicht einmal betrachten. »Die Mittel wollen wir sehen«, riefen sie, »die Mittel!« Wenn es sich nach Betrachtung der Mittel herausstellte, daß diese weder unter die Kategorie Aries oder Ram** noch unter die Kategorie Hog einzureihen waren, dann gingen die Gelehrten nicht weiter, sondern erklärten den »Theoretiker« für einen Narren und wollten

---

* Beides bedeutet Schwein. A. d. Ü.
** Beides heißt Hammel. A. d. Ü.

weder mit ihm noch mit seiner Wahrheit irgend etwas zu tun haben.

Nun kann man nicht behaupten, daß durch das Schleich- oder Kriechsystem auch im Laufe langer Zeiten die größte Summe von Wahrheiten eingeheimst werden könnte. Denn die Unterdrückung der Einbildungskraft war ein Übel, das auch nicht durch die überlegene Sicherheit der früheren Forschungsmethoden ausgeglichen werden konnte. Dieser Irrtum glich dem Irrtum jenes klugen, der sich einbildete, er könne einen Gegenstand um so besser sehen, je näher er ihn seinen Augen brächte. Diese Leute verwirrten sich selbst durch die Einzelheiten. Wenn sie nach Hog vorgingen, waren ihre »Tatsachen« keineswegs immer Tatsachen. Das wäre ja nicht so sehr von Übel gewesen, wenn sie nicht angenommen hätten, es *seien* Tatsachen und müßten Tatsachen sein, weil sie wie solche aussähen. Gingen sie aber À LA Ram vor, so war ihr Weg gewundener als ein Bockshorn. Denn sie fanden niemals ein Axiom, das überhaupt ein Axiom gewesen wäre. Sie müssen selbst für die damalige Zeit recht verblendet gewesen sein, daß sie dies nicht bemerkten; denn schon damals waren viele der vorher »festgestellten« Axiome nicht mehr gültig. Z. B. »EX NIHILO NIHIL FIT«, »ein Körper kann nicht wirken, wo er ist«, »Antipoden können nicht existieren«, »Dunkelheit kann nicht aus Licht entstehen« – alle diese und etwa ein Dutzend ähnlicher Behauptungen, die man früher ohne Zögern als Axiome anerkannt hatte, wurden schon zu der Zeit, die hier in Betracht kommt, als unhaltbar verworfen. Wie absurd war es also von diesen Leuten, sich in ihrem Glauben an die »Axiome« als unveränderliche Grundlagen der Wahrheit zu versteifen! Selbst ihre vernünftigsten Denker noch machen es einem leicht, die Nichtigkeit und Unhaltbarkeit ihrer Axiome nachzuweisen. Wer war der vernünftigste Logiker jener Zeit? Laß mich überlegen! Ich will schnell Pundit fragen und bin in einer Minute zurück ... Ah, ich hab's! Es gibt ein Buch, das vor ungefähr tausend Jahren geschrieben und kürzlich aus dem Englischen, das, nebenbei gesagt, die Grundlage der amerikanischen Sprache gewesen zu sein scheint, übersetzt worden ist. Pundit sagt, es sei entschieden das beste alte Werk über Logik. Der Autor, der zu seiner Zeit sehr geschätzt war, war ein gewisser Miller oder Mill, und als wichtige Tatsache finden wir verzeichnet, daß er ein Mühlpferd namens Bentham besaß. Doch wollen wir uns nun zum Buche selbst wenden.

Ah! – »Die Fähigkeit oder Unfähigkeit, zu begreifen«, sagt Herr Mill ganz richtig, »ist in keinem Falle als Kriterium axiomatischer Wahrheit anzusehen.« Welcher wirklich Moderne würde je daran denken, diese Wahrheit zu bestreiten? Das einzige, was uns verwundern kann, ist, daß Mill es für nötig achtete, überhaupt etwas so Selbstverständliches zu erwähnen. Soweit gut; nun zu einer anderen Behauptung. Was finden wir hier? – »Sich widersprechende Behauptungen können nicht beide wahr sein, das heißt, sie können nicht in der Wirklichkeit koexistieren.« Hier glaubt Mill z. B., daß ein Baum entweder ein Baum oder kein Baum sein könne. Sehr gut; aber ich frage ihn: warum? Seine Antwort ist diese und will einfach nur diese sein: »weil es unmöglich ist, zu begreifen, daß von widersprechenden Behauptungen beide wahr sein können.« Aber das ist nach seinen eigenen Ausführungen überhaupt keine Antwort; denn hat er nicht eben als Wahrheit aufgestellt, daß »die Fähigkeit oder Unfähigkeit, zu begreifen, nicht als Kriterium axiomatischer Wahrheit« betrachtet werden kann?

Nun beklage ich mich über diese früheren Philosophen nicht so sehr deswegen, weil ihre Logik, ihren eigenen Äußerungen zufolge, äußerst wertlos, phantastisch und ohne Basis ist, sondern wegen ihrer imbezillen Anmaßung, dreist alle andern Wege zur Wahrheit, alle andern Mittel zu ihrer Erreichung zu verwerfen und die Seele, die nichts so sehr liebt, als sich aufzuschwingen, auf die beiden verkehrten

Wege – den des Schleichens und den des Kriechens – zu zwingen.

Nebenbei, mein lieber Freund, glaubst Du nicht, daß es diese alten Dogmatiker in Verlegenheit gebracht haben würde, wenn sie hätten entscheiden sollen, auf welchem ihrer beiden Wege wohl die wichtigste und erhabenste ihrer Wahrheiten tatsächlich erreicht worden ist? Ich meine das Gravitationsgesetz. Newton verdankte es Kepler. Kepler gab zu, daß seine drei Gesetze auf Mutmaßungen beruhten – diese drei Gesetze, die vor allen andern den großen englischen Mathematiker zu seinem Prinzip führten, zu der Grundlage aller physikalischen Prinzipien, zu deren Verständnis wir das Reich der Metaphysik betreten müssen. Kepler mutmaßte, d. h. er erfand. Er war seinem Wesen nach ein »Theoretiker«, ein heutzutage hochgeachtetes, damals aber verächtliches Wort. Würden ferner diese alten Mondkälber nicht auch in Verlegenheit geraten sein, wenn sie hätten erklären müssen, auf welchen der zwei »Wege« ein Kryptograph zur Entschleierung eines ungewöhnlich schwierigen Kryptogramms gelangt oder welchen der beiden Wege Champollion benutzte, um die Menschheit zu jenen unvergänglichen und fast zahllosen Wahrheiten zu führen, die der Entzifferung der Hieroglyphen entsprangen?

Noch ein Wort über diese Frage, und ich höre auf, Dich zu langweilen. Ist es nicht erstaunlich, daß diese verblendeten Leute mit all ihrem ewigen Geschwätz über die Wege zur Wahrheit gerade den verfehlten, den wir jetzt so klar als die gerade Straße erkennen – den Weg der Folgerichtigkeit? Erscheint es nicht merkwürdig, daß sie es versäumten, aus den Werken Gottes den hochwichtigen Schluß zu ziehen, daß eine vollkommene Folgerichtigkeit eine absolute Wahrheit sein müsse! Wie einfach ist unser Fortschritt seit dem späten Bekanntwerden dieses Lehrsatzes gewesen! Die Forschung ist diesen Mondkälbern aus der Hand genommen und den wahren, einzig wahren Denkern, den Männern von lebhafter Einbildungskraft, übertragen worden. Diese theoretisieren. Kannst Du Dir das verächtliche Geschrei vorstellen, das unsere Vorfahren bei diesen Worten ausstoßen würden, wäre es ihnen möglich, eben jetzt über meine Schulter zu sehen? Die heutigen Forscher theoretisieren, wie ich sagte; ihre Theorien werden einfach verbessert, reduziert, in Systeme gebracht – nach und nach von den Schlacken ihrer Inkonsequenz befreit – bis endlich eine vollkommene Folgerichtigkeit klar zutage tritt, die auch von den Albernsten als absolute und fraglose Wahrheit erkannt wird, eben weil sie eine Folgerichtigkeit ist.

4. April. Das neue Gas tut im Verein mit der neuen Verbesserung des Guttaperchas Wunder. Wie sicher, bequem, leicht lenkbar und in jeder Beziehung zweckmäßig sind unsere modernen Ballons! Eben nähert sich uns ein riesenhafter im Tempo von mindestens hundertfünfzig Meilen in der Stunde. Er scheint mit Menschen überfüllt zu sein (er befördert wohl dreihundert bis vierhundert Insassen). Trotzdem erhebt er sich zu einer Höhe von beinahe einer Meile und blickt auf uns Arme mit souveräner Verachtung herab. Immerhin sind hundert, ja sogar zweihundert Meilen in der Stunde ein Bummeltempo. Erinnerst Du Dich an unsern Flug mit der Bahn durch den kanadischen Kontinent? – Volle dreihundert Meilen in der Stunde; *das* war Reisen. Nichts zu sehen – als einzige Beschäftigung Flirt, Feste, Tanz in den glänzenden Salons. Erinnerst Du Dich, welch seltsames Gefühl wir empfanden, wenn durch Zufall ein Blick auf die Außenwelt fiel, während der Zug sich in voller Fahrt befand? Alles wirkte als Einheit, als Masse. Was mich betrifft, so muß ich zugestehen, daß ich die Fahrt im Bummelzug, etwa hundert Meilen in der Stunde, vorzog. Da konnten wir Glasfenster haben, sie sogar offen lassen, und es war möglich, einen einigermaßen deutlichen Ausblick auf die Gegend zu genießen ... Pundit sagt, daß der Weg der kanadischen Eisenbahn schon vor ungefähr neunhundert Jahren bis zu

einem gewissen Grade bezeichnet gewesen sein muß! Er geht sogar so weit, zu behaupten, daß sichtbare Spuren des Schienenweges noch heute wahrnehmbar seien und daß diese Spuren auf eine so weit zurückliegende Periode zurückgeführt werden könnten. Anscheinend bestand damals nur ein Doppelgeleise; jetzt besitzen wir, wie Du weißt, ein zwölffaches, und drei bis vier neue sind in Vorbereitung. Die früheren Geleise sind sehr schwach fundiert und liegen so nahe nebeneinander, daß sie nach heutigen Begriffen leichtsinnig, wenn nicht sogar außerordentlich gefährlich genannt werden können. Hält man doch die jetzige Dammbreite von fünfzig Fuß kaum für sicher genug. Ich persönlich bezweifle durchaus nicht, daß irgendeine Art von Schienenweg in lang zurückliegenden Zeiten existiert haben muß, wie dies Pundit versichert; denn mir erscheint nichts so selbstverständlich, als daß zu irgendeiner Zeit, die mindestens siebenhundert Jahre zurückliegen mag, der nördliche kanadische Kontinent mit dem südlichen vereinigt war; die Kanadier waren demnach sicher durch die Notwendigkeit gezwungen, eine große Bahnverbindung durch den Kontinent zu führen.

5. April. Die Langeweile verzehrt mich. Pundit ist der einzige Mensch an Bord, mit dem man sich unterhalten kann; aber ach, der arme Kerl! Er kann von nichts sprechen als von der Vorzeit. Er hat sich den ganzen Tag damit beschäftigt, mir die Überzeugung beizubringen, daß die alten Amerikaner sich selbst regiert hätten! Hat je irgendwer solchen Unsinn gehört? Daß sie in einer Art von Jeder-für-sich-Vereinigung lebten, nach der Art der »Präriehunde«, von denen wir im Märchen hören. Er sagt, daß sie von der denkbar tollsten Idee ausgingen, nämlich, daß alle Menschen frei und gleich geboren seien; – und dies den Gesetzen der Abstufung zum Trotz, die doch so sichtlich allen Dingen im moralischen und physischen Universum aufgeprägt sind. Jeder »wählte«, wie sie es nannten, d. h. er mischte sich in die öffentlichen Angelegenheiten, bis man schließlich zu der Einsicht kam,

daß viele Köche den Brei verderben und daß die »Republik« (dies war der Ausdruck für das abgeschmackte Ding) eigentlich überhaupt nicht regiert wurde. Übrigens wird behauptet, daß der erste Umstand, der die Selbstherrlichkeit der Philosophen, die diese »Republik« aufgebaut hatten, ganz besonders störte, die überraschende Entdeckung war, daß das allgemeine Wahlrecht Gelegenheit zu sehr betrügerischen Intrigen gab, durch welche jede beliebige Anzahl von Stimmen von jeder beliebigen Partei – sie mußte nur gemein genug sein, sich ihrer Betrügereien nicht zu schämen – zu jeder Zeit erhalten werden konnte, ohne daß Vorsichtsmaßregeln oder Aufdeckung des Unrechts möglich gewesen wäre. Nach dieser Entdeckung war nur mehr einige Überlegung nötig, um die Konsequenzen klar darzulegen; nämlich, daß das Lumpenpack zur Herrschaft kam, mit einem Wort, daß eine republikanische Regierung nie einen andern Charakter als einen schuftigen haben könnte. Während nun die Philosophen im Begriff waren, sich über ihre eigene Torheit und den Mangel an Voraussicht diesen unvermeidlichen Übelständen gegenüber zu schämen, und sich anstrengten, neue Theorien zu finden, wurde die Sache zu einem plötzlichen Abschluß gebracht durch einen Kerl namens Mob, der alles und jedes an sich riß und einen Despotismus heraufführte, gegen den die Herrschaft der berühmten Zeros und Hellofagabalusse erträglich und erfreulich war. Man sagt, daß dieser Mob (übrigens ein Fremder) der abscheulichste aller Menschen gewesen sei, die je die Erde verwirrt hätten. Er war an Größe ein Riese, unverschämt, räuberisch, unflätig; zornig wie ein Stier, mit dem Herzen einer Hyäne und dem Gehirn eines Pfauen. Er starb schließlich durch den Druck der eigenen Energien, die ihn erschöpften. Trotz alledem war auch er, wie jedes Ding, auch wenn es noch so niedrig ist, von Nutzen. Die Menschheit lernte von ihm eine Lehre, welche sie bis zum heutigen Tage nicht vergessen hat, nämlich die, sich niemals in unmittelbaren Widerspruch zu den Analogien zu setzen. Was nun den Republikanismus betrifft, so konnte für ihn auf der ganzen Erde keine Analogie gefunden werden, wenn wir nicht den Fall der »Präriehunde« ausnehmen wollen, eine Ausnahme, die mehr als irgend etwas anderes zu beweisen scheint, daß die Demokratie eine wundervolle Regierungsform ist – für Hunde.

6. April. Heute nacht hatten wir einen tadellosen Blick auf Alpha Lyrae, dessen Scheibe durch das Fernrohr unseres Kapitäns einen Winkel von einem halben Grad mißt und ein Bild bietet, wie unsre Sonne an einem nebligen Tage. Alpha Lyrae ähnelt, obgleich er viel größer ist, unserer Sonne in bezug auf Flecken, Atmosphäre und viele andere Einzelheiten. Pundit sagt, daß das binärische Verhältnis, das zwischen diesen beiden Weltkörpern besteht, erst im letzten Jahrhundert geahnt wurde. Die evidente Bewegung unsers Systems im Himmelsraume wurde seltsamerweise einer Bahn zugeschrieben um einen ungeheuren Stern im Mittelpunkt der Milchstraße. Es wurde behauptet, um diesen Stern oder mindestens um ein allen Welten der Milchstraße gemeinsames Gravitationszentrum, von dem man vermutete, daß es in der Nähe des Alkyon in den Plejaden liege, drehten sich alle diese Himmelskörper, wobei unser eigener den Umlauf in der Zeit von hundertsiebzehn Millionen Jahren vollbringe. Wir jedoch, mit unserm heutigen Wissen, mit unsern ungeheuren teleskopischen Verbesserungen usw. finden es natürlich schwierig, den Ursprung eines solchen Gedankenganges zu erfassen. Der erste Vertreter des Gedankens war ein gewisser Mudler. Wir müssen vermuten, daß er zunächst durch einfache Analogie zu dieser gewagten Hypothese kam. Aber wenn dies schon der Fall war, so hätte er wenigstens auch bei der Entwicklung die Analogie beibehalten müssen. Ein großer Zentralkörper wurde tatsächlich vorausgesetzt; insofern war Mudler im Recht. Dieser Zentralkörper hätte aber dynamisch größer sein müssen als alle ihn umgebenden Körper zusammengenommen. Man hätte dann

aber folgendermaßen fragen müssen: »Warum sehen wir ihn nicht?!« – Wir besonders, die wir uns in der Mitte des Schwarms befinden, in dessen Nähe sich doch auf alle Fälle diese unfaßbare Zentralsonne befinden müßte. An diesem Punkt hat sich vielleicht der Astronom mit der Annahme eines nicht leuchtenden Körpers geholfen, und hier hat er die Analogie plötzlich fallenlassen. Aber selbst wenn er den Körper als nicht leuchtend annahm, wie brachte er es fertig, zu erklären, daß er nicht durch das unübersehbare Heer herrlicher Sonnen sichtbar wurde, die ja von allen Richtungen her ihn beleuchten mußten? Zweifellos war der endgültig festgehaltene Schluß die Annahme, daß ein allen sich bewegenden Körpern gemeinsames Gravitationszentrum existiere. Aber auch hier mußte man die Analogie fallengelassen haben. Es ist wahr, daß unser System sich um ein gemeinsames Gravitationszentrum dreht, aber es tut dies in Abhängigkeit von einer materiellen Sonne, deren Masse das übrige System mehr als aufwiegt. Der mathematische Kreis ist eine Kurve, die aus einer Anzahl von geraden Linien besteht; aber die Vorstellung dieses Kreises – die wir in aller Erdgeometrie als die mathematische bezeichnen im Gegensatz zu der praktischen Vorstellung – ist, als Tatsache genommen, eine Voraussetzung, die wir allein in bezug auf jene titanischen Kreise anzunehmen ein Recht haben, mit denen wir in unsrer Einbildung rechnen, wenn wir unser System mit seinen Gefährten um einen Zentralpunkt in der Milchstraße kreisen lassen. Spornt die stärkste menschliche Einbildungskraft, auch nur den Versuch der Vorstellung eines so unfaßbaren Kreises zu machen! Es würde schwerlich paradox sein, zu behaupten, daß ein Blitzstrahl, der streng auf der Peripherie dieses unfaßbaren Kreises sich bewegt, in einer geraden Linie verlaufen müßte. Unmöglich wäre es, wahrzunehmen, daß der Weg unsrer Sonne auf einer solchen Peripherie, daß die Richtung unsres Systems auf einer solchen Bahn für menschliche Beobachtung, selbst wenn sie

Jahrmillionen dauerte, auch nur im leisesten Grade von der geraden Linie abweiche. Und trotzdem hatten sich diese früheren Astronomen augenscheinlich mit dem Glauben geschmeichelt, daß eine entschiedene Kurve während der kurzen Spanne ihrer astronomischen Geschichte, während eines einfachen Augenblicks, während dieses absoluten Nichts von zwei oder drei Jahrtausenden wahrnehmbar geworden sei! Wie unbegreiflich, daß solche Überlegungen sie nicht mit einem Schlage über den wirklichen Stand der Dinge aufklärten, über die binäre Umdrehung unsrer Sonne und des Alpha Lyrae um ein gemeinsames Gravitationszentrum!

7. April. Letzte Nacht haben wir unsre astronomischen Beobachtungen fortgesetzt. Wir hatten einen feinen Ausblick auf die fünf Begleiter des Neptun und betrachteten mit großem Interesse das Aufstellen eines ungeheuren Kämpfers auf ein paar Giebelbalken am neuen Daphnistempel im Monde. Es war interessant, sich zu überlegen, daß so winzige Wesen wie die Mondbewohner, die so wenig Ähnlichkeit mit den Menschen haben, eine so große mechanische, unsrer so weit überlegene Befähigung zeigen. Es ist auch schwer, sich vorzustellen, daß die ungeheuren Waffen, mit denen die Mondbewohner so leicht umgehen, so wenig Gewicht haben, wie es unser Verstand lehrt.

8. April. Heureka! Pundit strahlt vor Stolz. Ein aus Kanada kommender Ballon sprach heute mit uns und warf uns einige Zeitungen an Bord; sie enthalten außerordentlich wichtige Nachrichten über kanadische oder vielmehr amerikanische Altertümer. Ich glaube, es ist Dir bekannt, daß seit einigen Monaten Arbeiter damit beschäftigt sind, die grundlegenden Vorbereitungen zu einem neuen Brunnen im Paradiese, dem größten Lieblingsgarten des Kaisers, zu treffen. Es scheint, daß das Paradies seit unvordenklichen Zeiten eine Insel gewesen ist; d. h. seine nördliche Grenze war, so weit die Erinnerung zurückreicht, immer ein Flüßchen oder vielmehr ein sehr schmaler Meeresarm. Dieser Arm wurde

allmählich verbreitert, bis er seine jetzige Breite von einer Meile erreichte. Die Gesamtlänge der Insel beträgt neun Meilen; die Breite ist verschieden. Das ganze Gelände war, wie Pundit behauptet, vor etwa achthundert Jahren dicht mit Häusern bebaut, von denen manche zwanzig Stock Höhe hatten. Der Grund und Boden wurde aus irgendeinem unbegreiflichen Grunde für ganz besonders wertvoll in dieser Gegend gehalten. Das schreckliche Erdbeben des Jahres zweitausendundfünfzig zerstörte die Stadt (sie war fast zu groß, um den Namen Dorf zu führen) von Grund aus, so daß auch die unermüdlichsten unter unsern Altertumsforschern niemals imstande waren, von dieser Stadt irgendwelche ausreichenden Denkmale wie Münzen, Medaillen oder Inschriften aufzutreiben; nichts, mit dem sie auch nur den Schein einer Theorie über Lebensart, Sitten usw. der ursprünglichen Einwohner hätten aufbauen können. Alles, was wir von ihnen wissen, beschränkt sich im wesentlichen darauf, daß sie ein Teil des Knickerbockerstammes der Wilden waren, die den Kontinent zur Zeit seiner ersten Entdeckung durch Recorder Riker, Ritter des Goldenen Vlieses, unsicher machten. Sie waren durchaus nicht unzivilisiert; verschiedene Künste und Wissenschaften standen bei ihnen in Blüte, allerdings in einer ihnen eigentümlichen Weise. Man erzählt sich von ihnen, sie seien in vielem klug gewesen, jedoch merkwürdig belastet mit der Monomanie, Gebäude aufzuführen, die man in der alten amerikanischen Sprache »Kirchen« nannte – eine Art von Pagoden zur Aufstellung von zwei Idolen, die man unter dem Namen Reichtum und Mode verehrte. Man behauptet, daß schließlich neun Zehntel der Insel »Kirche« waren. Es scheint, daß die Frauen auf seltsame Art entstellt waren durch einen natürlichen Auswuchs, der genau unter dem Kreuz lag, jedoch hielt man diese Deformität damals erstaunlicherweise für schön. Ein oder zwei Bildnisse von solchen Frauen sind wie durch ein Wunder bis auf unsre Tage gekommen. Sie sehen toll aus, sehr ähnlich einem Wesen zwischen einem Truthahn und einem Dromedar.

Diese wenigen Einzelheiten waren im großen und ganzen alles, was wir von den alten Knickerbockers wußten. Doch scheint jetzt durch Arbeiter ein neuer Fund gemacht worden zu sein. Als sie im Mittelpunkt des kaiserlichen Gartens, der, wie Du weißt, das ganze Eiland bedeckt, gruben, deckten einige von ihnen einen würfelförmigen, offenbar mit dem Meißel bearbeiteten Granitblock von einigen hundert Pfund auf. Er war in gutem Zustande und durch das Erdbeben, das ihn verschüttet hatte, nur wenig beschädigt. Auf einer seiner Flächen befand sich eine Marmortafel mit, stell' Dir vor! einer Inschrift – einer leserlichen Inschrift! Pundit ist in Ekstase. Als man die Marmortafel vom Steine löste, wurde eine Aushöhlung frei, in der man eine bleierne, mit verschiedenen Münzen angefüllte Kassette, eine lange Namensliste, einige Dokumente, die wie Zeitungen aussahen, und verschiedene andere, für den Altertumsforscher sehr interessante Dinge fand. Es kann keinem Zweifel unterliegen, daß alle diese Sachen echte amerikanische Altertümer sind, die dem Knickerbockerstamme gehörten. Die Zeitungen, die uns an Bord geworfen wurden, sind mit Abbildungen von Münzen, Manuskripten, der Typographie und anderm angefüllt. Um Dir Freude zu machen, schreibe ich hier die Knickerbockerinschrift der Marmortafel ab:

Dieser Eckstein
eines Monumentes zur Erinnerung an
GEORGE WASHINGTON
wurde mit gebührender Zeremonie am
19. OKTOBER 1847,
dem Jahrestage der Übergabe von
LORD CORNWALLIS
an
GENERAL WASHINGTON
in Yorktown, A. D. 1781,
unter den Auspizien der Washington
Monument Association der Stadt
New York gelegt

Was ich Dir hier schreibe, ist eine wörtliche Übersetzung, die Pundit selbst verfertigt hat; sie kann also keinen Irrtum enthalten. Aus diesen wenigen uns erhaltenen Worten sind mehrere wichtige wissenschaftliche Aufklärungen zu entnehmen. Zum Interessantesten gehört die Tatsache, daß vor tausend Jahren die wirklichen Monumente nicht mehr gebräuchlich waren, wie dies ja auch sehr richtig ist, und daß man sich, genau wie wir heute, damit begnügte, die Absicht, in späterer Zeit ein Monument aufzuführen, dadurch anzudeuten, daß man einen Grundstein als Zeugen des erhabenen Gedankens sorgsam legte, »einsam und allein«. (Entschuldige, daß ich den großen amerikanischen Dichter Benton zitiere.) Wir stellen mit Hilfe dieser wunderbaren Inschrift auch mit Sicherheit das Wie, Wo und Was der erwähnten großen Übergabe fest. Was das Wo betrifft, nun, das war Yorktown (wo dies auch gelegen haben mag); das Was war General Cornwallis (zweifellos ein reicher Kornhändler). Er wurde übergeben. Die Inschrift erwähnt die Übergabe von – Was? nun, »von Lord Cornwallis«. Bleibt die einzige Frage bestehen, warum wollten die Wilden ihn denn ausgeliefert haben? Aber wenn wir uns daran erinnern, daß diese Wilden zweifellos Kannibalen waren, so liegt der Schluß nahe, daß sie ihn zu Wurst bestimmten. Was nun das Wie der Übergabe betrifft, so kann nichts deutlicher ausgedrückt sein. Lord Cornwallis wurde ausgeliefert (zur Wurstfabrikation) »unter den Auspizien der Washington Association«, die sicher eine Wohlfahrtseinrichtung für Grundsteinlegungen war. – Aber, Himmel! was ist los? Ah, ich sehe, unser Ballon kollabiert, wir werden in die See fallen. Darum habe ich gerade nur noch Zeit, hinzuzufügen, was ich beim schnellen Überblick über die Abbildungen der Zeitungen usw. entdecke: nämlich, daß die größten Männer jener Zeit bei den Amerikanern ein gewisser John, seines Zeichens ein Schmied, und ein gewisser Zaccharias, ein Schneider, waren.

Lebe wohl, bis auf Wiedersehn! Es ist durchaus von keiner

Wichtigkeit, ob Du jemals diesen Brief erhältst oder nicht, da ich ja im wesentlichen zu meinem eigenen Vergnügen schreibe. Für alle Fälle werde ich das Manuskript in einer Flasche verkorken und in die See werfen.

In Treue Pundita.

Die Sphinx

Zur Zeit, als die fürchterliche Cholera in Neuyork herrschte, war ich der Einladung eines Verwandten gefolgt, vierzehn Tage in seinem Landhaus am Ufer des Hudson zu verbringen. Wir hatten hier alles, was man zur sommerlichen Unterhaltung braucht, und wir hätten die Zeit mit Waldspaziergängen und Malen, mit Rudern, Fischen, Baden, Musizieren und Lesen recht angenehm verbracht, wäre uns nicht allmorgendlich aus der volkreichen Stadt so grausige Botschaft zugegangen. Kein Tag ging hin, ohne uns Nachricht von dem Ableben irgendeines Bekannten zu bringen. Dann, als das Verhängnis zunahm, lernten wir, täglich mit dem Verlust eines Freundes zu rechnen. Schließlich zitterten wir beim Nahen jedes Boten. Die ganze Luft von Süden her schien uns nach Tod zu riechen. Ja, diese lähmende Vorstellung nahm von meiner ganzen Seele Besitz. Ich konnte von nichts anderm mehr reden oder träumen, an nichts andres mehr denken. Mein Gastgeber war nicht von so leichter Erregbarkeit, und obgleich er sehr niedergeschlagen blieb, bemühte er sich noch, meine Lebensgeister zu heben. Sein sehr philosophischer Verstand ließ sich nicht von Unwirklichkeiten berühren. Die wirklichen Schrecken empfand er stark genug, für ihre Schatten aber, ihre Spiegelungen, hatte er kein Verständnis.

Seine Versuche, mich dem unnatürlichen Trübsinn, dem ich verfallen war, zu entreißen, wurden durch einige Schriften, die ich in seiner Bibliothek gefunden hatte, wieder zunichte gemacht. Sie waren derart, daß sie den Samen ererbten Aberglaubens, der latent in mir vorhanden war, zum Keimen brachten. Ich hatte jene Bücher ohne sein Wissen gelesen, und so blieb er im unklaren darüber, auf welche Ursachen meine unheimlichen Phantasien zurückzuführen seien.

Ein bei mir beliebtes Thema war der volkstümliche Glaube an Zeichen und Wunder – ein Glaube, den ich nach meiner damaligen Lebensauffassung ernstlich zu verteidigen geneigt war. Wir führten lange und angeregte Zwiegespräche über diesen Gegenstand; er betonte, wie ganz unbegründet der Glaube an solche Dinge sei; ich behauptete, ein so völlig selbständiges, das heißt ohne sichtbare Spuren einer Suggestion entstandenes Volksempfinden trage die nicht mißzuverstehenden Elemente der Wahrheit in sich und verdiene größte Beachtung.

Tatsache ist, daß bald nach meinem Eintreffen dort im Landhaus mir ein so ganz unerklärliches Ereignis begegnete, daß meine Neigung, darin ein Omen zu sehen, begreiflich war. Es erschreckte, verwirrte und bestürzte mich gleichzeitig so, daß viele Tage vergingen, ehe ich mich dazu entschließen konnte, meinem Freunde die Umstände mitzuteilen.

Ein außerordentlich warmer Tag ging zu Ende, als ich mit einem Buch in Händen am offenen Fenster saß, das hinter einem weiten Blick auf beide Flußufer einen fernen Hügel sehen ließ. Ein sogenannter Erdrutsch hatte die mir zugekehrte Seite der Berglehne zum großen Teil der Bäume beraubt. Meine Gedanken waren lange von dem Buch vor mir zu der Trauer und Verzweiflung der nachbarlichen Stadt gewandert. Als ich die Blicke von den Seiten erhob, fielen sie auf die kahle Bergwand und auf ein Wesen – ein lebendiges Ungeheuer von entsetzlicher Gestalt, das eilig seinen Weg vom Gipfel zur Talsohle nahm und schließlich drunten im dichten Forst verschwand. Als dieses Geschöpf zuerst sichtbar wurde, zweifelte ich an meinen gesunden Sinnen, wenigstens an der Klarheit meines Blickes, und viele Minuten vergingen, ehe ich mich überzeugt hatte, weder verrückt noch traumbefangen zu sein. Wenn ich nun aber das Ungeheuer beschreibe (das ich deutlich sah und ruhig auf seinem ganzen Wege beobachtete), so – fürchte ich –

werden meine Leser hinsichtlich dieser beiden Punkte schwerer zu überzeugen sein als sogar ich selbst.

Aus einer Vergleichung mit dem Umfang der großen Bäume, an denen das Ungetüm vorüberkam – der paar Waldriesen, die der Wucht des Erdrutsches standgehalten hatten –, mußte ich schließen, daß es weit größer war als irgendein vorhandenes Linienschiff. Ich sage »Linienschiff«, weil die Gestalt des Monstrums den Gedanken nahelegte; der Rumpf eines unsrer mit vierundsiebzig Kanonen bestückten Linienschiffe vermittelt ein ganz anschauliches Bild von dem Bau des Tieres. Sein Maul befand sich am Ende eines sechzig bis siebzig Fuß langen Rüssels, der den Umfang eines normalen Elefanten hatte. An der Wurzel dieses Rüssels war ein wahrer Wald von schwarzem zottigen Haar – mehr als genügend für die Felle von ein paar Dutzend Büffeln, und aus diesem Haarwald sprangen seitlich und abwärts geneigt zwei schimmernde Stoßzähne vor, ähnlich denen des wilden Ebers, doch von ganz maßloser Größe. Gleichlaufend mit dem Rüssel und an dessen beiden Seiten streckte sich je ein riesiger, dreißig bis vierzig Fuß langer Schaft vor, der aus klarstem Kristall zu bestehen schien und ganz die Form eines Prismas hatte: – er gab eine prachtvolle Spiegelung der Strahlen der untergehenden Sonne. Der Rumpf war keilförmig, das dünne Ende am Erdboden. Aus dem Rumpf breiteten sich zwei Paar Flügel auf – jeder Flügel von fast hundert Meter Länge – das eine Paar saß über dem andern, und alles war dicht mit metallenen Schuppen besetzt, jede Schuppe von etwa zehn bis zwölf Fuß Durchmesser. Ich beobachtete, daß das obere Schwingenpaar mit dem untern durch eine starke Kette verbunden war. Doch die größte Besonderheit dieses entsetzlichen Wesens war das Bild eines Totenkopfs, das fast seine ganze Brust bedeckte und sich von dem dunklen Hintergrund des Körpers so deutlich in schimmernder Weise abhob, als habe es ein Künstler sorgfältig gezeichnet. Während ich das fürchterliche Tier und besonders die Zeich-

nung auf seiner Brust mit Scheu und Grausen betrachtete –
mit einem Vorgefühl kommenden Unheils, das ich mit allen
Vernunftgründen nicht besiegen konnte –, sah ich, wie sich
plötzlich die gewaltigen Kiefer am Ende des Rüssels auftaten, und es folgte ein so lautes und ausdrucksvolles Wehgeheul, daß es auf meine Nerven wie eine Totenglocke wirkte;
und als das Ungeheuer am Fuße des Hügels verschwand,
sank ich zugleich ohnmächtig zu Boden.

Als ich mich erholte, war natürlich mein erster Gedanke,
meinem Freund von dem, was ich gesehen und gehört hatte,
Mitteilung zu machen – und ich habe kaum eine Erklärung
dafür, welche widerstrebende Empfindung mich davon zurückhielt.

Eines Abends endlich, drei oder vier Tage nach dem Ereignis, saßen wir zusammen in dem Zimmer, von dem aus
ich die Erscheinung gesehen hatte – ich in demselben Stuhl
an demselben Fenster und er faulenzend auf einem Sofa nahe
dabei.

Da es die gleiche Zeit wie damals und der gleiche Ort war,
fühlte ich mich veranlaßt, ihm von dem Wunder zu berichten. Er hörte mich bis zu Ende an – lachte zuerst herzlich
und verfiel dann in einen übertriebenen Ernst, als stände
meine Verrücktheit außer Zweifel. In diesem Augenblick sah
ich das Ungetüm wieder ganz deutlich, und mit einem Aufschrei wirklichen Entsetzens lenkte ich seine Aufmerksamkeit darauf. Er blickte eifrig hin, behauptete aber, nichts zu
sehen, obwohl ich den Weg, den die Kreatur am kahlen
Berghang herunter nahm, eingehend beschrieb.

Jetzt war ich maßlos bestürzt, denn nun erachtete ich die
Vision entweder als ein Vorzeichen meines baldigen Todes
oder, schlimmer noch, als den Vorläufer eines Anfalls von
Wahnsinn. Ich warf mich in höchster Erregung in den Stuhl
zurück und begrub mein Gesicht in den Händen. Als ich die
Augen wieder freigab, war die Erscheinung nicht mehr zu
sehen.

Mein Gastgeber jedoch hatte seine Ruhe einigermaßen wiedergewonnen und befragte mich sehr eingehend über die Gestalt des Phantoms. Als er hierüber von mir vollkommen unterrichtet war, seufzte er tief auf, als sei eine unerträgliche Last von ihm abgefallen, und redete mit einer Ruhe, die mir grausam schien, über verschiedene Punkte der spekulativen Philosophie, die bisher ein Thema unsrer Unterredungen gewesen waren. Ich entsinne mich, daß er unter anderm sehr eingehend bei dem Gedanken verweilte, der Grundirrtum aller menschlichen Forschung sei der Hang des Untersuchenden, die Bedeutung eines Gegenstandes lediglich durch falsche Berechnung seiner Entfernung zu übertreiben oder zu unterschätzen.

»Um beispielsweise«, sagte er, »den Einfluß einer weitgehenden Verbreitung der Demokratie auf die Menschheit im allgemeinen festzustellen, sollte bei der Berechnung der Faktor mit einbezogen werden, wie weit entfernt der Zeitpunkt ist, an dem eine solche Durchdringung vollzogen sein könnte. Kannst du mir nun aber einen einzigen Schriftsteller der Staatskunst nennen, dem es je eingefallen wäre, diese besondere Seite des Gegenstandes überhaupt einer Behandlung zu würdigen?«

Hier hielt er inne, schritt zu einem Bücherschrank und entnahm ihm einen naturgeschichtlichen Leitfaden. Dann bat er mich, den Platz mit ihm zu wechseln, damit er den kleinen Druck des Buches besser erkenne, nahm meinen Armstuhl am Fenster ein, öffnete das Buch und führte seinen Vortrag in ähnlichem Ton wie vorher zu Ende.

»Nur infolge der außerordentlichen Genauigkeit«, sagte er dann, »mit der du das Monstrum beschrieben hast, bin ich in der Lage, dir darzutun, was es gewesen ist. Zunächst laß mich dir eine für den Schulunterricht bestimmte Beschreibung der Gattung Sphinx vorlesen, aus der Familie der CREPUSCULARIA und der Ordnung der LEPIDOPTERA, zur Klasse der INSECTA oder Insekten gehörig. Der Abschnitt lautet:

›Vier hautartige Schwingen, besetzt mit kleinen farbigen, metallisch schimmernden Schuppen; das Maul bildet einen aufgerollten Rüssel, der eine Verlängerung des Kiefers darstellt; zu beiden Seiten befinden sich Rudimente des Kiefers und flaumiger Fühlhörner; das untere Flügelpaar wird mit dem oberen durch ein straffes Haar verbunden; die eigentlichen Fühlhörner haben die Gestalt einer langen prismatischen Keule; Hinterleib spitz zulaufend. Die Totenkopf-Sphinx hat zuzeiten die Bevölkerung durch den schwermütigen Ton entsetzt, den sie ausstößt, wie auch durch das Symbol des Todes, das sie auf ihrem Bruststück trägt.‹«

Hier schloß mein Freund das Buch und beugte sich vor, genau in der Haltung, die ich innehatte, als ich das »Ungeheuer« erblickte. »Ah, da ist es!« rief er jetzt aus – »es steigt den Berghang hinauf, und ich gestehe, daß es ein sehr bemerkenswertes Wesen ist. Immerhin ist es keineswegs so groß oder so entfernt, wie du angenommen hast; denn wie es da an dem Faden, den eine Spinne schräg über den Fensterrahmen gezogen hat, seinen Weg nach oben schlängelt, finde ich, daß seine Länge höchstens etwa ein sechzehntel Zoll beträgt und daß auch die Entfernung von ihm zu meinem Augapfel ein sechzehntel Zoll ausmacht.«

Anmerkung

Die Übersetzungen von *Drei Sonntage in der Woche, Der Lügenballon, Der Engel des Sonderbaren* und *Die 1002. Nacht der Scheherazade* stammen von Wolf Durian. *Das Manuskript in der Flasche, Das unvergleichliche Abenteuer eines gewißen Hans Pfaall, König Pest, Hinab in den Maelström, Die Maske des Roten Todes, Lebendig begraben, Die längliche Kiste, Das System des Dr. Teer und Prof. Feder* und *Die Sphinx* wurden von Gisela Etzel und *Mellonta Tauta* von Emmy Keller ins Deutsche übertragen.

Edgar Allan Poe
im Diogenes Verlag

Werkausgabe in Einzelbnänden
Herausgegeben von Theodor Etzel
Aus dem Amerikanischen von Gisela Etzel,
Wolf Durian u.a.

Die schwarze Katze
und andere Verbrechergeschichten
detebe 21183

Die Maske des roten Todes
und andere phantastische Fahrten
detebe 21184

Der Teufel im Glockenstuhl
und andere Scherz- und Spottgeschichten
detebe 21185

Der Untergang des Hauses Usher
und andere Geschichten von Schönheit,
Liebe und Wiederkunft
detebe 21182

Phantastische und Science-Fiction-Literatur im Diogenes Verlag

● **John Bellairs**
Das Haus, das tickte
Roman. Aus dem Amerikanischen von Alexander Schmitz. Mit Zeichnungen von Edward Gorey. detebe 20368

● **Ambrose Bierce**
Die Spottdrossel
Ausgewählte Erzählungen und Fabeln. Auswahl und Vorwort von Mary Hottinger. Aus dem Amerikanischen von Joachim Uhlmann, Günter Eichel und Maria von Schweinitz. Mit Zeichnungen von Tomi Ungerer
detebe 20234

● **Ray Bradbury**
Die Mars-Chroniken
Roman in Erzählungen. Aus dem Amerikanischen von Thomas Schlück. detebe 20863

Der illustrierte Mann
Erzählungen. Deutsch von Peter Naujack
detebe 20365

Fahrenheit 451
Roman. Deutsch von Fritz Güttinger
detebe 20862

Die goldenen Äpfel der Sonne
Erzählungen. Deutsch von Margarete Bormann. detebe 20864

Medizin für Melancholie
Erzählungen. Deutsch von Margarete Bormann. detebe 20865

Das Böse kommt auf leisen Sohlen
Roman. Deutsch von Norbert Wölfl
detebe 20866

Das Kind von morgen
Erzählungen. Deutsch von Hans-Joachim Hartenstein. detebe 21205

● **Fredric Brown**
Flitterwochen in der Hölle
SF- & Schauergeschichten. Aus dem Amerikanischen von B. A. Egger. Mit Illustrationen von Peter Neugebauer
detebe 20600

● **Karel Čapek**
Der Krieg mit den Molchen
Roman. Aus dem Tschechischen von Eliška Glaserová. detebe 20805

● **Wilkie Collins**
Ein schauerliches fremdes Bett
Gruselgeschichten. Aus dem Englischen von Elizabeth Gilbert und Peter Naujack. Zeichnungen von Bob van den Born. detebe 20589

● **Guy Cullingford**
Post mortem
Roman. Aus dem Englischen von Helmut Degner und Peter Naujack. detebe 20369

● **Walter de la Mare**
Sankt Valentinstag
Erzählungen. Aus dem Englischen von Elizabeth Gilbert. detebe 21197

● **Alexandre Dumas Père**
Horror in Fontenay
Roman. Aus dem Nachlaß herausgegeben von Alan Hull Walton. Deutsch von Alexander Schmitz. detebe 20367

● **Lord Dunsany**
Smetters erzählt Mordgeschichten
Fünf Kriminalgeschichten. Aus dem Englischen von Elisabeth Schnack. Zeichnungen von Paul Flora. detebe 20597

Jorkens borgt sich einen Whiskey
Zehn Clubgeschichten. Deutsch von Elisabeth Schnack. Zeichnungen von Paul Flora.
detebe 20598

● **Egon Friedell**
Die Rückkehr der Zeitmaschine
Phantastische Novelle. detebe 20177

● **Felix Gasbarra**
Schule der Planeten
Roman. detebe 20549

- **Gespenster**
Englische Gespenstergeschichten von Daniel Defoe bis Elizabeth Bowen. Herausgegeben von Mary Hottinger. Mit 13 Zeichnungen von Paul Flora. Diogenes Evergreens. Auch als detebe 20497

- **Mehr Gespenster**
Die besten Gespenstergeschichten aus England, Schottland und Irland. Herausgegeben von Mary Hottinger. Diogenes Evergreens. Auch als detebe 21027

- **Noch mehr Gespenster**
Die besten Gespenstergeschichten aus aller Welt, von Balzac bis Čechov. Herausgegeben von Dolly Dolittle. Diogenes Evergreens

- **Rider Haggard**
Sie
Roman. Aus dem Englischen von Helmut Degner. detebe 20236

König Salomons Schatzkammern
Roman. Deutsch von V. H. Schmied
detebe 20920

- **W. F. Harvey**
Die Bestie mit den fünf Fingern
Gruselgeschichten. Aus dem Englischen von Günter Eichel und Peter Naujack. Mit Zeichnungen von Peter Neugebauer. detebe 20599

- **Patricia Highsmith**
Der Schneckenforscher
Gesammelte Geschichten. Vorwort von Graham Greene. Aus dem Amerikanischen von Anne Uhde. detebe 20347

Leise, leise im Wind
Erzählungen. Deutsch von Anne Uhde
detebe 21012

Keiner von uns
Erzählungen. Deutsch von Anne Uhde
detebe 21179

- **Horror**
Klassische und moderne Gruselgeschichten von Edgar Allan Poe bis Ernest Hemingway. Herausgegeben von Mary Hottinger. Mit Zeichnungen von Paul Flora
Diogenes Evergreens

- **Joris-Karl Huysmans**
Gegen den Strich
Roman. Aus dem Französischen von Hans Jacob. Einführung von Robert Baldick
Essay von Paul Valéry. detebe 20921

- **Gerald Kersh**
Mann ohne Gesicht
Phantastische Geschichten. Aus dem Englischen von Peter Naujack. detebe 20366

- **Sheridan Le Fanu**
Carmilla, der weibliche Vampir
Vampirgeschichte. Aus dem Englischen von Helmut Degner. detebe 20596

Der ehrenwerte Herr Richter Harbottle
Unheimliche Geschichten. Deutsch von Helmut Degner und Elisabeth Schnack
detebe 20619

- **W. Somerset Maugham**
Der Magier
Ein parapsychologischer Roman. Aus dem Englischen von Melanie Steinmetz und Ute Haffmans. detebe 20165

- **Hans Neff**
XAP oder Müssen Sie arbeiten? fragte der Computer
Ein fabelhafter Tatsachenroman
detebe 21052

- **Edgar Allan Poe**
Die schwarze Katze
und andere Verbrechergeschichten
detebe 21183

Die Maske des roten Todes
und andere phantastische Fahrten
detebe 21184

Der Teufel im Glockenstuhl
und andere Scherz- und Spottgeschichten
detebe 21185

Der Untergang des Hauses Usher
und andere Geschichten von Schönheit, Liebe und Wiederkunft. detebe 21182
Alle Bände herausgegeben von Theodor Etzel. Aus dem Amerikanischen von Gisela Etzel, Wolf Durian u.a.

- **Herbert Rosendorfer**
Der Ruinenbaumeister
Roman. detebe 20251

- **Saki**
Die offene Tür
Ausgewählte Erzählungen. Aus dem Englischen von Günter Eichel. Mit einem Nachwort von Thomas Bodmer und Zeichnungen von Edward Gorey. detebe 20115

● **Hermann Harry Schmitz**
Buch der Katastrophen
Tragikomische Geschichten. Vorwort von Otto Jägersberg. Holzstichmontagen von Horst Hussel. detebe 20548

● **Science-Fiction-Geschichten des Golden Age**
Von Ray Bradbury bis Isaac Asimov. Herausgegeben von Peter Naujack. detebe 21048

● **Klassische Science-Fiction-Geschichten**
Von Voltaire bis Conan Doyle. Herausgegeben von William Matheson. detebe 21049

● **Bram Stoker**
Draculas Gast
Sechs Gruselgeschichten. Aus dem Englischen von Erich Fivian und H. Haas. Mit Zeichnungen von Peter Neugebauer
detebe 20135

● **Roland Topor**
Der Mieter
Roman. Aus dem Französischen von Wolfram Schäfer. detebe 20358

● **Jules Verne**
Werke
in 20 Bänden. Diverse Übersetzer
detebe

● **H. G. Wells**
Der Krieg der Welten
Roman. Aus dem Englischen von G. A. Crüwell und Claudia Schmölders. detebe 20171

Die Zeitmaschine
Eine Erfindung. Deutsch von Peter Naujack
detebe 20172

● **Urs Widmer**
Die gelben Männer
Roman. detebe 20575

● **Cesare Zavattini**
Liebenswerte Geister
Erzählung. Aus dem Italienischen von Lisa Rüdiger. Mit einem Vorwort von Vittorio de Sica und Illustrationen von Corina Steinrisser
detebe 21058